FERRYMAN

摆 渡 人

by

CLAIRE MCFALL

[英] 克莱儿·麦克福尔 著

常鸿娜 译

北京联合出版公司
Beijing United Publishing Co.,Ltd.

致克莱尔，你是本书的第一个读者；
致克里斯，是你让我可以完全隐匿在我的精神世界里。

序　纪念《摆渡人》出版十周年

十年很漫长。十年前，我的儿子尚在襁褓，女儿也只存在于美好的构想中；十年前，我还生活在另一个国家，《摆渡人》里荒芜之地的灵感，就源自那时我每天通勤都会路过的风景。

十年也很短暂。

我依然记得在得知《摆渡人》即将在中国出版时的情形。那时，我正在科罗拉多的公公家度假，我们住在停放在我公公家旁边他用来打猎的那辆大篷车里。我的儿子在婴儿篮里睡着，我坐在窗边那套不怎么舒服的桌椅前，努力寻找着足够稳定的网络，好查看我的电子邮件（不得不说，在过去的十年里，科技也产生了巨大的变化）。我的经纪人发来了一封邮件，我点开它，里面的消息令人兴奋：我的小说将被翻译成简体中文在中国出版。

那个瞬间深深刻在我的记忆里，成了我人生的一个转折点。因为从那一刻起，我的故事将被数百万人看到；从那一刻起，我将有机会踏上那个为我这个系列的后续创作提供更多灵感的迷人国度。当然，这都是当时的我无法预见的。当时我只是单纯地因为全新的封面创意和我的文字将被翻译成另一种语言而感到兴奋不已。我的书要出现在另一个国家的书店里了，而那个国家，我都还从没去过。

其实，当下的时间节点刚好给了我一个绝佳的契机，来回顾一下我这一路走来以及《摆渡人》最初在中国问世的整个历程。不仅如此，我还想把时间线拉回到最初的起点——迪伦和特里斯坦在我脑中初具雏形的时候，那时我的耳边时常响起他们的声音，这些声音急切地询问着我什么时候才能把他们的故事书写下来。大家总会问我，是什么原因让我写下了第一本书。我相信每个人的心中都有一个故事，只不过有些人更擅长把他们心中的故事讲述出来，而我愿意相信我就是那个擅长讲故事的人。

想和大家分享一件有意思的小事：我只用左手打字，右手一般都会放在键盘旁边待命，它唯一的任务就是在适当的时候按下 shift 键。我之前不以为意，因为我从一开始就一直这么打字。我妈妈在我九岁的时候给我买了一台打字机（现在看来已经是老古董了），打字机的按键很硬，只有我的左手（我是左撇子）才能按动按键，将色带上的墨水印到纸上。我从没觉得这是什么稀奇的事——我左手打字的速度和双手打字的人的速度一样快——直到有一天，我打字的样子被我的学生看到了，他们觉得很神奇，于是拍下来拿给我看。不得不说，那画面实在太惊悚了！我的一只手就那么静置在那里，像游戏《河马吃豆豆》里的河马一样，随时准备着向前猛冲，而我的另一只手就像《亚当斯一家》里的宠物手一样，疯狂地在键盘上不停穿梭。

我已经用这种方式打出了几百万字，写了三十多部小说。尽管在别人看来这很怪异，但我的左手对键盘的熟悉程度，就和我能用鼻子轻易地分辨出蛋糕店的位置一样。经过这么久的训练，我完全可以不假思索地打出任何字，我想说的重点就在这里（我发誓我是有重点的）。我在写作的时候，不会思考按键在哪儿、词句怎样，我会放空自己，让心中的声音自然流淌，于是神奇的事情就发生了，藏在我脑中的那个故事就自行迸发出来了。

我不知道别的作家会不会像我一样。或许他们事先会罗列出故事大纲、时间线、人物小传和各种情绪板。在我看来，这的确是更加明智的做法。我敢肯定，当他们的故事情节走向出现偏差后，他们是绝对不会陷入创作的困境的，而且他们不会忘记某个配角的姓氏，也不会弄混主角的套头衫究竟是绿色的还是蓝色的。可我觉得，偶尔的偏差会带来别样的惊喜。于我而言，写作的乐趣就在于灵感的迸发，我喜欢顺应灵感，随它去往未知的地方。

我还经常被问到另一个问题，那就是我是怎样创造角色的。老实说，我其实并不清楚。一提到"创造角色"，我的脑中就会浮现出一个科学怪人在实验室里将人缝合起来的画面——在他们的脑子里注入人格属性的药剂，加一点幽默，再加少许魅力，还有大剂量的坚韧，毕竟故事里肯定要有让他们吃点苦头的情节，对了，再来点雄心和干劲，不然他们连三章都撑不下去。

但我故事里的角色都有他们自己的个性，我对他们只有一个大概的了解，很难操控他们在不同场景下的表现。这……有时也很烦人，因为他们会让故事的发展偏离原本的轨道。可我不会刻意改变这一点，因为这会让故事充满意料之外的惊喜。我之所以能不断地重返《摆渡人》的世界，就是为了看看接下来还有什么在等待着我。

在十年后的今天，我想讲讲在创作《摆渡人》这个故事时的一些秘密。其实故事的开端并非真正的开端，我原本没打算把迪伦出现在火车站的情节放在故事的开篇。最初出现在我脑中的句子其实是在

《摆渡人》第三章的开头："一片静默。尖叫，或者哭喊，迪伦觉得总该有点儿什么动静。然而，只有静默。"这里就是我创作的起点，因为迪伦的人生就是在这一刻发生改变的，而她的形象也是从这一刻在我脑中变得鲜活起来的。我和她一起从车厢的残骸中爬起来，一起怀着恐惧在黑暗中蹒跚前行，我和她都被特里斯坦的冷漠疏离吓得张口结舌，而我也和她一样，不知道该不该信任这个似乎把她引向荒原，而非将她带回人群的陌生人。

而另一个秘密就是：现在的结局并非原本的结局 —— 迪伦率先跨过终点线后，转回身，看到……好吧，我并不打算剧透，但整个故事就定格在她当时看到的东西上。结局令人伤心震惊，没有任何转圜的余地。但当我的经纪人准备推销我的第一部小说（《摆渡人》是我真正意义上出版的第一部作品，不仅仅在中国）时，他在看到这个结局后就说绝对不行。我记得那是一个周五的下午五点，他说他下周一要把稿子拿给一个他很重视的负责人，问我能不能抓紧时间修改一下。

我照做了。我在那个周末续写了三万字的尾声部分，这是我迄今为止做过的最艰难的事情，困难程度超过了生那两个孩子！

不过，他是对的（先别告诉他）。我原定的结局不论是对迪伦还是对特里斯坦，都不算是真正的结局，我之前停在那里，其实是因为我不知道要怎样很好地描述死后的世界，以及作为摆渡人的特里斯坦在将迪伦成功送达后将发生什么。话题涉及生死，往往都会变得棘手，尽管不同宗教都对死后的世界有着各自的见解，但教派众多，人们始终看法不一，莫衷一是。那么，我觉得人死后会发生什么呢？这个问题很难回答，而且我一直都觉得这是等我老了、即将面对死亡的时候，才有必要考虑的问题。

我后来还是按照我觉得对的方向来写的。如果我是造物主，由我来决定怎样处理我们内在的生命之火，我会怎么做呢？我希望我是对的，我想或许我最终可以找到答案吧。

还有一个秘密：迪伦住在格拉斯哥[1]。而我生长于南拉纳克郡[2]以南约四十千米外的一个小村庄里。我刚毕业那会儿，去了一家能源公司的客服中心，虽然那不是我做过的最糟糕的工作，不过也差不了多少，毕竟我还在税务所、博彩店、旅馆、宠物店甚至监狱工作过。我那时大学刚毕业，还没有车，所以我经常会乘坐公共交通工具。我先得坐火车到市中心，再从市中心返回南边，在一个叫佛罗里达山的车站下车，然后步行穿过格拉斯哥一个叫卡斯卡特的街区——我就是根据那里的街景创造出了迪伦的家。而那所被迪伦描述为"三层的教学楼上排布着亟须不同程度整修的统一规格的格子间……就是为了抑制学生的热情、创造力，以及生而为人最为重要的思想"的楷校中学，则是以艾尔郡的两所学校（我就不说名字了）为原型构建的。那两所学校相当糟糕，我在那里度过的时光并不快乐，所以可能我对学校的偏见在不知不觉中影响到了迪伦。我承认，我上学的时候是个不敢行差踏错的乖乖女，我会认真做作业，很在意成绩，而且和迪伦一样，对谢丽尔和德福那样的人没什么好感。

书中提到的厉鬼源自我的童年噩梦。每当我住在父母家的时候，如果我最后一个上床（通常都是我），我就要一路关掉走廊上的灯，

1　格拉斯哥（Glasgow），位于中苏格兰西部的克莱德河河口，是苏格兰第一大城市，英国第四大城市，拥有六十万人口。——文中注释均为译者注

2　南拉纳克郡（South Lanarkshire），苏格兰一级行政区之一，地处格拉斯哥东南郊。

然后快速跑上楼。我不知道为什么，虽然我已经四十二岁了，但我还会这么做。这到底是为什么啊？我从小（我父母从我十岁时就住在那里了）就害怕突然从某个阴影里伸出一只手，抓住我的脚踝，把我拖进黑暗，也因此，我在睡觉的时候，从来都不敢把脚露在被子外面——万一藏在床下的怪物伸手抓我呢？虽然知道这样很傻，但从小落下的夜惊症是很难彻底消失的。这都要怪我在别人的推荐下看了帕特里克·斯威兹、黛米·摩尔和乌比·戈德堡主演的电影《人鬼情未了》，这部电影在1990年首映，而它在电视上首播的时候我就看了，我当时十岁左右。那部电影很棒，如果你还没看过的话，我强烈推荐你去看看。不过，里面"哦，卡尔"的那一幕让我至今印象深刻，反派被飞溅的碎玻璃扎死了（剧透警告），就在他灵魂离体的瞬间，响起一阵恐怖的嘶吼和咆哮，像烟雾一样的黑影怪物从地下钻出来，瞬间就拖走了他的灵魂。如果今时今日再看这部电影，你或许会因为里面粗糙的特效（还记得我前面说过的科技的变化吧）而出戏，但对当时只有十岁的我来说，那已经很吓人了。

　　如我所述，荒芜之地中的厉鬼就从我这个"噩梦"中诞生了，不用谢我哟！

　　你能在十年后的今天坐下来阅读这本书，对我来说真的是件不可思议的事情。你好啊！谢谢你！希望你能享受这段有迪伦和特里斯坦陪伴的旅程，也希望他们能继续带你探索《摆渡人》系列的更多故事，邂逅书中的更多人物，他们因你的阅读而存在。愿你读得开心！

克莱儿·麦克福尔

楔子

他坐在山坡上，静静地等待着新的一天和新的任务。

前方是锈迹斑驳的铁轨，它蜿蜒着隐入隧道口的深处。在阴沉晦暗的天色下，石拱门洞里基本是透不进光的。他紧紧地盯着那个门洞，翘首等待，却又无比厌倦。

他不觉得激动，也提不起兴趣。事实上，距离他上一次产生好奇的感觉，已经过去了很长时间。对如今的他来说，最重要的就是完成任务。他冷峻淡漠的双眸中毫无生气。

起风了，冷冽的空气在他周围呼啸，他没觉得冷，反而更加专注警觉。

就要来了！

第一章

　　几个豆大的雨点倏然飘落，砸到火车站台上方的铁皮棚顶，发出杂乱无章的声响。迪伦叹了口气，把裹在厚棉夹克里的脸埋得更深了些，尽量让冻僵的鼻子暖和起来。她发现自己的双脚逐渐麻木，为了让血液重新循环起来，她抬起脚在开裂的水泥地上跺了几下。她没好气地瞪向黑油油的铁轨，铁轨上散落着薯片包装袋、艾恩·布鲁汽水[1]瓶和一些破雨伞的碎片。因为心急，她提前十分钟就来到了这里。可现在火车已经晚点一刻钟了，她不得不无所事事地站着放空，感受着身体的热量逐渐流失。

　　雨越下越大，她身旁的陌生人还在吃力地试图看手上的那份免费报纸，他显然已经被一篇关于伦敦西区一连串骇人谋杀案的报道吸引住了。棚顶为他们提供的遮蔽非常有限，雨点密密麻麻地打在报上扩散开来，纸上的油墨随即晕成一团。他不满地抱怨了两句，折起报纸，夹到腋下，然后环顾四周，想重新找些可以打发时间的东西。迪伦为了避开一场尴尬的寒暄，慌忙移开了视线。

　　她今天已经够倒霉了，起初是因为她的闹钟，不知怎的今天居然

1　艾恩·布鲁汽水（Irn Bru），源自苏格兰的无酒精饮料，自1901年以来一直是苏格兰的国民饮品，以其独特的橙味和气泡而闻名。

没响，而接下来发生的事，更是一件比一件糟糕。

"起床！快起床！要迟到了！你昨天晚上是不是又玩电脑了？要是你管不住自己，以后就别怪我来干预你的那些社交生活，你也不想那样吧！"

妈妈的声音清晰响亮，硬生生地闯进了迪伦那个有着帅气陌生人的梦。妈妈的声音尖得可以刺透玻璃，所以迪伦的潜意识也无力将那个梦重新续接起来。妈妈在快步走回她们廉租公寓里那条长长的走廊时，嘴里还在念叨个没完，但迪伦自动隔绝了这些唠叨，为了给以后的白日梦尽可能多地保留一些素材，她正拼命地回忆着那个梦：缓慢的前行……一只握着她的手的温暖的手……空气中叶子混着泥土的沁人的香气……迪伦微微翘起唇角，感到一股暖意涌上心头，可就在她快要想起他的脸时，清晨的一阵寒意就那么将它冲散。她叹了口气，强行睁开双眼，伸了个懒腰，尽情享受着厚厚的羽绒被带来的温暖惬意，然后微眯着眼睛向左瞥了一眼闹钟……

老天！

她是真的要迟到了！她赶忙在房间里翻找干净的衣服，好不容易凑出了一套完整的校服。虽然梳理过了，但她的齐肩棕发还是一如既往地卷翘蓬乱，于是她连镜子都没照，直接拿过发圈将头发扎成了一个不惹眼的小发苞。别的姑娘究竟是怎么绑出富有艺术感的完美发型的？这对迪伦来说始终是个谜。因为就算她花费好大的功夫把头发吹干、拉直，可只要一出门，用不了几秒，头发就又会变回原本乱蓬蓬的样子。

不洗澡就出门是不可能的，但她今天根本没时间去逐一旋转哪个开关或是按下哪个按钮，只能将就着在花洒喷下的滚烫热水里快速转几个圈冲一下。她用粗糙的毛巾擦了擦身上的水，然后快速套上校服：一条黑色的短裙、一件白色的衬衫和一条绿色的领带。匆忙之下，她指甲上的一个缺口钩到了她仅剩的那条干净裤袜，上面瞬间因为抽丝出现了一个巨大的破洞。她咬牙将它丢进垃圾桶，然后光着腿噔噔噔地走过门厅，来到厨房。

不吃早饭就出门同样是极不可取的。可她在扫了一眼冰箱，又信心满满地朝餐柜里巡视一圈后，却发现没有能让她带在路上吃的东西。她但凡再早起那么一点儿，都可以在去学校的路上，随便冲进一家咖啡店买个培根卷。可惜现在她已经来不及了，今早注定只能挨饿了。幸运的是，学校饭卡上的钱还够她吃上一顿像样的午餐。今天是周五，所以今天的例菜应该是炸鱼和薯条。当然，她那个"健康疯了"的学校是不会给他们提供盐、醋，或者番茄酱的。想到这里，迪伦不禁翻了个白眼。

"你收拾好行李没？"

迪伦转头看向站在厨房门口的妈妈琼。妈妈已经换上了医院的制服，她今天要连续值班十二小时，想想都觉得难熬。

"还没，我准备放学后再收拾。火车要五点半才开，时间完全来得及。"迪伦觉得妈妈还是这么喜欢插手别人的事情，她好像总是不自觉地就会变成这样。

琼很不以为然地挑起眉毛，这更加深了她额头上的几条横纹——尽管她每晚都在脸上辛辛苦苦地涂抹各种昂贵的乳液和其他护肤品。

"你简直没有一点儿计划性，"琼开始了，"你昨天晚上就该做完这件事了，可你却把时间都浪费在了 MSN[1] 上⋯⋯"

"知道了！"迪伦不耐烦地说，"我会搞定的。"

琼似乎还有话说，可最终只是摇了摇头转身走开，门厅里随即响起了她离开的脚步声。妈妈生气的原因其实并不难猜，她非常反对迪伦周末大老远地跑去见爸爸——她曾郑重发誓要和那个男人相互拥有，相互支持，直到死亡将他们⋯⋯不，光是生活本身就足以将他们分开了。

迪伦料到琼还是会反对她这次的出行，于是快速穿好鞋，抓起书包，大步穿过门厅，不顾早已饿得咕咕叫的肚子。今天上午必定特别难熬。她在门口停下，例行公事地喊了一句"再见"，但没有听到任何回应。她拖着沉重的步子，走进门外的雨里。

她朝学校走了十五分钟，身上那件廉价的棉夹克就已经阻隔不了毛毛雨的侵袭了，她能感觉到雨水已经洇湿了她的衬衫。突然间，她想到一个可怕的事情，不由得在倾盆大雨里停下了脚步：白色的衬衫，雨，湿了的白色衬衫。她想起早上从内衣抽屉里翻出的唯一干净的胸罩是——藏青色的。

一个词从她紧咬的牙缝里溜了出来，如果她妈妈在附近的话，肯定会因为这个词而禁她的足。她飞快地看了眼手表，已经没时间回家换了。事实上，就算现在朝着学校狂奔，她也要迟到了。

好极了。

1　MSN，这里指的是 MSN Messenger，是微软公司于 1999 年 7 月推出的一款即时通信软件。

她冒着雨，大踏步地走在商业街上，沿途经过了几家慈善商店[1]、一些封着木板的倒闭店铺、几家装修很差但蛋糕贵得离谱的咖啡店，还有一条街上总得有那么一家或者两家的博彩店。再去躲避地上的水坑已经没有任何意义，她的脚已经湿透了，不过比起她现在所担心的，这一点简直不足挂齿。有那么一瞬间，她想躲进马路对面的公园，一直待到琼去上班，但她知道自己不会那么做，因为她根本没那个胆子。所以在一大通夹杂着脏话的小声抱怨后，她拐出商业街，走进了楷校中学的大门。

三层的教学楼上排布着亟须不同程度整修的统一规格的格子间。迪伦确信，学校这么设计，就是为了抑制学生的热情、创造力，以及生而为人最为重要的思想。签到被安排在顶层帕森老师的教室里，这也是个看上去异常沉闷的方格子，为了给它注入生气，帕森老师用心地将海报和学生作品贴满墙壁，可奇怪的是，她的努力却让这间屋子变得更加压抑，尤其是现在，三十个穿着相同制服的学生把它塞得满满当当，大家叽叽喳喳地说着无关紧要的废话，好像他们正在说着什么能够改变人生的大事。

迟到的迪伦异常显眼。她一坐下，老师的尖声责备就盖过了教室的嘈杂，那声音刺耳到简直能穿透玻璃。

"迪伦，外套！"

学生对老师有礼貌就是天经地义，相反，老师却不会礼貌地对待学生，这让迪伦觉得不可思议。

"我很冷，外面冻死了。"而且这里也是。她虽这么想着，却没说

---

1 慈善商店（Charity Shop），也称旧货店，主要出售公众捐赠的二手商品，如衣服、书籍、音乐专辑、鞋子、玩具和家具等，在支付相应的费用后，所剩的销售收入将用于慈善。

出来。

"我不管。外套！"

尽管迪伦还想坚持，但她知道最终必将是徒劳。况且，更多的争辩会把大家的注意力都引到自己身上，而这通常是她会极力避免的事情。于是她叹了口气，在和那个劣质的拉锁斗争一番后，她扭动了几下身体，从外套中挣脱出来。她向下瞟了一眼，证实了自己的担心。湿透的衬衫几近透明，里面的胸罩像灯塔一样闪耀。她在椅子上蜷起身体，好奇自己还能隐身多久。

答案是四十五秒。当然是几个女生先发现的，她的左侧爆发出一阵窃笑。

"怎么了？笑什么呢？"突然从窃笑声中传出大卫·"德福"·马克米兰难听又刻薄的声音。尽管迪伦岿然不动地望向前方的白板，但脑海里已经清晰地勾勒出身后发生的一切，想必谢丽尔和她的几个好闺密正一边用她们美甲后的指尖点着她，一边露出畅快的微笑。像德福这么迟钝的人，是不会那么快就发现她们在指她的，如果没有拳头那么粗的线索，他根本就想不到好笑的点到底在哪儿。谢丽尔会乐于做出提示的，她可能无声地说了句"看她的胸罩"，也可能是做了一个猥琐的手势。在他们班的白痴男生中，手语是更常用到的。

"啊哈！"她的脑海中又浮现出一幅画面，既然他终于明白过来，那他的口水和艾恩·布鲁汽水就要飞溅到课桌上了，"嘿嘿，迪伦，我能看见你的胸！"迪伦感到难堪，把身体往椅子里缩了缩，与此同时，刚才的窃笑变成了哄堂大笑，就连老师都笑了起来。可恶！

自从凯蒂走后，整个学校都找不出一个看似能和迪伦在同一星球的人，更不用说再找出一个和她同一种群的人了。这里全是无脑跟风的家伙。男生们穿运动装，听嘻哈音乐，晚上聚在滑板场——不滑滑板，只是搞搞破坏，或者喝喝能弄到手的随便什么酒。女生的情况就更糟了。她们会用五层彩妆把脸涂得像橙子一样，还整天操着从 E4[1] 转播的美国青春校园剧里学来的刺耳腔调叽叽喳喳。为打造"造型"而喷的十二罐发胶好像把她们的脑子都喷成了糨糊，除了美黑、难听的流行音乐，以及最让人受不了的话题——哪个穿运动装的"卡萨诺瓦"[2] 最帅，她们好像就没什么可聊的。当然，学校里还是有一些不爱抱团的人，但他们同样也更喜欢独来独往，他们只想熬过这段日子，不被任何一个团体针对。

凯蒂曾经是迪伦唯一的伙伴，她们从小学时就凑在一起悄悄说其他同学的坏话，一起策划怎么离开这个地方。可就在去年，一切都发生了改变，因为凯蒂那对互相看对方不顺眼的父母决定彻底分开了。凯蒂的父母在迪伦认识她的时候就在互相讨厌了，所以迪伦不能理解为什么他们要到现在才下这样的决心。但事已至此，凯蒂就不得不做出选择：是和她的酒鬼爸爸待在格拉斯哥，还是跟着她有强迫症的妈妈搬离这里。迪伦并没有羡慕她有这种选择的机会，因为对凯蒂来说，这无疑让她左右为难。她最终选择和妈妈搬去了拉纳克郡[3] 一个叫莱斯马黑戈[4] 的小镇，那地方简直像在世界的另外一边。凯蒂搬走

1　E4，英国第四频道公司旗下的电视频道，"E"代表"entertainment（娱乐）"。该频道面向 15 ~ 35 岁观众，播出娱乐节目、电视剧和电影。

2　"卡萨诺瓦"，指贾科莫·卡萨诺瓦，18 世纪极富传奇色彩的意大利冒险家、作家、"追寻女色的风流才子"，享誉欧洲的大情圣。

3　拉纳克郡（Lanarkshire），苏格兰中部低地的一个历史行政区划，也是苏格兰人口最为密集的地区。1975 年苏格兰实施行政区划重划后被废除。

4　莱斯马黑戈（Lesmahagow），位于苏格兰中部地带，是拉纳克郡一个历史悠久的小镇。

以后，迪伦过得比之前要更加艰难，也更加孤独。迪伦此刻非常想念凯蒂，凯蒂肯定从不会嘲笑她身上的透视衬衫。

尽管衬衫在第一节课上到一半时就干了，但已经造成的影响却无法挽回。无论她去哪里，都有一些同年级的男生，还有一些她压根儿就不认识的男生跟在她的身后起哄，有人挖苦她，有人试着弹她的胸罩带，就是为了确认它还在那儿。到午休时，迪伦就已经受够了，既厌倦了那些拿她寻开心的幼稚男生，也厌倦了那些满脸讥讽的傲慢女生，更厌倦了那些装聋作哑的愚蠢老师。于是在第四节课的下课铃声响起后，她走过食堂，从那两扇门里飘出的炸鱼和薯条的香气，引得她的肚子咕咕作响，但她没有理会，而是跟着其他准备去往薯条店或面包店的人群走出了校门。她一直走到整排商店的尽头，但依旧没有停下脚步。

当她走到平时除了逃学的人，其他学生根本不敢在午休时间逗留的街道时，她的心跳比平时快了一倍。她之前从没逃过学，连想都没有想过这么做。她一直是个腼腆而认真的学生，虽然勤奋文静，但并不特别聪明。她获得的所有成绩都是靠努力得来的，而当你在你所在的各个课堂里，甚至在整个学校里都没有一个朋友的时候，你的成绩自然就会变得很好。不过今天她要叛逆一次，这意味着等到第五节课课前点名的时候，她的名字旁边会出现一个缺勤标记。即便他们把电话打到还在医院上班的琼那里，她也无能为力，因为等她下班的时候，迪伦已经在去阿伯丁[1]的路上了。迪伦把心中的不安抛到脑后，因为今天她还有很多更重要的事情需要考虑。

1　阿伯丁（Aberdeen），苏格兰的主要城市之一，位于苏格兰东北部，是北海海滨的主要海港，有"欧洲的石油之都"的美誉。

走到自己住的那条街时，迪伦变得格外小心，好在一路都没有碰到什么人。她步伐沉重地爬上二楼，掏出钥匙。在楼梯间里，钥匙的叮当声格外响亮，她不禁屏住了呼吸。此刻她最不希望看到的就是住在对门的贝利太太探出头。她会问迪伦怎么了，或者更糟糕的，她会邀请迪伦去她家里聊一聊。抓紧。迪伦仔细听了听，对面并没有传来蹒跚的脚步声，于是她迅速打开了琼为了阻拦她幻想中的那些入室行窃的小偷而设置的双重门锁，悄悄溜进了屋。

她进屋后做的第一件事就是一把扯下身上的校服衬衫，今天的难堪都是它造成的。她将它丢到浴室的脏衣篓里，信步走进房间，来到衣柜前站定，一件件地仔细检视自己的衣服。第一次见爸爸，怎么穿才最合适呢？要给他留下一个好的第一印象才行。暴露的衣服会让他觉得她过于轻浮，带有卡通图案的又会让他觉得她过于幼稚。因此，她需要的是一身看起来既漂亮又相对正式的衣服。她左看右看，然后把几件衣服扒拉到一边，把身子探进衣橱，看了看后面还有没有什么被她落掉的衣服。她最终只得承认这里并没有符合她要求的衣服。于是，她只好拿出一件胸前印有她最爱的乐队名的褪了色的蓝色 T 恤，在外面套了一件带有拉链的灰色帽衫，然后把校服裙脱掉，换上了一条舒服的牛仔裤和一双旧的耐克鞋，算是完成了这次的出行穿搭。

她来到琼房间的全身镜前，端详了一番镜中的自己。就这样吧。她接着从门厅的橱柜里拿出一个旧包丢到床上，胡乱地往里面塞进一条牛仔裤、几件 T 恤和几件内衣。她还准备了一双黑色校鞋和一条绿色校裙，万一他想带她外出吃个饭呢？她把手机、MP3 播放器、钱包，连同一些洗漱用品一起塞进背包前面的口袋。接着她从床上拿起最后一样，也是最重要的东西——一只名叫"埃格伯特"的泰迪熊。

它陪伴她很多年了，看上去破旧泛白，而且现在只剩了一只眼睛，背部缝线有一道裂口，里面的填充物争先恐后地想要从这里逃出来。虽然它从没在选美比赛中突出重围，但它从她婴儿时期就一直陪伴在她身边，只要它在，她就感到安心。

迪伦想带着它，可万一被爸爸看到，他会觉得她还没有长大吧。她犹豫地将它抱进怀里，然后又把它放回到床上。她缩回手，在看向它的时候，它似乎正在用一种被抛弃了的眼神看着她。迪伦立刻感到强烈的愧疚，于是轻轻将它放在了衣服的最上面。她拉上背包的拉链，接着又把背包拉开一半，把小熊拿了出来。这一次它脸朝下趴着，这样它就无法再用它那只控诉的独眼可怜巴巴地看向她了。她再次拉上背包的拉链，决绝地走出房间，留下埃格伯特孤零零地躺在床铺中央。但二十秒后，她又猛地冲进房间，一把抓起它，喃喃地说："埃格伯特，真对不起。"

她飞快地亲了它一下，一边把它塞进背包，一边重新跑出门去。

如果能抓紧一点儿时间，那她就可能赶上更早一班的火车，给爸爸一个惊喜。这么想着，她一路走下楼梯，来到街上。在去火车站的路上有家咖啡店，或许她能火速冲进去抓一个汉堡包，这样她就能勉强挨到吃晚饭的时候了。迪伦不由得加快脚步，她的口水都要流下来了。可在经过公园高大的铁门时，她突然停下了脚步。她透过栅栏看向一片杂乱的绿植，但并不确定自己在看什么。

那是一种似曾相识的感觉。

她眯起眼睛，努力寻找究竟是什么让她产生了这样的感觉。突然，她看到在一棵粗壮茂盛的橡树下，隐约露出一头蓬乱的金发。有那么一瞬间，迪伦脑中突然闪过一张同样被金发环绕的脸，尽管面容模糊，但那双钴蓝色的眼睛却异常触目惊心。是那个梦！

她深深地吸了口气，脉搏突然急速跳动起来，但一阵男孩的咯咯傻笑声打破了眼前的幻象。就在她的注视下，那颗脑袋转了过来，露出一张傻笑的嘴，那嘴里正吐出一丝青雾，嘴边晃晃悠悠地衔着一根香烟。是马克米兰，以及他的那些兄弟。迪伦嫌恶地皱了皱鼻子，没等被他看到，就赶忙向后退了一步。

她摇了摇头，驱散那梦的零光片羽，然后穿过马路，看向一家不起眼的咖啡小店上方的手绘招牌。

第二章

"太离谱了！简直不可原谅！"反正报纸已经看不下去了，这个陌生人显然已经打定主意要把精力放到接下来的这件事上——发牢骚。迪伦疑惑地看了他一眼。她委实不想因为跟这个身穿毛呢大衣的中年男人搭了腔，而在去往阿伯丁的路上陷入无休无止的尴尬聊天。她耸了耸肩，不过这个动作在她厚重的派克大衣下并不明显。

他对她冷淡的态度毫不在意，接着说："我的意思是，他们收那么高的票价，你就觉得他们总该做到准点吧，可他们并没有。简直不可原谅！我在这儿已经等了二十分钟，而且你懂的，就算车来了，肯定也不会有空座位的。这服务太差了！"

迪伦环顾四周，虽然棚顶下三三两两地聚集着几群人，但站台还没有拥挤到可以把她隐入人群的程度。

"毛呢大衣"转头看向她："你不觉得吗？"

尽管他想得到一个直截了当的回答，但迪伦还是尽可能地不去表态："嗯……"

他似乎把这当作对他继续发表谴责的鼓励："还是国营铁路的时代好啊，起码你知道车在哪里，当时的员工也都是诚实善良的人。现在越来越不行了，换了一群骗子来经营。太不像话了！"

迪伦想知道火车究竟到哪里了。她迫切地想从这种礼貌的敷衍中解脱出来。就在这时，火车来了，它就像披着斑驳战甲的骑士向站台驶来，往这尴尬又折磨人的一天里注入了一丝希望。

她伸手去够脚边的帆布背包，背包已经褪色，上面有些磨损的痕迹，其实她的大多数东西都是这样的。她一手抓起两根背包带，从地上用力拽起沉甸甸的背包。就在她把背包搭到一侧肩膀上时，她听到了一声轻微的撕裂声，不由得面露苦涩。此刻，要是缝线开裂，刚好又刮起一阵不知道从哪儿吹来的邪风，然后卷起她的内衣吹得满车站都是，那才符合今天倒霉的调性呢。所幸缝线并没有开裂。迪伦跟随其他疲惫的乘客一起朝着火车的方向挪动。火车缓慢地向前滑行，终于在液压系统发出咝咝的声音后停了下来。迪伦恰好站在了两个车厢门的中间。她飞快地看了一眼那个"毛呢大衣"要去的方向，然后以最快的速度冲向了另一个车厢门。

她一进车厢就开始左右张望。她需要确认车里有没有发疯的酒鬼、总想告诉你他们被外星人绑架过的怪人，以及跟你探讨人生意义和其他高深理论的"思想家"。她在乘坐各种交通工具时，似乎总会莫名其妙地吸引来这些人，但今天她要想的事情很多，所以并不想和他们产生任何交集。一番观察过后，她搜索出目前所有的空位，而它们在如此拥挤的车厢里还能被空出来的原因一望便知：车厢尽头一组座位的一边是一位抱着婴儿的母亲，婴儿正在哭号，小脸气得通红，他们身边有一辆婴儿车，周围还杂乱地摆放着几个塞满婴儿必需品的袋子；在过道的另一边，往后数几排有个双人座，对面是两个醉醺醺的少年，他们穿着流浪者队[1]的蓝色上衣，手边的纸袋里露出了一个没被藏好的酷似巴克法斯特[2]的酒瓶，他们正一边喝着酒，一边大声唱着走调的歌。

目前剩下唯一可选的位置在车厢的中部，只不过被一个身形巨大的女人挤占着，她在她旁边和对面的座位上堆满了她的购物袋，以此明显表露出她不希望身边坐人的意图。但是，不管她的意图如何明显，那里都是最有吸引力的选择。

"这儿能坐吗？"迪伦小声说着，一步步向她挪了过去。

那个女人重重地叹了口气，尽管表现出明显的不悦，但还是移开了袋子。迪伦这次做出了明确的耸肩动作，脱下外套，连同背包一起放到头顶的行李架上，然后坐到位子上。她在站台等着排队上车的时候，就从背包里翻出了耳机和MP3。她把耳机胡乱塞进耳朵，闭上眼睛，调高音量，让她最爱的独立摇滚乐队那强劲的鼓点盖过周遭的一切杂音。想象着购物袋女士正怒视着她和她恼人的音乐，她不禁微笑起来。火车出发的声音很小，小到迪伦压根儿没有听见。它呜咽着吃力地加速，朝着阿伯丁疾驰而去。

迪伦依然紧闭双眼，想象着即将到来的周末。她想知道，当她迈出车厢看到那个对她来说近乎完全陌生的男人时，内心的忐忑究竟是出于紧张还是兴奋。爸爸詹姆斯·米勒的电话号码是她游说哄骗了琼好几个月才拿到的。迪伦依稀记得她当初拨通那个号码时，手抖得有多厉害。她挂断电话，又重新拨通，然后再次挂断。万一他不想和

1　流浪者队（Rangers），格拉斯哥流浪者足球俱乐部所属球队，是苏格兰超级联赛球队之一。

2　巴克法斯特（Buckfast），一种含有咖啡因的酒精饮料。

她说话怎么办？万一他现在有自己的家庭呢？万一出现她最不愿意面对的情况——他变成一个酒鬼、罪犯，变成让人失望的人，该怎么办？她没能从妈妈那里得到更多详细的信息，她们从没谈论过他。他如妈妈所愿离开了她们，同样如妈妈所愿，在后来的日子里，他再也没有打扰过她们的生活。他离开的时候，迪伦只有五岁，一晃十年，她已经越来越记不起他的脸了。

经历了两天的思想斗争，迪伦终于在午休时来到学校操场一个既不是吸烟区、情侣幽会区，也不属于任何一个团体的僻静处。她默默期待电话那头的人因为上班而无法接听。它应验了。在六声令人窒息的铃响过后，答录机发出嘀的一声提示音，她这时才突然意识到还没想好要说什么，慌张之下，磕磕巴巴地录下一条含混而冗长的留言。

"嗨，是詹姆斯·米勒吗？我是迪伦，你的女儿。"再说点儿什么呢？"我，呃……我从妈妈那儿要到了你的号码，我是说，琼。我想着，也许，我们可以见个面，也许吧，然后聊一聊，如果你愿意的话。"她调整了一下呼吸，"这是我的号码……"

在放下电话的那一刻，她就懊恼不已。她也太白痴了！她无法相信自己事先连个草稿都没打好。她听上去肯定像个连话都说不清楚的傻瓜。可事已至此，除了等待，她别无选择。她就那么一直等着。那天下午，她一直忧心忡忡，浑浑噩噩地上完生物课和英语课后，她回家坐到电视机前，心不在焉地看完了《来做饭吧！》[1]、新闻，就连狗血肥皂剧开始播放的时候，她都没有转台。万一他不回电话呢？他听到留言了吗？万一他收不到留言呢？迪伦想象一只女人的手拿起听

---

1 《来做饭吧！》(*Ready, Steady, Cook*)，英国广播公司制作的一档日间播出的烹饪类的综艺节目。

筒，在收听过后，用涂着红色指甲油的手指缓缓按下"删除"按钮。这让迪伦不由得看向旁边的无线电话。她咬住下唇，心中犹豫不决。她没有勇气再打过去，因此只能交叉手指默默祈祷，尽量把手机放在随手就能够到的地方。

尽管一等就是两天，但他还是打来了电话。那是在下午四点的时候，仍然是个雨天，她正踩着湿漉漉的地面，冒雨走在放学回家的路上，她的袜子湿透了，肩膀也不断地被雨水打湿，她口袋里的手机突然振动起来，《童话镇》[1] 主题曲的伴奏音乐随之响起。来了。她从口袋里掏出手机，心脏似乎都停止了跳动。看到来电的号码，她的猜想就得到了进一步的确认——虽然她不认识那个号码，但确实是阿伯丁的区号。她的拇指在屏幕上向上滑了一下，将手机贴到耳边。

"喂？"她的声音粗哑中带着一丝哽咽。她努力无声地清了清嗓子。

"是迪伦吗？迪伦，我是詹姆斯。米勒。我是，你的爸爸。"

一阵无言。说点儿什么啊，迪伦，她想，说点儿什么吧，爸爸。在此刻的压力之下，两人间的沉默如同震耳欲聋的巨大嗡鸣。

"我说，"他打破了沉默，"我很高兴你打来电话。其实我之前就想联系你了，这下我们可以好好聊聊了。"

迪伦闭上眼睛，唇角微微翘起。她深深地吸了口气，终于开始诉说。

接下来的一切都变得非常顺利。她觉得和他聊天很舒服，就像他们已经认识了很久一样。他们一直聊到迪伦的手机没电才停下。他

---

1 《童话镇》(*Once Upon a Time*)，美国广播公司于 2011 年出品的冒险科幻系列电视剧。

想知道关于她的一切，她的学校、她的爱好、她的朋友、她最爱的电影、她最喜欢的书，还有男孩儿——尽管没有太多可说的，至少楷校没给她提供过什么像样的选择。作为交换，他给她讲了他在阿伯丁的生活，他和一只叫安娜的狗住在一起，他没有妻子，没有孩子，也没什么纷繁复杂的关系。他希望她能过去看看。

这一切发生在一周之前。在过去的七天里，迪伦一直都在压抑着因为即将到来的见面所产生的紧张和激动，并尽量避免和琼发生冲突，因为琼毫不掩饰地反对她和爸爸继续联系，除了凯蒂，她不知道和谁分享这事，但凯蒂那个疯狂的妈妈是不会让她独处超过五分钟的，因此她们只能抓紧一切可能的机会在 MSN 上简短地聊上几句。她们昨晚就偷偷聊了一会儿。凯蒂的妈妈昨晚去做深夜采购，因为她讨厌在人多的时候购物，而凯蒂成功地让她妈妈以为她因为隔天要上学早早地睡了。迪伦先是收到了凯蒂的短信，两分钟后，她们就在线上碰头了。

——*我的天哪，我还以为她永远都不会走了！*
感谢上帝赐予我们 24 小时营业的超市！

——*同意！最近怎么样？*

——*新学校还是很烂？学校换了，人还是一样傻，只不过换了一批乡下的傻子。还好明年的这个时候，我们的大学生活就要开始啦，我已经等不及要离开这里了！你在我们伟大的楷校还好吗？*

——烂透了。不过有件事要告诉你！

——啊啊，快说！

——我给我爸爸打电话了。

迪伦点击"发送"，然后等待对面的回复。她的心跳快得离谱。她希望凯蒂说些让人开心的话，希望有人告诉她她所做的是件正确的事。一阵长久的沉默过后，那个小框里弹出一行"对方正在输入……"

——那……结果咋样？

回复显得小心翼翼，她的朋友不想让她感到尴尬。

——有一说一，特别好！他想见我！他在电话里听着还挺不错的。真不知道琼到底为什么那么恨他。

——那谁知道呢！父母就是这么奇怪的生物。你看看我爸妈，两个疯子！那他会来看你吗？

——不，我要去看他。明天出发。

——什么？！这么快！你害怕吗？

——不，我激动得要死。有什么好怕的？

凯蒂近乎瞬间回复。

——撒谎。你胡说！

迪伦笑出声来，然后赶紧用手把嘴捂住。琼要是知道她这么晚了还在玩电脑，一定会发疯的。凯蒂就是这样，总能一下子看穿她的伪装。

——好吧，可能有一点儿吧。我尽量不去多想这事……就是有点儿担心，要是真的去细想正在做的事，我可能真的会临阵脱逃！

——不要担心啦。反正你早晚都得见他一面的。不过你妈妈要是真的很恨他的话，那让他们待在两个不同的城市或许也挺好的！你怎么去那儿？坐火车吗？

——对，他给我买了一张车票。他说他想把过去的十五年统统弥补回来。

迪伦此时手里握着的就是那张车票。她应该发个短信，告诉爸爸她已经在路上了。在知道他会发短信后，她觉得他很厉害，因为琼连用手机打电话都不会。有一次，琼的车坏在了路上，她还是通过求助路人才联系到汽车服务公司[1]的。

迪伦把手伸进口袋——要知道，在瞪眼女士的购物袋的包围下，这并不是件简单的事——掏出手机，点开一个新的短信编辑界面，开始打字。

爸，我上火车了。目前来看，不会晚点太多。真想快点儿见到你☺迪伦。

就在她按下"发送"键的那一刻，旁边的窗子突然一片漆黑。真棒，她想，进隧道了。她的手机是琼送她的圣诞礼物，是琼加了好多天班才买来的。此时，她的手机屏幕上滚动着"正在发送"四个字，而当这四个字重新加载了三次后，她的小手机发出了"嘟嘟"两声提示音。"发送失败！"

迪伦小声嘟囔了一句"该死"，尽管知道没用，但还是试着将手机举过头顶。因为他们仍在隧道中穿行，所以信号无法穿过层层叠叠的岩石。可她还是保持着高举于臂的姿势，活像个迷你的"自由女神"。然后，一切就那么发生了。灯光瞬间熄灭，爆炸突然袭来，整个世界骤然终结。

1　汽车服务公司（RAC），一家英国汽车服务公司，主要服务是道路救援和一般保险。

第三章

一片静默。

尖叫，或者哭喊，迪伦觉得总该有点儿什么动静。

然而，只有静默。

无边的黑暗像是一条厚重的毯子将她从头盖住。一时间，恐惧涌上心头，她以为自己瞎了。慌乱中，她试着在眼前挥了挥手，但除了成功戳到自己的眼睛外，她没有看到任何东西。疼痛带来的刺激让她恢复了一丝清明，他们此刻正在隧道里——这就是周围一片漆黑的原因。

哪怕一丁点儿微末的光亮都没有。她发现自己被甩到了旁边的座位上，她想起身，可不知道什么东西将她压得动弹不得。于是她向右侧身，爬到座椅间的地板上。左手触碰到温热黏稠的东西，她用力地甩了甩，在牛仔裤上抹了几下，尽量不去细想那些黏稠的东西究竟会是什么。她的右手中攥着一个小物件，那是她在天旋地转前就一直握在手里的手机。她急忙将它拿起，打开一看，好不容易燃起的希望瞬间变成失望——手机黑屏了。她在屏幕上乱戳一通，但手机还是没有任何反应。希望彻底破灭了。

迪伦爬进过道，把脚拢到身下，站起身来，头却重重地撞到了什么东西。

"该死的！啊！"她长长地呼出一口气，重新弯下身子。她摸了摸自己剧烈搏动的太阳穴，似乎没有出血，但实在疼得厉害。她再次直起腰来，这一次小心很多。为了确保脑袋安全，她学会了用手探路。但周围实在太黑了，她根本看不见自己刚刚撞到的是什么东西。

"有人吗？"她弱弱地问。没有人回答，就连其他人移动时会发出的沙沙声都没有。车厢之前明明是满满当当的，人都去哪儿了呢？她的脑中突然闪现出刚刚她座位下的那摊液体，但她不敢再想。

"有人吗？"她这次提高了声音，"能听到我说话吗？有没有人？！"心中的不安终于冒了出来，她最后的几个字也因为害怕而变了音调。她的呼吸急促起来，她在恐惧中努力让自己恢复思考。无边的黑暗让她感受到幽闭的恐惧，她的喉咙突然哽住，就像被什么掐住一样。她孤身一人，身边都是……都是……她不愿再想下去。她只知道，她无法再在这个车厢里多待一秒。

她不假思索，一路跌跌撞撞地向前冲去。她的一只脚踩到一个又软又滑的东西，由于运动鞋鞋底的花纹没什么摩擦力，她脚下直打滑。她突然害怕起来，拼命从那个绵软得很诡异的东西上猛地抬起腿，但她的另一只脚却没有找到安全平稳的落点。于是，她觉得自己就像电影里的慢动作一样，向下朝着地板以及蛰伏在那里的恐怖东西倒去。不！她倒吸一口凉气，伸出双手想要护住自己，却在胡乱挥舞的过程中抓住了一根杆子。她用力握住它，阻止了身体的下坠，一侧肩膀的肌肉也随之紧绷起来，可原本向前的惯性所带来的冲力还是让她的脖子重重地撞在了那段冰凉的金属杆上。

迪伦不顾从脖子上传来的剧烈疼痛，伸出另一只手也紧紧地握住杆子，这似乎让她抓住了一些现实的触手。她的大脑告诉她：杆子，这根杆子是紧挨着门的，所以你现在肯定就在门的旁边。她紧绷的身体慢慢放松下来，这让她的大脑更加清明。难怪现在只有她一个人，想必其他人已经逃了出去，她被落下纯粹是因为被埋在了那个蠢女人的购物袋下面。"我当初就该坐在那几个流浪者队的球迷旁边。"这么想着，她露出一个无力的笑容。

黑暗中，她不敢再用脚探路，于是用手摸索着与杆子相连的隔板，期待着摸到那扇已经折叠打开的门。她伸展所有手指，却什么都没有摸到。她往前挪了一些，终于找到车厢的门。一扇关着的门。

"太奇怪了。"她想。随即她又耸了耸肩膀。其他人肯定从另一边的门出去了。她的运气一向都这么"好"。这种合乎逻辑的推断让她恢复了平静，思路也逐渐清晰起来。她实在不想冒着再次踩到那些令人不安的软绵绵的物体的风险，沿着来时的路再走回车厢的另一端，因此她开始四下寻找车门的开关。她的指腹摸到了开关凸起的边缘，用力按了下去。然而，车门依然紧闭。

"该死。"她小声咒骂着。电路很可能在撞击的瞬间被切断了。她回头看了一眼。好吧，果然毫无意义，她还是看不到任何东西，只能通过想象来填充眼前的场景——车厢的通道上，塞满了翻倒的座椅和行李，窗玻璃碎了一地，呈现绵软滑腻状态的东西在她的想象中变成了人体的躯干和四肢。不，她绝不回去！

她双手抵住车门，用力一推，尽管没有推开，但她觉得门板有些松动了。只要再用点儿力，门就能被推开，她想。她向后退了一步，深深吸了口气，向前一个猛冲，抬起左脚，用尽最大的力气向门端去。狭小的空间里瞬间充斥着砰的一声巨响，震得她的耳朵直嗡嗡，此时从膝盖和脚踝传来的剧痛仿佛也控诉着这股冲击力的强大。突然，新鲜的空气拂过她的脸颊，她瞬间燃起了希望。她用手检查，发现一扇门已经脱离了滑动装置，这就意味着如果她在另一扇门上再来一下，她就能从两扇门的空隙间钻出去了。这一次，她向后退了两步，使出全身的力气向门撞去。这扇门板发出金属摩擦的吱嘎声，终于露出了一道缝隙。

这道缝隙不宽，但幸运的是，迪伦的身形瘦小。她侧身从门的开口向外钻，衣服的拉链蹭在门上，发出刺啦一声，随后身体瞬间腾空，朝着铁轨掉了下去。一时间，恐惧袭遍全身，但很快她的双脚就踩到了碎石上，发出嘎吱嘎吱的声响。她的幽闭恐惧感顿时消失，就像那条缠绕在她脖子上的链条被割断了一样。

隧道和车厢里一样黑。车祸一定发生在隧道的中部。迪伦左右察看，但依旧是徒劳，她仍然看不到任何光亮。在这个近乎封闭的空间里，只有微风轻轻拂过的声音。点兵点将，骑马打仗，点到是谁，跟着我走。她默默在心里念着，叹了口气，然后选择了右边的方向，步履艰难地朝前走去。这条路的尽头应该有出口吧。

在没有光照的情况下，她一路上都磕磕绊绊的，走得很慢，一些东西不时从她的脚边飞快地跑开。她希望不是老鼠，因为任何比兔子小的动物都会让她抓狂。之前就算在浴室里看到一只蜘蛛，她都会歇斯底里半个小时，直到琼被她说动，帮她赶走蜘蛛。如果真有什么东西跑到她的鞋上，她知道出于本能她一定会跑开。但在一片黑暗中，路面崎岖不平，她这么做极有可能会摔个狗啃泥。

隧道幽深，似乎没有尽头。可就在她准备掉转方向朝另一边走的时候，她看到前方似乎出现了一个小小的光点。她希望那是出口或是救援人员手电筒的亮光，于是加快了踉跄的脚步，不顾一切地想要重新拥抱洞外的光明。她走了很久，慢慢地，那个光点逐渐扩大成了拱门，光从拱门透进来，尽管并不明亮，但对她来说已经够了。

当她走出隧道时，外面正在下着毛毛细雨。她仰起脸，沐浴在轻柔的雨丝中，高兴地笑了起来。隧道的黑暗让她觉得自己脏兮兮的，而此时笼罩在薄雾中的雨滴似乎可以驱散一些她的恐惧。她深深地吸了口气，双手叉腰，开始察看四周的环境。

眼前除了蜿蜒着伸向远方的铁轨，只有一片旷野。这让她意识到格拉斯哥已经被他们远远地甩在了身后。天边群山层峦叠嶂，巍峨的山峰在低矮的层云中若隐若现。就像配色温柔的风景画一样，紫色的帚石南[1]在大片棕色欧洲蕨[2]的缝隙里争相绽放着，覆盖着青松的小斜坡上错落分布着一丛丛灌木。靠近隧道的山坡要更加平缓，起伏的土丘上长满了郁郁葱葱的草丛。目之所及，不要说村镇和道路，就连一间农舍都没有。看着眼前的场景，迪伦咬起了下唇。这里实在是太荒凉了，让此时身陷困境的她望而生畏。

她原本以为现场会横七竖八地停着一大批匆匆赶来的警车和救护车，会有一大群身穿各色醒目制服的男男女女严阵以待，随时准备冲上来安抚她，为她检查伤势，对她进行询问。而在隧道出口的地方，也应该零散地分布着一些脸色苍白的幸存者，他们全都蜷缩在可以抵御寒风的毯子里。可事实上，她想象中的一切都没有出现。她不禁露

1　帚石南，杜鹃花科、帚石南属下的唯一物种，是一种低矮的常绿灌木，广布于欧洲西部及亚洲、北美等。

2　欧洲蕨，碗蕨科蕨属植物，生长于海拔 200 ~ 830 米山地阳坡及森林边缘阳光充足的地方，以其大而高度分裂的叶子闻名。

出困惑不安的表情。大家都去哪儿了啊?

她转身望向漆黑的隧道。除了她走错路外,一定没有别的解释了。他们现在一定都在隧道的另一边。疲惫而又沮丧的泪水瞬间夺眶而出。一想到要重回黑暗,再次从那列载满遇难者绵软尸体的火车旁走过,她就觉得痛苦不堪。但她又无法将它绕开。这片长着欧洲蕨的地面是从一大片连绵起伏的山丘底部开凿出来的,两边的地势不断升高,它难以逾越,翻越它的难度堪比翻越悬崖峭壁。

她抬头看天,想向上天祈祷,改变眼前的一切,但空中只有静静飘浮着的青灰色云朵。她轻轻抽泣一下,转回身,看向眼前荒凉的旷野。她迫切渴望找到人类活动的蛛丝马迹,好让她不再回到那条黑暗的隧道。她抬手抵在额头上,挡住了额前的风和雨水,而就在她举目眺望的时候,他出现在了她的视野之中。

第四章

　　他正双手抱膝，坐在隧道口左边的山坡上望向她。从这么远的地方看去，她只能大致分辨出他是个小男孩，也可能有十几岁了，风正不断地吹乱他的一头金发。当迎上她投去的目光后，他不仅没有站起身，甚至连一个微笑都没有给她，就那么继续盯着她。

　　在这个与世隔绝的地方，他就那样遗世独立地坐在那里，让人有种说不上来的怪异感。除非他也是这列火车的乘客，不然迪伦真的无法想象他是怎么来到这里的。她朝他挥了挥手，觉得至少有人能和她共享这段恐怖的经历也是值得高兴的，然而他没有挥手回应。她想她似乎看到他稍稍坐直了些，不过距离太远，她还是看不大清楚。

　　她目不转睛地盯着他，生怕他会突然消失。她就这样一路从铁轨旁铺满碎石的斜坡上滑了下去，跳过一条长满杂草的小水沟，来到一道带刺的铁丝网前，这道围栏之外就是开阔的旷野了。迪伦小心地抓住横在两个金属结之间顶部的那根铁丝，向下用力将它压到她能勉强迈过去的位置，而就在她后面那只脚即将跨过去的时候，她被绊了一下。就在快要摔倒的时候，她伸手抓住铁丝，让身体恢复了平衡。可铁网上的尖刺却扎进她的手掌，划破了她的皮肤，细小的血点很快就渗了出来。她简单地查看一下自己的手，然后在腿上蹭了蹭，这时牛仔裤上一块深色的污迹引起了她的注意。她大腿外侧的位置有一大片红色的斑块，她定定地看了一会儿，终于想起那是她为了擦掉手上沾的车厢地板上的黏液留下的。意识到这一点后，她瞬间脸色煞白，胃部也轻微地泛起恶心。

她摇了摇头，把萦绕在脑中那些令人不适的画面统统清除出去，然后转身背对铁丝网，将目光锁定在她的目标上。他坐在离她大约五十米的斜坡上，从这个距离看去，她就可以看清他的脸了。她向他微笑致意，但他没有任何反应。他冷淡的态度让迪伦觉得有些尴尬，她只好低头看向地面，朝着山坡上他所在的方向走去。爬这段路并不容易，没过一会儿她就气喘吁吁了。山坡很陡，草也又高又滑，很难在其中穿行，她得非常注意脚下才行。她低着头，避免和他眼神接触。她告诉自己，除非到了必须和他四目相对的时候，不然不会抬起头。

山上的男孩冷冷地打量着向他走来的女孩。事实上，从她走出隧道的时候，他就一直注视着她，她像一只受惊的兔子蹿出地洞那样从黑暗中钻了出来。他没有选择大声叫她主动引起她的注意，而是被动地待在那里等着她发现。有那么一瞬间，他以为她要重新回到隧道里，于是想出声喊她。但她改变了主意，因此他觉得只要自己静静地坐在这里就可以，她会注意到他的。

他是对的。她的确发现了他，她用力地朝他挥舞手臂，他看到那一刻她的眼中闪着泪光。他没有挥手回应，他注意到她的脸微微僵了一下，但随即她就离开了火车轨道，朝着他的方向走了过来。她动作很笨拙，在铁丝网前被绊了一下，又在潮湿的草地上不断打滑。当她近到能看清他脸上的表情时，他别过脸去，侧耳去分辨她一步步靠近的声音。

他们碰头了。

迪伦终于来到男孩坐的地方，她从这个距离进一步地观察他。她对他年龄的判断非常准确，就算存在出入，他也不会比她大超过一岁。他穿着牛仔裤、运动鞋和一件看起来很暖和的深蓝色套头衫，上面用橙色的飘逸字体写着"野马"两个字。他的身体是蜷起来的，因此暂时不好判断他的身高，不过他看着并不瘦小。他皮肤晒得很黑，鼻子上长着一排雀斑，脸上保持着一副严肃又漠然的表情。迪伦刚靠近他，他就把视线移向了荒芜的旷野。等她来到他的面前，他依然没有改变脸上的表情和他凝视的方向。这让迪伦紧张不安，她手足无措地站在那里，不知道该说些什么。

"嗨，我叫迪伦。"她低头看向地面，声音很小。她等待着他的回话，身体重心从一只脚换到另一只脚。她朝他凝视的方向看去，想知道那儿到底有什么东西。

"特里斯坦。"他终于开口了。他飞快地看了她一眼，又把目光移开了。

看他有了反应，迪伦松了口气，试着聊下去。

"我猜你是从火车上下来的吧？真高兴这里不是只有我一个人！我肯定在车里昏倒了，等我醒来的时候，就只剩我一个人了。"他冷淡的态度让她感到紧张，因此她语速很快，"其他人都下车了，很明显他们都没有注意到我。有个蠢女人拿着一大堆袋子和东西，我被埋进去了。我从火车上下来的时候，不知道大家走的是哪条路，现在看来，我们从隧道的另一边出来，肯定和他们走岔了。我敢说警察、消防员和其他人现在都在隧道的另一边。"

"火车？"他转向她。她的目光第一次对上他的眼睛，他冰蓝色的瞳仁幽深冷峻。是那抹钴蓝色。她觉得一旦那双眼睛迸射出怒意，她浑身的血液就会瞬间凝固，好在刚刚他的眼睛里只有单纯的好奇。他飞快地上下打量了一下她，然后向隧道口的方向瞥了一眼。"没错，火车。"

她期待地看向他，但他似乎并没有继续说下去的打算。她咬了咬下唇，内心咒骂着自己的"好运"，这里出现的唯一一个人竟然是个十几岁的男孩，如果换成一个成年人的话，他一定知道要怎么应付眼下的状况。况且，尽管她不愿意承认，但像他这样的男孩是会让她感到紧张的，他们看上去那么酷、那么自信，总是害她变得结结巴巴的，像个十足的大傻子。

"我们是不是该从隧道走回去？"她提议道。尽管这意味着他们要再次从那列火车旁边经过，但如果有人做伴的话，这个提议似乎也就没那么糟了。想来他们很快就能和其他乘客以及救援人员会合了，说不定她还赶得及和她爸爸共度周末。

男孩转头看她，眼神犀利，她费了好大的力气才忍住没有退后一步。他的眼睛勾魂摄魄，好像能看穿她内心的隐秘。迪伦在他的注视下有一种无处遁形的赤裸感。她下意识地将双臂交叉，抱在了胸前。

"不行，我们不能从那儿走。"他的声音不带任何感情，仿佛他对眼下的困境毫不在意，仿佛他能在这个山坡上一直无忧无虑地坐到天荒地老。"好吧，可我不行。"她想。他看了她好一会儿，然后再次将目光移向远处的山峰。迪伦咬了咬下唇，思考着说点儿别的什么。

"呃，那你有手机吗？也许我们可以给警察什么的打个电话？我的手机在车祸的时候黑屏了。而且我可能得给我妈打个电话了，她要是知道发生了什么肯定会吓坏的。她对我一直过度保护，她肯定需要我给她报个平安，然后她就可以继续对我碎碎念，像是'我早就和你说过'之类的……"迪伦越说声音越小。

他这次连看都没有看她："手机在这里没有用。"

"哦。"她现在有些生气了。他们被困在这里，被困在这个错误的隧道出口，他们身边没有大人，无法和外界取得联系，而他完全帮不上忙。可怎么办呢？他是这里唯一的人。"好吧，那我们该怎么做？"

他没有回答，而是突然站了起来。他站直以后，个头要比她高出很多，起码比她想象的要高很多。他低头看向她，嘴角带着一丝戏谑，随即向前走去。

迪伦的嘴巴反复开合很多次，但始终没有发出任何声音。她被这个陌生的男孩吓得动弹不得，心中充满震惊和恐惧。他是打算把她丢在这里吗？很快她的问题就得到了解答。他在走了大概十米后停了下来，转身看向她："你走吗？"

"走去哪里？"迪伦问。她并不想离开事故现场。留在这里肯定是最明智的做法吧？如果他们到处乱走，别人要怎么才能找到他们呢？更何况，他知道他要去哪儿吗？现在已经是傍晚，天很快就要黑了，而且起风了，这里很冷。她不想因为迷路而在外面将就过夜。

但他成竹在胸的样子让她不禁产生了动摇。似乎察觉到她脸上的迟疑，他用不可一世的眼神看向她，语气傲慢地说："我可不会一直在这儿坐等下去。要是你想，那你就待在这儿吧。"

看她的反应，他的话显然被她听进去了。

迪伦想到自己要被丢在这里独自等待下去，不禁吓得睁大了眼睛。万一到了晚上还是没人该怎么办？

"我觉得咱们两个都该待在这儿。"她刚开口，他就已经在摇头了。尽管很不耐烦，但他还是走了回来。他盯着她的眼睛，两人之间的距离近到她能感到他呼出的气息打在她的脸上。迪伦注视着他的双眼，感觉周围的一切都在渐渐消失。他的目光带着强烈的压迫感，她无论如何都无法将视线从他的眼睛移开。她想不到要用什么词语来形容，她完全被他蛊惑了。

"跟我来。"他下达了指令，语气中没有丝毫可以转圜的余地。这是一条命令，她只要照做就可以了。

她脑子变得异常空白，竟然没有反对，只是木然地点了点头，跌跌撞撞地朝他走去。

这个叫特里斯坦的男孩不等她赶上来，就又转身朝着远离隧道的方向，朝着山上大步走去。他对她的倔强感到惊讶，似乎她的内在有着某种能量。但不管怎样，她最终都会跟他走的。

第五章

"等等，停一下！我们到底要去哪儿啊？"迪伦气呼呼地停了下来。她双脚站定，双臂交叉，抱在胸前。她当时在冲动之下，选择了跟着他走，但他们现在朝着不知道什么鬼地方已经闷头走了二十来分钟，而他从那句生硬的"跟我来"之后，就没再说过一个字。之前那些在听到他的命令后就莫名消失的质疑，以及那些必须待在隧道口的原因，重新涌回了她的脑中。像这样乱走下去是行不通的。

他继续大步向前走了几步，然后转过身来，挑起眉毛看向她："怎么了？"

"怎么了？！"迪伦语带质疑，音调也高了八度，"我们刚刚经历了一场火车事故，其他人都不见了。我不知道我们在哪儿，而你却把我带进了这个离找我们的人越来越远的大野地！"

"你觉得谁会来找我们？"他问，倨傲的戏谑又一次悄悄爬上了他的嘴角。

这个奇怪的问题让迪伦感到困惑，她皱起了眉头，再次据理力争。"警察，这是肯定的，还有我的父母。"第一次把父亲和母亲连在一起说，迪伦竟然觉得有点儿兴奋，"火车要是没能开到下一站，你觉得铁路公司的人不会好奇它到底去了哪里吗？"

说到这里，她挑起了眉毛，为自己强有力的推理论证暗自得意。这下看他怎么说。

他大笑起来，悦耳的笑声让嘲弄的意味更加明显，这样令人困惑的反应再次激怒了迪伦。她噘起嘴，以为他会抛出什么好笑的哏来。但他只是微微翘起唇角，这个笑容让他的整张脸都发生了改变，原本冰冷的他似乎有了温度，不过还是有不大对劲的地方，这个笑容看似真诚，实则笑意不达眼底。他的眼神仍旧冷漠疏离。

他走到迪伦面前，微微低头，看向她的眼睛，他那令人触目惊心的蓝色瞳仁对上了她那双有些惊慌失措的绿色眼睛。尽管这么近的距离让她感到些许不自在，但她坚持着半步都没有后退。

“如果我告诉你，你并不在你以为你所在的地方，你会怎么说？”

“什么？”这让迪伦摸不着头脑，但她并没有被威胁到。他的狂妄简直让人恼火，他不仅动不动就寻她开心，还在这里胡言乱语。她想不出他的这个问题除了迷惑她，让她产生动摇之外，还有什么别的意义。

“算了，”他轻笑道，已经读懂了她的表情，“你转身看看，还能找到那个隧道吗？”

迪伦扭头望去，周围空旷而陌生，目之所及都是冷风呼啸的荒凉山丘，山丘向下延伸，插入沟壑纵横的山谷，谷中的植被在潮湿的环境里贪婪地生长，也在经年的狂风中尽情享受着庇护。那里没有任何隧道入口的影子，甚至连火车轨道也都消失不见了。这太蹊跷了，他们并没有走出很远啊。她突然觉得胸口一紧，因为她发现自己已经分辨不出他们来时的方向，而如果此时特里斯坦再一走了之的话，她将彻底迷失在这里。

"不能。"她小声说，这才意识到自己在这个并不友善的陌生人身上付诸了怎样的信任。

看到她一副如梦初醒的表情，他笑了起来。她现在只能对他言听计从了。

"所以我猜你只能跟着我了。"他不怀好意地咧嘴一笑，重新向前走去。迪伦依然站在原地，心中游移不定。但当他们之间的距离逐渐被拉开时，她因为害怕被落下，双脚自动地走了起来。她爬过一小堆圆形巨石，又小跑着穿过一片低矮的草地，终于缩小了和他之间的距离。他依然大步流星地朝前走着，他修长的双腿和巨大的步幅使得拉开与她的距离成了一件轻而易举的事情。

"你知道你要去哪儿吗？"她气喘吁吁，加紧两步跟上他。

又是那副让人恼火的戏谑表情："知道。"

"怎么知道的？"为了跟上他的步伐，她的问题已经连不成一个完整的句子了。

"因为我以前去过。"他回答，语气中有种不容置疑的笃定。他似乎已经完全掌控了局面……还有她。尽管不愿意承认，但除非她能接受一个人无助地四下游荡，否则她只能选择相信他。他依然脚步不停地向山上冲去，但迪伦那两条长久缺乏锻炼的腿早已灼热酸痛。

"能不能拜托你走慢点儿？"她喘着粗气。

"啊，抱歉。"尽管他态度依旧冷淡，但这声抱歉却似乎出自真心，同时放慢了脚步。迪伦感激地跟上他的步调，继续开始她的提问。

"这周围有村子吗？或者有没有能用手机的地方？"

"这里是一片荒地，周围什么都没有。"特里斯坦轻声说。

迪伦担心地咬了咬嘴唇。她知道时间越晚，妈妈就会越担心她。

当初琼答应她成行的其中一个条件，就是她要在下车见到爸爸的第一时间就打电话给琼。因为她在火车上昏迷了一小段时间，所以她现在并不知道已经过去了多久，不过她确信琼是希望尽快和她取得联系的。如果她打给迪伦的时候，电话被转接到语音信箱，那她就要开始担心了。

她同样想到爸爸也会在火车站等她。要是他以为她并不想来，以为她临阵退缩，那可就糟了。不会的，他知道她上了哪列火车，他会听到火车被撞了、被困了，或是其他诸如此类的消息。尽管如此，她还是需要向他报个平安。不过等这一切都解决了，这个周末再去阿伯丁就来不及了。希望他还愿意给她再买一张票。"不过火车公司起码应该送我一张的。"她想。但从这以后，琼肯定更不乐意放她走了，也许到时候他可以到格拉斯哥看她。

她又想到另一件让她驻足思考的事：现在已经是傍晚了，如果周围没有村子，等到天黑以后，他们要怎么办呢？

她四下张望，努力搜寻着人类活动的痕迹。但特里斯坦说的是对的：周围什么都没有。

"你说你以前来过这里，具体是什么时候？"迪伦开口道。他们此时已经迈着沉重的步子来到了山顶，需要沿着山的另一侧下去。这段路十分陡峭，因此迪伦眼睛正盯着地面，留心着脚下的每一步。但如果此刻她看向特里斯坦的脸，就会发现他眼中流露出了小心与戒备。走在她身边的男孩沉默不语。

"特里斯坦？"

他们才启程不久，她就有这么多问题，这对特里斯坦来说，似乎不是什么好的征兆。他试图用大笑来缓解情绪，但迪伦却扯着嘴做出扭曲的表情，然后认真地看向他。于是他重新调整表情，变回了颇有威严的样子。

"你的问题一直这么多吗？"他说着，挑起一边的眉毛。

迪伦因为他的刻薄陷入了沉默。她转过身，抬头望向天空，青灰色的云正随着时间的流逝在一点点变暗。原来是这样，特里斯坦这才意识到。

"你怕黑？"他问。她皱起鼻子，没理他。

"我说，"他自顾自地继续说，"我们在天黑之前是到达不了目的地的，恐怕我们得在外面将就一晚了。"

迪伦皱起脸来。尽管她没有野外露营的经历，但她相当确定，任何需要睡在没有厨房、厕所和温暖床铺的户外场所的活动都不适合她。

"可我们连帐篷或者睡袋都没有，也没有任何吃的东西。"她不满地说，"要不我们还是回到隧道那里，说不定有人正在找我们。"

他翻了个白眼，随后摆出一副傲慢的样子居高临下地说："现在回去是不可能的了，真要那么做，我们一晚上都得在外面游荡了。"

"我知道一个能过夜的地方。我们可以对付一晚，毕竟之前更难的时候你都挺过来了。"他又补充道。

说来奇怪，迪伦并没有过多地回忆起那场火车事故。她刚一走出隧道，特里斯坦就彻底将她接手过来，而她只要跟着他走就可以了。不仅如此，这一切都来得那么突然，她甚至不大确定具体究竟发生了什么。

"看到那个没？"他的声音把迪伦从思绪中拉了回来，他指着八百多米外一间破败的农舍问道。它坐落在山脚下一个狭窄的山谷里，看上去已经废弃了很久，在它的边上，有面摇摇欲坠的石墙，勉强可以算作围栏。屋顶上有好几个大洞，门和窗也已经不见了踪影，看起来也许再过十年，四周的墙壁也会被统统蚕食掉。她无声地点了点头，他继续说道："那儿能稍微挡挡风寒。"

迪伦觉得难以置信："你要我们今晚在那儿过夜吗？它都快塌了！我是说，它只剩半片屋顶了！我们会被冻死的！"

"我们不会被冻死。"特里斯坦的声音充满了不屑，"雨已经不怎么下了，可能很快就停了，而且那儿能提供很多遮蔽。"

"我不打算进去。"迪伦坚决地说。她想不出还有什么比待在一个阴冷潮湿、随时还可能会倒塌的破屋子里过夜更不舒服的事。

"不，你得去。除非你想一个人继续走下去。天快黑了。一路顺风。"他冷冷地说。迪伦毫不怀疑他真的会丢下她。她能怎么办？

即便从近处看，这间小屋也没有什么可取之处。屋外的花园已经再次表明它与这整片荒野别无二致，他们不得不穿过蓟、荆棘，还有茂密的草丛，然后才来到了小屋的前门。不过情况在他们进门后有了些许好转。尽管小屋没有门窗，但还是阻挡了大量的风，而且屋顶有一端近乎完好，所以即使晚上下雨，他们也有很大的可能不会被雨淋湿。但这里看着像是被洗劫过一样，前屋主留下了各式各样的物品，包括几件破旧的家具，但它们基本上已经损坏了，随意地散落在地板上。

特里斯坦上前摆放好桌椅，然后将一个水桶翻转过来，坐到上面。他指了指椅子，示意迪伦坐下。因为担心把椅子压塌，所以她动作格外小心。椅子似乎很结实，但她仍然不敢坐得太放松。没有了呼啸的风声，屋内陷入了一阵尴尬的沉默。她已经不用再将全部注意力都集中在赶路时脚下险恶的地形上了，现在她感到无事可做，只能坐在那里，并尽量不去盯着特里斯坦看。一方面，和一个几乎完全陌生的人被困在同一间小屋里，她觉得异常局促。另一方面，这一天的痛苦经历如放电影般开始在她的脑中闪回，她迫切地想要聊聊究竟发生了什么事情。她看向特里斯坦，思考着如何打破沉默。

"你觉得发生了什么？我的意思是，那辆火车。"

"不知道。就是撞了吧，我猜。或者是隧道塌方之类的。"他耸了耸肩，视线落在她头顶上方的某个位置。他的肢体语言向她透露出他并不愿意过多地谈论这事，但迪伦不肯轻易罢休。

"那其他人呢？我们不可能是唯一幸存下来的人。你那个车厢的情况怎么样？"她的眼中闪着好奇的光芒。

他再次耸了耸肩，表现出一种置身事外的冷漠："应该和你那儿的情况差不多吧。"他眼神躲闪，她看得出他很不自在。他怎么会不想谈论这个呢？这让迪伦无法理解。

"你为什么去那儿？"他猛地抬头看向她，迪伦被他吓了一跳，赶忙解释道，"我的意思是，你坐火车打算去哪儿？是去探望某个人吗？"她立刻就后悔了，多希望自己没有问出这个问题，因为她在他眼中看到了一丝防备，这是她不喜欢的东西。

"我打算去探亲，看望我的姨妈。"他说，语气直截了当，为这段对话画下了句号。

迪伦一边思索，一边用手指一下一下地敲击着桌面。虽然探望姨妈听起来没什么不妥，但她怀疑事情没有那么简单。否则他为什么会表现得这么神秘，还一副心里有鬼的样子？她该不会和一个罪犯被隔绝在这个荒郊野外了吧？还是说，在经历了一天的惊吓之后，她变傻了，或者说变得疑神疑鬼了呢？

"我们吃点儿什么？"她问。她这么说主要是为了转移话题，因为他的疏离让她感到了不安。

"你饿了？"他的语气略带吃惊。

迪伦想了想。出乎她的意料，她并没有饥饿的感觉。她最后一次吃东西是在从学校去火车站的路上。她当时在一家脏兮兮的咖啡馆里，匆忙地就着一杯常温的健怡可乐把一个汉堡咽包了下去。不过那已经是几小时前的事了。她虽然很瘦，但能吃下一头牛。琼总开玩笑说，她会在某天醒来一下子就变成个二百五十斤的大胖子。因此，在正常情况下，她是会有很强的饥饿感的，可能过度的惊吓让她丧失了食欲。

"那起码我们得喝点儿水吧。"她说。尽管话一说出口，她就发现自己并不口渴。

"屋子后面有条小溪，"他半开玩笑地说，"不过干不干净就不好说了。"

迪伦想象了一下从那条肮脏的小溪里取水喝的情景，水里可能混杂着淤泥和小虫。这并不是个具有吸引力的提议。而且，她想："我喝了水，可能就会去厕所，但这儿好像没有厕所。"乌云让夜幕降临得格外迅速，她不想独自去黑暗中寻找方便的地方。外面布满蓟和荨麻，她会因为害怕不敢走得太远，所以她找的位置还必须在他能听到的范围之内，光是想想她就非常尴尬了。

从她的眼神中，他似乎看出了她的想法。尽管他转开脸，望向窗外的夜色，但迪伦还是注意到了他悄然隆起的脸颊。他在嘲笑她。她眯起眼睛，愤愤地朝着位于另一侧的后窗窗洞望去。除了远处群山的轮廓，外面几乎什么都看不到。逐渐拉开的夜幕让她感到紧张不安。

"你觉得我们在这儿安全吗？"她问。

他面无表情地转头看向她。"别担心，"他沉声说，"外面什么都没有。"他清冷的语气让她不由得在脑中勾勒出许多不可名状的生物正在黑暗中横冲直撞的惊悚画面，她不禁打了个寒战。

"冷吗？"还没等她回答，他就继续说，"那里有个壁炉，我有火柴，也许我能把它点着。"

他站起身，大步走到位于那片残存的屋顶下方的石壁炉前。壁炉的腔体必然对整面墙壁都起到了加固的作用，因为这一部分是小屋中看起来最为完整的。壁炉边上散落着几根圆木，他将它们逐一捡起，小心翼翼地堆成了一个圆锥的形状。看着他一连串的动作，迪伦不禁被他的沉静和专注吸引住了。他把手伸进口袋，朝着她的方向看了一眼。她慌忙地重新看向窗外，一抹红晕爬上她的脸颊。她希望他没发现她偷看他，但从壁炉方向传来的低声轻笑却给了她肯定的回答，她难为情地在椅子上挪了挪身体。随着划动火柴的声音响起，一缕淡淡的青烟飘来了。尽管她在脑中想象着他将火柴凑近柴堆，努力生火的样子，却坚决没去看他。

"除非现在突然刮来一阵大风，不然用不了几分钟，我们就能暖和一点儿了。"他说着，站起身来，踱着步子回到房间这边他的那张临时座椅上。

"谢谢。"迪伦轻声说，她是发自内心的。她对这团火充满了感激，它正逐渐驱散蔓延在大地上的黑暗。她微微侧身，凝视着在一根根木头上跳跃的火焰。没过多久，热气就从炉床扩散出来，他们沐浴在了一片温暖之中。

尽管外面什么都没有，但特里斯坦还是再次看向了窗外。迪伦已经说了她能想到的所有话题，但每次还没来得及展开，对话就立刻被他终止，因此迪伦这次没有打断他的沉思，而是移开视线，将双臂交叠，放在桌面上，然后把下巴垫在手臂上，望向燃烧的炉火。火苗的跳动让她昏昏欲睡，没过多久，她的眼皮就越来越沉。

当睡意如帷幕般将她笼罩时，她听到风贴着小屋破败不堪的墙壁呼啸着吹过。尽管感受不到风的寒意，但她却听到它在穿过裂纹和缝隙时，拼命寻找入口的呼啸声。那声音阴森恐怖，她不安地颤抖起来，但在特里斯坦发现之前，她努力控制住了自己的动作。

就是风而已，没什么好怕的。

第六章

在睁开眼的时候，迪伦发现自己又回到了火车上。她眨了眨眼睛，感到一阵茫然，但随即就几不可察地耸了耸肩，接受了这个匪夷所思的转变。火车在经过道岔时颠簸摇晃了一阵儿，在进入平滑的轨道后就又恢复了连续的轻微颤动。她再次将头靠在座椅上，闭起眼睛。

似乎只过去一眨眼的工夫，当她再次睁开眼时，却感觉有些异样。她迷糊地皱起眉头，她刚才肯定又打了个盹儿。车厢的灯光刺得她睁不开眼睛，她轻轻晃了晃脑袋，让自己恢复了清醒。她在座椅上很不舒服地挪动了几下。那女人的袋子真是多到夸张，占据了她身边非常大的空间，而此刻一个亮橙色的袋子里，有个很尖的东西正抵在她的肋骨上，戳得她生疼。

想到答应过爸爸，在上火车后要给他发条短信，她艰难地从狭小的空间中掏出口袋里的手机。随着她的动作，一个超大的购物袋滚到了座椅的边缘摇摇欲坠。对面的女人伸手将它一把推到座位上，不满地啧了一声。但迪伦没有理会她，而是轻触手机，唤醒屏幕，然后开始编辑短信。

爸，我上火车了。目前来看，不会晚点太多……

火车突然颠了一下，震到了她的手肘，手机瞬间从她的指间飞了出去。她伸出另一只手，却只碰到手机底部的边缘，非但没能将它抓住，反而让它飞得更远。伴随着一声可怕的脆响，手机哐当掉到了地上，紧接着她听到手机在地上滑出去的刮擦声。

"该死。"她小声咒骂道。她用手指在地上摸索了一会儿才碰到手机，上面很黏，一定是哪个白痴把饮料洒在了地上。迪伦拿起手机，准备查看它的损坏情况。

附着在手机上的并不是饮料，而是一层厚厚的暗红色黏液，它们正顺着她心形的手机挂件慢慢滴下，在她牛仔裤的膝盖处溅起小小的血花。她抬起头来，第一次对上对面女人的眼睛，一双空洞无神的眼睛。血水从她的头皮喷涌出来，她张开嘴巴，灰败的双唇向后咧着，仿佛在无声地尖叫。迪伦发疯似的看向周围，发现了那两个她之前极力避开的流浪者队的球迷。他们躺在那里，双臂环抱着对方，脑袋以极其诡异的角度靠在一起。火车又颠了一下，他们像木偶一样咚地向前扑倒下去，脑袋靠着纤细的脖筋固定在脖子上。整个世界都在土崩瓦解，迪伦张嘴想要尖叫。

开始是一声令人心悸的尖厉巨响，这声音让迪伦牙根发酸，就像钢轨被巨大的撞击撕成碎片一样，她觉得身体里的每根神经都被尽数锯断。车内的灯光变得忽明忽暗，她的脚下似乎猛烈地颠簸起来。一股不可思议的力量将她甩出座位，她张开手脚径直朝前飞扑向对面的可怕女人，那女人僵死的手臂似乎正要把她抱住，她张开的嘴巴咧得更大了，露出一个狰狞的笑容。

"迪伦！"这个让迪伦觉得有些陌生的声音使她慢慢恢复了意识，"迪伦，醒醒！"她觉得自己的肩膀正被用力地摇晃着。

迪伦大口喘着粗气，从桌上猛地抬起头来，对上了一双充满关切的蓝色眼睛。她刚刚肯定睡着了。

"你刚才在大叫。"特里斯坦说，语气中竟然破天荒地带了一丝担忧。

梦中恐怖的画面依然历历在目。迪伦眼前浮现出那女人的死亡狞笑，肾上腺素加速了她的血液流动。不过那都不是真的。还好不是真的。随着重新回归现实，她的呼吸逐渐平缓下来。

"做噩梦了。"迪伦小声说，开始觉得尴尬了。她坐直身体，避开他的目光，朝着周围打量了一下。火已经熄了有一段时间，不过清晨的第一缕阳光已经开始照亮天空，周围的环境清晰地呈现在她眼前。

晨光中的小屋显得更加清冷。奶油白的墙壁早已褪色，墙壁上的墙皮已经开始剥落。潮气透过屋顶和窗子上的洞渗进墙壁，在上面留下一块块青苔。那些被随意弃置的家具等物品，不知怎的让人有种莫名的伤感。曾经有人用对他有着特殊意义或寄托着他某种感情的物件满怀爱意地布置着这里，可如今却将它们随意丢弃遗忘。

想到这里，迪伦竟然觉得有些哽咽。她觉得喉咙发紧，眼泪几乎要顺着脸颊流下来了。她这是怎么了？

"我们该走了。"特里斯坦打断她的思绪，将她拉到现实里来。

"好吧。"她的嗓音因为情绪的翻涌而变得沙哑，特里斯坦不由得多看了她一眼。

"你还好吧？"

"没事。"迪伦深吸了一口气，试着朝他微笑，但笑得非常勉强。

她只得希望他没那么了解她，不至于看穿什么。尽管他微微眯起了眼睛，但还是点了点头。

"所以，你有什么打算？"她语气活泼，想努力掩饰此刻的尴尬。这从某种程度上来说是有用的。

他微微翘起唇角，露出一丝笑意，然后走到门口。"我们往那个方向走。"他抬手一指，然后双手叉腰站在那里，等待着她的加入。

"现在？"迪伦觉得难以置信。

"对。"他回答得很干脆，向门外走去。她目瞪口呆地看向他刚刚走过的门框。他们不能就这么出发。他们还没喝那条溪里的水，没去找食物，也没冲澡。她想知道如果她就坐在这里，不继续跟着他走的话，他会怎么做。可能他还是会继续往前走吧。

"该死。"迪伦嘟囔着赶忙站起身来，动作笨拙地去追赶他。

✿

"特里斯坦，这太荒谬了。"

"又怎么了？"他转身看向迪伦，眼中的恼怒清晰可见。

"我们已经走了好久好久好久了。"

"所以呢？"

"是这样的，火车是在格拉斯哥往北一小时车程的地方出事的。在苏格兰的这片地区，不管从哪儿出发，都不可能像我们这样，走了这么久还什么都看不到的。"

他机敏地审视着迪伦。"你想表达什么？"他问。

"我想表达的就是，我们肯定一直在原地转圈。如果你真的知道你要去哪儿的话，我们现在早就该到了。"迪伦双手叉腰，准备据理力争，但出乎她的意料，特里斯坦却露出了如释重负的表情，这让她很困惑。"我们不能再这么走下去了。"她继续说。

"那你有什么更好的主意？"

"我觉得更好的主意就是待在火车隧道里，会有人发现我们的。"

他露出一个微笑，今早那样的关切早已消失殆尽，那个傲慢又语带戏谑的特里斯坦又回来了。

"已经太迟了。"他嗤笑一声，转身继续往前走。迪伦满腹狐疑地看着他的背影。他既无理又专横，简直让人难以置信。

"不，特里斯坦，我是认真的。停下！"她努力让自己的语气显得更有上位者的威压，但就连她自己听来，都觉得她的话中充满了渴求。

即使在十米开外，她都听到他不耐烦地叹了口气。

"我想回去。"

他再次转身面对她。她看得出，他费了很大的力气才维持住脸上那副平静克制的表情。"不行。"

她十分惊讶，瞠目结舌地看着他。他以为他是谁啊？不过就是个毛头小子，他又不是她妈妈。她不敢相信他居然以为他可以这样对她发号施令。她从双手叉腰改为双臂交叠在胸前，站稳脚跟，准备和他大干一场。

"不行？你什么意思？你没有决定让我去哪儿的权利。没人让你做主。你和我一样，都是走丢的人。现在我想回去。"她把最后一句中的每个字都说得无比清晰，仿佛她这么说了，就真的能将它付诸行动。

"迪伦，你回不去。那儿已经没了。"

他的话让迪伦觉得很迷惑，她皱起眉头，抿起嘴巴。

"你在说什么？什么没了？"他的含糊其词让她感到心烦意乱。

"没什么，行了吧？别想了。"他摇了摇头，似乎正在努力搜寻恰当的词语。"听着，相信我，"他目光灼灼地看向她的眼睛，"我们已经走了这么远，要是折返回去找隧道还会花费相同的时间。我真的知道我要去哪儿，我保证。"

迪伦的内心充满犹豫，她不断将身体的重心在两脚之间反复切换。一方面，她迫切地想要回到发生事故的地方，她很确定有人会去那里主持大局，解决所有问题。另一方面，她又绝不可能独自回去，她害怕被丢在荒野中。他似乎感觉到了她的犹豫，于是朝她走了过来，在离她近到让她不自在的地方停了下来，并屈膝平视她的眼睛。尽管她很想往后退，但就像被车前灯照到的兔子一样，她僵在了原地。迪伦脑中的记忆重现，她似乎要回想起什么，但很快就被他过近的逼视打断。

"你得这么走，"他对她耳语，声音带有催眠般的魔力，"你得跟我走。"

他目不转睛地看着她，看到她的瞳仁放大到几乎遮住她绿色的眼球后，满意地笑了笑。

"快点儿。"他下达了命令。

迪伦没再思考，听话地走了起来。

脚下的路似乎没有尽头。他们步履艰难地在泥泞的沼泽地上跋涉，不知怎的，这似乎永远都是一条上坡路。迪伦的双腿一直在拼命抗议，脚上的运动鞋也很久没干了，她每走一步，鞋里冰凉的水就会扑哧被挤压一下。她的喇叭牛仔裤在膝盖以下全是湿的，每次抬脚都让她有种被拖拽的感觉。

然而，特里斯坦并没有因为她阴沉的表情和不满的抱怨受到丝毫影响。他机械地保持匀速前进，总在她前方一米左右的地方沉默而坚定地走着。他偶尔也会在她被绊倒的时候回过头来，可一旦确定她没什么大碍，就又会心无旁骛地重新上路。

迪伦开始觉得越来越不自在，他们之间的沉默就像一道密不透风的砖墙。她甚至觉得他很讨厌和她待在一起，感觉就像他在无奈之下被迫答应了照看自己那个烦人的妹妹一样。她现在只能扮演好自己的角色，亦步亦趋地跟在他的身后，就像一个无法任性妄为的小女孩自顾自地生着闷气。迪伦太害怕了，不敢再去面对那个不友善的，甚至是充满敌意的他。她将下巴埋进帽衫，默默叹了口气。她垂头看向长得高高的草丛，想要找出那些可能将她绊倒的坑和形状奇特的草堆，结果却不尽如人意，于是她只得一边凄然地小声抱怨，一边继续跟在特里斯坦的身后。

在又爬到一座小山的山顶时，他终于停了下来。"你要休息会儿吗？"

迪伦抬起头来，因为长时间的埋头行走，她一时之间有些晕头转向。

"要，休息一下吧。"她沉默良久后，觉得还是有必要说点儿什么，但她的声音很小，再加上风在他们身边呼啸，所以她的话一出口，就被卷走了。不过看他信步走到一块从草丛和帚石南间探出的大石头旁，他似乎还是明白了她的意思。他若无其事地靠在石头上，像站岗的哨兵一样凝视着远方的风景。

迪伦则完全没有精力去给自己挑选一个干爽的位置，索性席地而坐，几乎在一瞬间，草地上的水汽就浸湿了她的外套，接着是她屁股的位置，不过她的鞋裤早已经又湿又冷，因此她倒不怎么在意这点变化。她已经累到失去了思考和争辩的力气，像是一具行尸走肉，盲目地跟从着特里斯坦的带领。他可能从一开始就计划好了，她不无阴暗地想。

说来奇怪，她在内心深处，其实早就察觉到有些不大对劲：他们走了快两天，但一路上居然一个人都没有遇到；从事故发生到现在，她一直不吃不喝，却既不饿也不渴；最吓人的是，她已经有四十八个小时没和爸妈说过话了，他们不知道她现在身在何处，也不知道她是否安全。不知怎的，尽管这些被压在她心底的想法一直困扰着她，却不够真切，像是无法用极小的力气去抓住一匹奔马的尾巴一样，她无法认真地思考这些问题。

特里斯坦突然朝她看了过来，她因为陷在自己的思绪里，所以没能及时避开他的视线。

"怎么了？"他问。

迪伦咬着嘴唇，不知道先从哪个问题问起。他是个糟糕的聊天对象，也从没问过她任何一个关于她的问题。难道他一点儿都不好奇吗？迪伦可以得出的唯一结论就是，他宁愿她根本没在那里，也许他觉得与其当时等在隧道口看看是否有人出现，还不如毫不犹豫地直接离开。迪伦同样不大确定，那样对她来说会不会更好：她本可以待在隧道口的，要是没人来，她最后还是会说服自己穿过隧道，回到隧道的另一边，如此一来，她现在应该已经回家了，这个时候她可能正就再次前往阿伯丁的事情和琼僵持不下呢。

一声嚎叫从她左侧的方向传来，叫声凄厉，似乎充满了悲伤。这声音在周围的山中回响，有种无法言明的怪异和恐怖。她不由得打了个寒战。

"刚刚那是什么？"她问特里斯坦。

他满不在乎地耸了耸肩："就是只动物罢了，前阵子他们往这儿引进了几匹狼，没什么好担心的。"看到她紧张的表情，他又浅笑着补充道："这里有很多供它捕食的鹿，它们是不会跑来烦你的。"

他抬头看向逐渐变暗的天空，迪伦都没注意到，现在已经快到傍晚了。他们并没有走这么久吧？她将双臂抱在胸前，想让身上暖和一点儿。风好像突然变大了，在她身边打着旋儿，几缕凌乱的碎发挡住她的脸，在她眼前飞舞，像是波动的阴影。她伸手想将头发别到一边，但指间除了空气，什么都没有碰到。

特里斯坦从倚着的石头旁直起身，用目光检视着即将到来的黑夜。"我们该上路了，"他说，"我们都不想在天黑以后还被困在山顶上。"

天色一眨眼就变得漆黑一片。迪伦发现自己很难看清下山的路。山的这边覆盖着不停从她脚下滑出的石子和被刚下过的雨打湿的光滑岩石。她尽力留意着脚下的路，一只脚站定后，再迈出另一只脚谨慎地向前探去，她就这样一小步一小步地交替着向前挪动。她走得很慢，她能感受到特里斯坦已经不耐烦了。但他还是退回到她的身边，半伸开靠近她的那只手臂，做好在她快要摔倒时拉她一把的准备，她不由得感到安慰。夜里，风声和他们两人的喘息声变得格外清晰，除此之外，远处也偶尔会隐约传来几声野兽的嚎叫。

"停。"特里斯坦猛地伸出胳膊，拦在迪伦的面前。迪伦被他突然停下的动作吓了一跳，转头睁大眼睛看向他。在看到他站姿的瞬间，一种恐惧的战栗袭遍她的全身。他戒备地站在那里，一动不动，身上的每一寸肌肉都绷紧了，随时准备出手。他全神贯注地盯着正前方的某个东西，眼球一圈一圈地快速转动着，扫视着他们眼前的场景。他的眉毛下压，遮住了眼睛，嘴唇也紧紧抿在一起。不管即将到来的是什么，但肯定不会是什么好事。

第七章

"是什么东西？"迪伦眯起眼睛，看向他正注视的方向。但在黑暗当中，她没有察觉出任何异样。她只能勉强分辨出远方山峦的轮廓和脚下通往山下的小路。她目不转睛地看了好一会儿，还是没有一点儿动静。就在她准备开口询问他看到了什么的时候，他抬手做出了一个嘘声的动作。

他伸出一根手指，竖在嘴唇前。

迪伦闭起嘴巴，仔细地观察着他的动向。他依然纹丝不动地站在那里，只有眼睛在黑暗中不断地搜寻。迪伦再次朝他凝视的方向看了一眼，可仍然没有看出究竟是什么让特里斯坦做出了这样的反应。尽管如此，他表现出的紧张还是让她的胃不由得收缩起来。她觉得心跳开始加速，必须集中精神用鼻子吸气，才能顺畅地呼吸。

特里斯坦又目光犀利地盯着前方看了一会儿，然后扭过头来，在看向她的那一瞬间，他的眼睛闪烁着炯炯的微光，就像两团蓝色的火焰，这让迪伦默默地倒吸了口凉气。但它们转瞬就在夜幕之下变成了炭黑色，她不禁开始怀疑刚才那一幕会不会是她想象出来的。

就在他们原地不动的时候，风逐渐大了起来，在他们的周围不断翻涌。呼呼的风声不断传入迪伦的耳朵，但她觉得在此之外，她还隐约听到了一声嚎叫，这声音是她在早些时候听过的，就是特里斯坦说过的没什么好担心的那个声音，然而，此时他一动不动的姿势却说明事实并非如此。

"狼？"她吓到说不出话，只能用唇语向他询问。他点了点头。迪伦重新扭头看向前方的旷野，想从漆黑的草丛中搜寻出狼的身影，但那儿依然什么都没有。

"我们要怎么办？"她低声耳语，紧张之下想要寻求保护，不自觉地向他靠近了一点儿，好让她能在他耳边低语。

"山脚下有座废弃的小屋，"尽管他也压低了声音，但她还是感受到了他的急迫，"我们得到那儿去。迪伦，我们需要走快一点儿了。"

"但狼在哪儿呢？"她小声回他。

"现在先别管这个，我们得走了。"

他的话让迪伦感到恐惧，她向着黑暗处扫视，有点儿希望暗中的危险能够暴露出来，但又有点儿希望它们不要出现。她什么都看不到，但不知怎的，夜色好像越来越浓，就连她脚下的大地都变成了一团黑影。如果她要更快一点儿，那她肯定就会摔倒，甚至可能连累特里斯坦也一起摔倒。

"特里斯坦，我看不见。"她喃喃道，声音因为恐惧而有些哽咽。

"有我在。"他说。他坚定的语气让她鼓起了勇气，胸中的寒意也瞬间被他驱散。他拉起她的手，十指交扣，用力地握紧。迪伦猛地意识到这是他们第一次触碰到彼此。她甚至因为周围的昏暗感到庆幸，尽管她此刻满心恐惧，但这样的动作还是让她心慌意乱。他的手很温暖，强有力地牢牢钳住她的手指。这给了她充足的安全感。他说的每个字、做的每个动作都信心十足，这无疑也增强了她的信心。

"我们走。"他说。

他加快速度率先向前走去。尽管迪伦想努力跟上，但天色太暗，她连脚下的石头和草丛也看不见了，且下山的路都是陡坡，她早已失去了平衡，总被绊倒，总在摔跤。她的运动鞋很旧，鞋底的花纹都被磨平了，因此当她一脚重重地踩在一块碎石上时，那只脚直接从石头上滑了出去，她本想将另一只脚稳稳地蹬在地面上，但那只脚却以一个别扭的角度撞到了山坡上，一时间身体的全部重量都压下来，她绷紧脚踝上颤抖的肌肉，努力让自己保持站立。关节的扭动让她感受到了一阵剧痛，她轻声咒骂了一句，感觉自己马上就要仰倒下去，整条腿也因为发软而弯曲起来。但特里斯坦握紧她的手，一把拽住她，及时让她的后脑避免了重重地撞在冰冷的地面上。他一瞬间似乎爆发出了惊人的力量，只用一只手臂就将她拉回到直立状态，近乎把她从地上提了起来，让她重新站回到地面上。仅仅一秒钟后，他就又开始催促她继续前进了。

"快到了。"他有些上气不接下气地说。

迪伦向前望去，隐约可以看到有座房子出现在了前面的不远处。正如特里斯坦所说，那是一间木屋。随着他们靠近，越来越多的细节逐渐展现在他们眼前。木屋的门保持着完好的状态，在门的两侧分别有一扇玻璃窗。房顶是坡度很大的尖顶，在一侧有一个略显倾斜的小烟囱伸向天空。按照特里斯坦目前的速度，用不了几分钟，他们就能到达那里。

地面逐渐平坦，迪伦觉得终于可以轻松地大步前进了。虽说她每走一步，脚踝都会抽痛，但她相信自己只是扭了一下，还远远没到崴脚的程度。特里斯坦走得越来越快，这促使她一瘸一拐地小跑起来。

"迪伦，你做得很好，继续加油。"他对她说。

那些动物的嚎叫声愈加清晰，也愈加临近了。此时它们变成了一曲持续交织的咆哮交响乐。迪伦无法猜出究竟有多少生物将他们围在中间。尽管她左右察看，扫视着周围的区域，但到目前为止连一只狼的影子都没看到。不过，他们就快到了。他们会成功的。她很庆幸比起昨天那间他们被迫过夜的破败农舍，这座小屋要显得结实得多，那间农舍根本无处可藏，自然也无法将它们挡在门外。他们已经离小屋很近了，近到迪伦都能从窗玻璃上看到她那张写满惊恐的脸。

然而就在这时，她感受到了它们的存在。起初她觉得心下一片寒凉，随即呼吸凝滞。在黑暗中，她看不见它们，只能根据空中的动静和交叠的影子进行判断。它们在她面前快速地打着转，蛇形环绕着她，被搅动的空气轻轻地拍打在她的皮肤上。它们已经跃跃欲试了。

这不是狼。

"它们来了。"特里斯坦的语气充满了恐惧，他的声音小到似乎不是说给迪伦听的，但她还是听到了，这句话带给她的恐惧超越了以往的任何时刻。他说话的方式有些奇怪，像是早就知道它们要来一样。他似乎一早就知道它们是什么东西。他究竟向她隐瞒了什么秘密？

一个东西朝她冲了过来。尽管她立刻向后仰头，速度快到上下牙齿都磕在了一起，但那东西还是划破了她的脸，从鼻梁和脸颊上传来了一阵火辣辣的疼。她抹了一把脸，是湿的。她流血了。

"特里斯坦，什么情况？"她尖叫道。这尖叫盖过了呼啸的风声和逐渐变大的夹杂着喘息和嘶吼的恐怖嚎叫。她胸中的凉意让她的呼吸变得越来越困难。

昏暗中，有个影子从前方径直朝她冲了过来，她根本来不及反应，来不及侧步躲开，也来不及做出防御。但预想中的撞击并没有到来。这个影子居然奇迹般地穿过了她的身体，她不确定是不是自己产生了幻觉，但那感觉就像是一支冰冷的箭穿过了她的身体。她松开特里斯坦的手，去摸自己的腰。她本以为腰上会出现一个洞或一道伤口，但她的帽衫完好无损。

"迪伦，不要！别放开我！"

她感觉他向她伸出了手，于是朝着空中抓去，但什么都没有抓到。突然间，她觉得似乎有几百只状似烟雾的手将她抓住，这些手的力道很大，且数量惊人，它们将她拼命地往下拖拽，可在迪伦看来，她已再无下降的空间。她本能地挥动双臂，想要将它们驱散，却什么都没有碰到。这是怎么回事？这些东西既不是野兽，也不是鸟类。她刚一停下手上的动作，那些不可名状的东西就马上卷土重来。那是她摸都摸不着的东西，又怎么可能打得过呢？在那群生物的共同作用之下，她终于腿上脱力，瘫倒在地。

"迪伦！"

尽管特里斯坦就站在她旁边，但他的声音听起来却很缥缈，很快就淹没在了欢腾的咆哮和尖叫中。这些东西此时已经遍布她的全身，爬满她的四肢、肚子，甚至扑到了她的脸上。那感觉就像裸露的肌肤碰上了结了冰的金属，带来一种灼烧般的疼痛。越来越多透明的手臂径直穿过她的身体，寒意渗进了她的骨头。她的恐惧并没有激发她的反抗，反而让她消沉下来。她再也没有与之一战的力量，在这些不可战胜的东西面前，她只得败下阵来。

"特里斯坦，"她低语道，"救我。"

她的声音几不可闻。她觉得自己全身瘫软，似乎所有的能量都被耗尽了。那些拽着她的手像是拥有某种魔力，让她很难抗拒，她朝着地面不断地下坠，下坠……接着，不可思议的事情发生了，她居然穿透了地面。泥土和岩石不再如原本那样坚不可摧，它们变得像液体一样，让迪伦可以轻松滑入。

"迪伦！"特里斯坦的声音失真而模糊，像是从水下传来的一样，"迪伦，听我说！"

他的语气中充满了惊慌，但她反而很想平复他的情绪。她此刻感到了一种平静，觉得自己整个人都轻飘飘的，因此他也理应保持平静。

她帽衫的前襟猛然被一只手一把揪住，随之而来的是一阵疼痛。她周围的嘶吼突然变成怒吼，而她也觉得它们的愤怒情有可原，因为她也认为那只手应该停下动作。但那只攥紧的手晃动得愈加猛烈，将她不断向上拉拽。这让她不由得觉得此刻的自己正身处一场拔河大战中。

嘶吼声越来越大，那些拽着她的手臂转化成了凶狠的利爪，像针一样在她的身上戳来戳去。它们撕扯她的衣服，搅乱她的头发，向后拉拽她的脑袋，她不由得发出了痛苦的叫声。但她的反应似乎取悦了这些不具名的施暴者，它们的嘶吼逐渐变成了怪笑。一声极具压迫感的尖叫直接刺进迪伦的心脏，她感到心下一片寒凉。

就在这时，迪伦被一把拉了上去。将她直挺挺拉上去的正是那只揪住她帽衫前襟的手臂，另一只手臂抱在她的小腿上，它们合力将她举到空中。她的双脚悬荡，脑袋无力地向后仰倒，好一会儿，她才积聚力量抬起头来。她知道环绕在她身上的正是特里斯坦的双臂。尽管他将她紧紧地护在胸前，但她却没时间害羞，因为那些东西并没有停止战斗。它们攥住她的双脚，朝着特里斯坦围了上来。它们开始抓扯他的衣服和头发，愤怒地划伤他的脸。但他只是将她搂得更紧，不顾一切地向前跑去。这使得那些抓空的利爪一次又一次地拼命伸向他们，风呼呼地从她耳边吹过，而它们则嗖嗖地快速向她靠近。迪伦能够感到它们离得很近，近到可以在她身上划出无数道浅浅的伤口，但特里斯坦正朝着山下的小屋猛冲，它们再也无法抓住她。

当特里斯坦来到他们的避难所前，那些东西的尖叫已经趋于白热化，它们终于意识到自己即将失去猎物。由于它们对特里斯坦的攻击似乎不起作用，于是将双倍的火力都集中在迪伦身上，不断地抓扯她的脑袋和头发。迪伦为了寻求庇护，用尽全力将自己的脸埋进特里斯坦的肩膀。

小屋此刻已经近在咫尺。特里斯坦双脚砰砰地踩上一条铺着石板的小路，飞身跨过临近终点的最后几米。尽管他没有放开她，但还是顺利开门冲了进去。迪伦在关门前最后听到的是雷鸣般的尖叫。它们不会说话，却清楚地表达出了它们的情绪：它们非常愤怒。

第八章

当嘈杂的叫声瞬间停止的时候，迪伦清楚地意识到他们已经跨进了小屋这个安全地带。特里斯坦砰地关上身后的房门，立刻放开怀中的她，就好像抱着她会烫伤他的胳膊一样。她站在原地，震惊得张大了嘴巴，而他则快步走到窗边向外望去。

小屋里的陈设和前一天晚上的农舍一样寥寥无几，屋子的后墙边摆放着一张长凳，迪伦踉跄地走到旁边，重重地跌坐在表面粗糙的木凳上，把头埋进双手，竭力控制着那种让她心脏怦怦狂跳的、涌动在她血液中的恐惧，但几滴眼泪还是从她的指缝间滑落。特里斯坦向这边看了一眼，一脸难以捉摸的表情，可还是选择了站在窗边察看外面的情况。

迪伦移开覆在脸上的双手，开始检查自己的手臂。即使在近乎漆黑的环境中，她还是能看到上面布满了纵横交错的抓痕，有些只是轻微的擦伤，但其他那些划得很深的伤口则渗出了血滴。她觉得浑身都灼烧般地刺痛，但因为肾上腺素在体内起作用，她的双手开始不停地颤动，所以这样的疼痛就显得不值一提了。

这间小屋里同样有个壁炉，几分钟后，特里斯坦走到壁炉边弯下腰去。炉边没有柴堆，迪伦也没有听到划火柴的声音，但炉膛里却迅速燃起了一团火焰。跳跃的火光张牙舞爪地投射在四周的墙壁上，使得整间小屋都笼罩在一种诡异的氛围中。尽管迪伦想不通为什么壁炉就那么突然地着了起来，但她并没有让他做出一个合理的解释。因为她脑子里争相冒出了很多比这更重要、更不可思议的想法。这些在她内心深处一直困扰着她的念头正努力地破茧而出，迫切地需要被听到。她实在有太多的问题，却不知道要从哪儿问起。

特里斯坦还是像雕像一样冷静地伫立在窗边，迪伦则在长凳上把身体缩成一团，不时地大哭几声，静静地喘着粗气，呈现出肾上腺素激增后的身体反应。他们保持着各自的状态待了很久。屋外的声音已经消失，不管那些是什么东西，它们此时似乎都偃旗息鼓了。

迪伦终于抬起了头："特里斯坦。"

他没有回过头，似乎正进行着某种心理建设。

"特里斯坦，看着我，那是什么？"迪伦等待着他的回应，他只好慢慢地转过头。虽然她想让自己的声音显得平静，但嗓子还是因为哭泣而变得嘶哑，说话时有些破音。尽管眼泪还在她绿色的眼睛里打着转，可她还是目不转睛地看着他，希望他能对她坦白。特里斯坦显然认出了那是什么东西，因为他之前自言自语地念叨了一句"它们来了"。而且他知道，一旦她放开他的手，将会发生什么。他是怎么知道的？他还向她隐瞒了什么？

特里斯坦叹了口气，虽然知道这一刻迟早会来，但还是希望这一刻能尽可能地晚来一点儿。他没有准备什么余兴节目或者睡前游戏可以将之前发生的事情搪塞过去。迪伦看到也真实感受到了那些东西的存在，因此他不能把那些东西简单地说是野兽。除了说出实话，他别无选择。可他不知道要从哪儿说起，不知道怎么解释才能让她理解，也不知道用什么方式告诉她才能最大限度地减轻她的痛苦。

他无奈地穿过房间，在她身边的长凳上坐下。他并没有扭头看她，而是盯着自己十指相扣的双手，像是渴望从中找到答案一样。

通常情况下，每当来到这个必须揭露真相的时刻，他都会毫不犹豫地冲口而出。他告诉自己，瞬间的猛烈冲击要好过缓慢的细碎折磨。但归根结底，就是因为他并没有那么在乎。他们大哭也好，抽泣也好，是向他乞求也好，还是努力和他讨价还价也好，事情都不会有任何改变。他每次都只是漠然置之，等到他们终于能够接受一切已成定局的时候，就能在一定的共识之下一起前进。但这一次……这一次他不想那么做了。

他坐得离她很近，近到他能感受到她呼出的气息拂过他的脸颊。他转头看向她绿色的眼睛。她的眼睛是葱郁的深绿色的，让他不由得联想到了森林和广袤的自然。他觉得胃里一阵绞痛，胸口也闷得喘不过气来。不知道为什么，他就是不想伤害她，还生出了一种保护她的欲望，这欲望比以往的任何时候都要强烈。

"迪伦，我之前没和你说实话。"他开口道。

他见她瞳孔微微放大，但并没有其他反应，这才发觉这一点是她早已经知道的，她不知道的其实是他具体对她隐瞒了什么。

"我不是从火车上下来的。"

他顿了顿，揣测着她的反应。他原以为会被她一连串的问题、要求和控诉打断，但她只是一动不动地等着。她的眼中充满了惊惶和不安，尽管她很怕听到他即将说出的内容，但还是强迫自己继续听下去。

"我……我是特意去等你的。"特里斯坦的声音颤抖着低了下去。

要怎么说呢?

她困惑地皱起了眉头,但没有说话,这让他松了口气。特里斯坦似乎在听不到她声音的情况下,会更容易说出接下来的这些话。不过,他还是拒绝用回避她目光的方式说出伤害她的话。

"迪伦,你不是从那场事故中唯一走出的人,"他的声音小到近乎耳语,好像降低音量可以减轻对她的打击,"你是唯一没有走出的。"

他的话字字清晰,可飘到迪伦脑中的时候,她却找不到与之对应的含义。她将视线从他的眼睛上移开,看向一块破碎的地砖,试图理解他话里的意思。

特里斯坦在她身边不安地挪动了几下,希望她能说点儿什么。足足过去了一分钟,接着又一分钟……她像雕塑一样定格在那里,只有嘴唇偶尔颤动了几下。

"迪伦,我很抱歉。"他补充道。这不是照例会在尾声追加的安慰,而是发自内心的真诚道歉。不知道为什么,他就是讨厌让她痛苦,如果可以,他想让一切逆转,但一切已成定局,再无挽回的可能。他对此也无能为力,即便他有改变的能力,他也不能犯下那样的错误,这里还轮不到他来扮演上帝。看到她眨了两下眼睛,他意识到她逐渐回过神儿来。此刻她的情绪随时都有喷涌而出的可能。他几乎不敢呼吸,提心吊胆地等待着。他很怕她会掉泪。

可她却出乎了他的预料。

"我死了吗?"她终于开了口。

担心说出的话会伤害到她,他索性直接点了点头。他以为她会伤心欲绝,于是向她伸出了双臂。然而,她却出奇地冷静,只是点了点头,然后叹了口气,自顾自地露出一个浅浅的微笑。

"我想我大概已经知道了。"迪伦觉得这么说其实不大准确，她原本并不知道，只不过……在她内心深处，或者说在她的潜意识中，一直觉得这一切都不大对劲，这一切都不合情理，他们经历的这些都太诡异了，现实世界根本不可能这么奇怪。而且不知道为什么，在终于承认这个事实的这一刻，她并不觉得害怕，反而有种解脱了的释然。

想到再也不能看到琼和凯蒂，再也不能见到爸爸、不能和他共度一段美好的时光，再也不能拥有工作、婚姻和小孩，她就觉得悲从中来，但在这些哀伤的念头之上，她又感到一种来自内心深处的平静笼罩着一切。如果这一切是真实的——其实她已经非常确定这就是真实发生的了——那么一切就都已尘埃落定，再也没有任何回旋的余地。可她还在这儿，她还是她，这其实是件值得庆幸的事情。

"我这是在哪儿？"她轻声问道。

"荒芜之地。"特里斯坦回答。她抬头看向他，等着他继续说下去。"就是连接两个世界的地带。你必须穿过这里。每个人都必须穿过自己的荒芜之地。你在这里会发现并接受自己已经死了的事实。"

"那些东西呢？"迪伦指了指窗外，"那些是什么？"

尽管尖叫消失了，但迪伦确信那些奇怪的生物并没有离开，它们随时都在伺机而动。

"厉鬼，我想你们应该是这么叫的。或者叫食腐兽、游魂。它们会在你们穿越的过程中试图夺走你们的灵魂。我们越接近彼岸，它们就越会气急败坏，攻击也会变得越猛烈。"

"它们会怎么做？"她的声音几不可闻。

特里斯坦耸了耸肩，不想回答这个问题。

"说啊。"她逼问道。这是她必须知道的，她需要提前做好准备，不想再被蒙在鼓里了。

他叹了口气："它们一旦抓住你 —— 当然它们是不可能抓住你的 —— 它们就会拽你下去。要是被它们抓走了，那我们就再也见不到了。"

"被它们拽下去以后呢？"迪伦好奇地挑起一边眉毛。

"具体我就不清楚了。"特里斯坦平静地答道。迪伦不满地扯出一个痛苦的表情，但她能感受到他这次没有隐瞒。"不过等到它们把你吸干以后，你就会变成像它们一样阴暗、饥饿、疯狂的烟雾状怪物。"

迪伦失神地盯着前方，想到自己可能会变成那种绝望暴力的尖叫怪物，不由得万分惊恐。那真是一群让人可憎的怪物。

"这里安全吗？"

"嗯，"特里斯坦答得很快，想尽可能地让她放心，"这些房子都是安全屋，它们是进不来的。"

尽管她知道答案后没有作声，但特里斯坦深知她还想了解很多问题和真相，如果可以，他想把那些统统告诉她，那些是她起码应该知道的。

"那你呢？"

短短三个字，实则包含了无数个问题：他是谁？他过着怎样的生活？他在这个世界扮演什么角色？虽说绝大部分事情是特里斯坦不能透露的，而且有的事情就连他也不是非常清楚，但其中一部分是可以向她透露的，她有权知道。

"我是个摆渡人。"他开口道。尽管他一直看着自己握在一起的双手，但还是飞快地瞟了她一眼，她的脸上是单纯好奇的表情。他深深地吸了口气，继续说："我会带领亡灵穿过荒芜之地，保护他们不被厉鬼伤害。我负责把真相告诉他们，然后把他们送到他们该去的地方。"

"那地方在哪儿？"

这个问题算是问到了点上。

"我不知道，"他苦笑，"我从来都没去过。"

迪伦听了，一脸难以置信："可你怎么知道你就找对地方了呢？难道你就那么把人放下，然后一走了之吗？万一那是地狱之门也说不定呢？"

他宠溺地点了点头，但还是不容置疑地说："我就是知道。"

她噘起嘴巴，似乎对这个回答并不满意，但没再争辩下去。特里斯坦松了口气。他不想对她撒谎，但有些事确实是不能说的，这是规定。

"那你……"迪伦顿了顿，一时不知道该怎么措辞，"摆渡过多少人？"

他抬眼看向她，这次他的眼中倒真有几分悲切了。"这个我真的不能告诉你。成千上万了，也可能有几十万了，我做这个已经很久了。"

"你多大了？"迪伦问。

虽说这是一个他可以回答的问题，但他并不想答。他感觉，要是她知道了真相，知道他在这里逗留了多久，知道他没有像人类那样学习、成长和体验该经历的一切，只是简单地存在着，那他们之间那点微妙的联系就会断掉。她会把他当成一个老家伙、一个异类或者别的什么，而这是他不愿意看到的，于是他试着开了个玩笑。

"我看着像多大？"他张开双臂，好让她仔细看看。

“十六岁，”她说，“但你肯定不止十六岁了。你是在十六岁的时候去世的吗？你是不会变老的吗？”

“严格来说，我从来没有真正地活过。”他答道，眼中满是哀伤。不过他的神情瞬间就变得警醒起来。他已经在无意中说了很多不该说的话。好在她似乎读懂了他的表情，没再继续发问。

迪伦环顾四周，这才第一次真正地注意到周围的环境。这座小屋的内部是个狭长的开间，里面摆放着几件并不配套的家具，这些家具因为被弃置了很久，显得破旧不堪。但比起昨晚的农舍，这里的条件要明显好得多，因为不管是大门还是窗户，都还完好，此时壁炉里正熊熊燃烧的炭火也温暖了整座小屋。在迪伦和特里斯坦所坐的长凳旁边，是一张旧床，床上没有毯子，只有一个床垫，尽管看上去已经风光不再，还布满了污渍，但在当下看来还是很有吸引力的。在屋子的另一边还摆放着一张餐桌，它的旁边还有一个洗手池。

她一定在硬凳上坐了很久，久到超出了她的想象，因此她在站起来的时候整个人都很僵硬。她走到房间另一头的小厨房区。她觉得身上脏得难受，想清洗一下，但那个洗手池似乎很多年都没使用过了，而且凑近了看，情况也没有好到哪儿去，两个水龙头都生锈了。不过，她还是握住其中一个，拧了拧。没有反应。于是她又拧了拧另外一个，还是拧不动。她加大力气，直到水龙头的边缘嵌进了她的手掌，她才感觉到了一丝松动，于是更有信心地用力拧起来。随着一声刺啦和一声哐啷，水龙头的把手被她彻底拧了下来。显然它早已被锈蚀了。

“哎呀。”她回过头来，脸皱缩在一起，向特里斯坦展示了那个坏掉的把手。

他朝她咧嘴一笑，耸了耸肩："没事的，那个水龙头很多年前就不能用了。"

迪伦点了点头，负罪感随之减轻了很多。她将坏掉的把手丢进了洗手池，然后转身快步走到床边。她感觉特里斯坦正盯着她看。当她回过身来坐到床垫上时，发现他确实在打量她。

"怎么了？"她问，然后微微翘起唇角。如今真相大白，她反而觉得和他在一起要自在多了。仿佛这个秘密就是让她此前备受冷落的那根刺。

他不由得对她回以微笑："没什么，就是对你的反应感到惊讶，你居然一滴眼泪都没掉……"看到她的笑容消失，他的声音也渐渐变小，悲伤重新爬上她的脸庞。

"哭又有什么用呢？"她问，语气中带有一种饱经风霜的睿智。她叹了口气："我还是努力进入梦乡吧。"

"你放心睡吧，我会帮你看着的。"

她的确觉得安心，因为她知道他会在她身边，警觉地守护着她。

"真高兴是你。"她喃喃道，睡意接着就一阵阵袭来。

特里斯坦面露困惑，并不明白她的意思，不过他仍旧觉得开心。他久久地注视着熟睡的她，炉火的影子在她平静的脸上摇曳跳跃，她却毫无知觉。一种奇怪的渴望涌上他的心头，他想轻抚她光滑的脸颊，想拨开遮住她眼睛的头发，但他什么都没有做，仍然坐在原来的位置上。他告诉自己，他之所以产生这样的想法，是因为她还年轻、还太脆弱，而他作为她的引路人，只是暂时充当了她的保护者的角色，仅此而已。

迪伦这一晚又做梦了。尽管刚刚碰到的厉鬼给她提供了充足的噩梦素材，但她没有梦到它们，出现在她梦里的，是特里斯坦。

他们并没有出现在荒芜之地上，而是在一片让迪伦觉得似曾相识的森林里。森林里长满了高大的橡树，树干上长着很多节瘤，树枝杂乱交错，在他们头顶形成了一个个巨大的树冠。尽管是晚上，但月光还是透过树丛，洒下斑驳的柔和光点，枝叶在和风中摇曳，投下泛着涟漪的树影。微风吹乱她的头发，轻轻地搔着她肩颈。他们脚下是层厚厚的落叶，走在上面，沙沙作响。空气中有些许潮湿的泥土的气息，这里应该才下过雨。从她的左侧隐约传来小溪缓缓流淌的声音，那景致一定很美。

在梦里，特里斯坦牵着她的手，和她慢慢地在树丛间穿行。他们没有走既定的路线，而是漫无目的地蜿蜒而行。她觉得被他的手碰到的地方有种火辣辣的灼烧感，但她不敢动一下手指，生怕他松开她的手。

尽管他们没有说话，但迪伦依然觉得非常自在。只要彼此靠近，他们就已经心满意足，开口说话只会破坏这美景之下的宁静。

小屋里，沉入睡梦的她脸上露出了微笑，特里斯坦久久地注视着这个笑容。

第九章

清晨的第一缕阳光透过窗户洒进小屋，尽管有沾满灰尘和污垢的玻璃的阻挡，但阳光还是强烈到足以将迪伦唤醒。她轻轻动了动，理了理挡在脸上的头发，然后揉了揉眼睛。好一会儿，她都不知道自己身处何处，于是就那么躺在那里，仔细观察着周围的环境。

身下的床很窄，并不是她熟悉的那张，床垫也凹凸不平。头顶的天花板上是用结实的原木做成的椽子，它们看上去已经顽强地支撑了百年之久。她眨了两下眼睛，努力想要弄清自己究竟在哪里。

"早啊。"轻柔的声音从她的左边传来，她猛地扭头看去。

"啊！"突然的动作让她扭到了脖子。她一边用手揉着抽筋的部位，一边盯着声音传来的方向，思绪逐渐回归了现实。

"早。"她轻声回道，脸颊泛起了一片红晕。虽说他们昨晚聊了很多，但那种尴尬和不自信的感觉又回来了。

"睡得好吗？"特里斯坦这个再正常不过的礼貌提问在这样的情境下似乎有点儿不合时宜，谁会在这样疯狂的状况下还保持着绅士风度呢？

她忍不住咧嘴笑了起来："还行，你呢？"

他翘起唇角："我不需要睡觉。荒芜之地上有很多这样的奇特之处。其实你也不需要睡觉。你会睡觉只是因为你的意识习惯了而已，你慢慢会脱离这种习惯的，适应一段时间就好了。"

她看着他，一时说不出话来。

"不用睡觉？"

他点了点头："不用睡觉，不用吃饭，不用喝水，你的身体只是你意识的投射，真正的身体已经被你留在了火车上。"

迪伦的嘴巴开合数次。这听起来就像某些离奇的科幻电影。她是掉进《黑客帝国》的世界了吗？特里斯坦说的一切都是这么不可思议，可她低头看去，尽管自己的双手还是沾满泥土，但它们已经恢复了光滑，那些游魂留下的抓痕竟然完全愈合了。

"哈。"这是她此刻唯一能组织出的语言。

她看向窗外："现在出去安全吗？"她不知道昨晚的那些怪物，或者说厉鬼，在白天会不会给他们造成威胁。

"嗯，它们不太喜欢阳光。当然，如果是阴天或者它们非得铤而走险的话，那它们就可能会露头。"特里斯坦看了看她满是恐惧的脸，"但我们今天应该是安全的，你看阳光这么好。"他指了指窗外。

"那我们现在做什么？"

"我们出发吧。还有很长一段路要走。下一个安全屋在十六千米外。这里的天好像黑得特别快。"他朝着窗外蹙起眉头，仿佛在责怪将他们置于危险之中的天气。

"所以我死的时候赶上了荒芜之地的冬天？"迪伦眼含笑意，不过更多的是好奇。她想要更多地了解这个奇怪的地方。

特里斯坦看向她，仔细斟酌着究竟要向她透露多少东西。引路人的本职工作是带领亡灵穿过荒芜之地，除此之外再无其他。大多数人在得知他们真正身处何处，以及遭遇了怎样的事后，会深深地陷入悲伤和自怜，因此他们对这条从真实世界通向彼岸的道路没有多大兴趣。但迪伦和他遇到的那些人不同，她没有情绪失控，反而平静地接受了现实。她此刻看向他的眼神中只有单纯的好奇和询问。只要多给她点儿信息，她就更容易接受和了解她的现状。他是这样告诉自己的。但事实上，他很想和她分享他所知道的东西，想通过分享拉近和她的距离。于是他深吸了一口气，做出了抉择。

"不是，"他微笑着说，"这要怪你。"

他咬住嘴唇才忍着没笑出声来。不出所料，她表现出困惑和一丝愠怒。她皱起眉头，噘起嘴巴，眼睛眯成了一道绿色的细缝。

"要怪我？这怎么能怪我呢？我什么都没干呀！"

他咯咯地笑了起来："我的意思是，荒芜之地是你创造出来的。"她的表情变得惊讶而困惑，瞪大的眼睛在阳光照耀下显得亮晶晶的。"走吧，"他从凳子上起身，走到门口打开门，"路上给你解释。"

迪伦走出小屋，外面微风和煦，一阵不知从哪儿吹来的微风绕过小屋的墙壁，轻拂她的头发，几缕发丝调皮地飞到她的脸上。在阳光的照耀下，荒芜之地显得更加熠熠生辉。草地上缀满闪闪发亮的露珠，使它绿得更加丰润饱满。群山高耸，在碧空的映照下，山脊显得格外分明。一切似乎都光洁如新。迪伦深深地吸了口气，陶醉在早晨的清新之中。远处，几朵乌云盘踞在天边。她希望它们能被太阳赶走，千万不要破坏这美好的一天。

她跟在特里斯坦身后，一边小心翼翼地沿着小路往前走，一边尽量避开从碎裂的岩石中悄悄爬出的蓟和荨麻。特里斯坦站在几米开外的地方等着她，从他不停倒换身体重心的样子不难看出，他很想快点儿离开。

迪伦做了个鬼脸，不由得加快了步伐。不过，知道了他们此行的目的地和快速到达的重要性，并没有让这次的旅程变得更加有趣。

"荒芜之地为什么不能都是平路呢？"她嘟囔着一点一点地靠近特里斯坦。

他得意地笑了笑，没有接话，而是转身继续带路。迪伦叹了口气，往上提了提牛仔裤，虽然知道没什么用，但她还是希望裤子不要湿得那么快。

他们是从小屋的另一侧出发的，这里有条狭长的土路，蜿蜒着穿过一片郁郁葱葱的草地，野花星星点点地散布在这片草场中，就像一滴滴红、黄、紫的油彩兀自揉进了绿色的海洋。整片草地就像坐落在群山之间的绿洲，和足球场差不多大，却比足球场要漂亮得多。迪伦很想徜徉其中，欣赏美景，用指尖拂过树叶，让青草和花朵轻挠她的手。但特里斯坦显然觉得这只不过是又一个需要跨越的障碍，对周遭的美景毫无兴趣，目不斜视地大步向前走去。他们走了十来分钟才穿过这片草地，来到今天所遇到的第一座小山脚下。当迪伦惊恐地抬头仰望时，发现特里斯坦已经开始向上爬了，于是赶紧追了上去。

"所以，"在赶上他那坚定决绝的大跨步时，迪伦马上开口道，"为什么这些……"她指了指空荡荡的荒芜之地，"要怪我呢？"

"就连我们需要一直上山也要怪你。"特里斯坦苦笑起来。

"可一般来说，不都是这样的吗？"迪伦小声抱怨道。此时她已经上气不接下气，对特里斯坦这让人费解的回答感到恼火。可他非但没有不好意思，反而大笑起来。她不由得更加生气。

"我之前说过，你的身体是你意识的投射，其实荒芜之地也是你意识的投射。"他顿了顿，看她快要摔倒，伸手一把抓住她的手肘。她因为听得太过认真，完全忘记了注意脚下。"你在走出隧道的时候，理所当然地觉得自己是在去阿伯丁的路上，也就是在高原上某个偏远多山又荒凉的地方，所以荒芜之地就变成现在这个样子了。又因为你不喜欢运动，所以走这么多路让你心情很差。这里会反映出你的真实感受：你生气的时候就会出现乌云、大风……还有夜晚，你的心情越差，夜晚就会越长、越黑。"他看向她，想知道她会做出怎样的反应。她也朝他看去，琢磨着他话里的每一个字。一个狡黠的微笑爬上他的嘴角："事实上，我的样子也是由你决定的。"

她不禁皱起了眉，低头看向地面，思考着他话里的意思。她已经没法再目不转睛地盯着他的脸了。

"什么意思？"她没听懂他最后一句话的含意，最终还是开口问道。

"呃，每个亡灵向导都要表现得没有任何威胁性，这样你们才能相信我们，跟我们走，我们自然而然就会把自己变成对你们很有吸引力的样子。"

虽然迪伦头还低着，眼睛却瞪大了，脸也腾的一下红了起来。这泄露了她内心的想法。

"所以，"特里斯坦饶有兴致地继续说，"要是我做得不错的话，你应该会喜欢我。"

迪伦突然停下脚步，双手叉腰，她的脸颊涨得更红了。

"什么？！那是……呃，这简直……我才没有！"她激烈地反驳道。

他向前走了几步，然后突然转过身来，脸上挂着一个大大的笑容。

"我没有！"她又重复了一遍。

他嘴角咧得更开了："好吧。"可听他的语气，他并不相信她说的话。

"你真的太……"迪伦似乎没能说出一个带有冒犯性的词，转而气冲冲地向前，愤怒地朝着山上走去。她连头都没回，根本不在乎他到底有没有跟上。十分钟前还远在天边的乌云此时正向着这边快速地移动，遮盖了天空，周围瞬间暗了下来。

特里斯坦抬头看了一眼发生的变化，不禁皱起了眉头。他跟在迪伦身后，轻松地翻过了陡坡。

"对不起，"他刚一追上她，就迫切地解释，"我就是开个玩笑。"

但迪伦没有转身，对他的话充耳不闻。

"迪伦，别这样，求你了。"他伸手抓住她的一只胳膊。

她想甩开他的手，但他却紧紧地抓住不放。

"放开我。"她生气地从牙缝里挤出几个字，显得无比羞愤。

"你听我解释。"他说，声音很温柔，已经近乎恳求。

他们面对面站定，迪伦因为体力消耗和情绪激动而大口地喘着粗气，特里斯坦看起来则平静得多，只不过他的眼睛里写满了小心翼翼。他又瞥了一眼头顶的天空，云几乎全都变黑了。冰冷的雨滴砸了下来，在他们的衣服上留下了深色的圆形水迹。

"听着，"他开口道，"是我太过分了，对不起。但你看，我们必须让你们跟上，要是你们拒绝跟我们走，或者选择自己漫无目的地乱跑，那其实你也看到那些东西了，你连第一天都撑不过去，而且就算它们没去抓你，你也永远没法找到能够穿过这里的路，到时候，你就会一直被困在这里了。"他看着她的眼睛，观察她对他这一番话的反应，然而，她的表情没有任何变化。

"我会以我认为能让人安心的样子出现。有时候，比如这一次，我会选择能吸引到你的样子。但是有时候，我会以一种吓人的样子出现。这取决于我认为哪种样子能让对方信服。"

"你是怎么知道每个人的想法的？"迪伦好奇地问。

特里斯坦耸了耸肩："我就是知道。我了解每一个人，他们的想法，他们的过去，他们的喜恶，还有他们的感受、希望和梦想。"听他这么说，迪伦睁大了眼睛。那么，他对她又了解多少呢？无数秘密和不为人知的瞬间在她脑中闪回，她不禁吞了一下口水。他继续说："有时我会变成他们失去的某个人的样子，比如他们的另一半。"可就在看到她脸上的表情时，他瞬间意识到自己说得太多了。

"你假扮成别人的爱人，装成他们的灵魂伴侣，就是为了骗他们相信你？"迪伦厌恶地怒斥他。他怎么能利用别人最珍贵的回忆去玩弄他们的感情呢？迪伦感到一阵恶心。

他的表情变得严肃起来。"迪伦，这并不是玩弄。"他用低沉而真诚的声音说，"要是你被那些东西抓走了，那你就真的完了，我们只是在做我们该做的。"

雨下得更大了，雨点砸在地上又迅速飞溅起来。雨水打湿迪伦的头发，顺着她的脸颊流下，像是两行眼泪。起风了，风呼啸着吹过山峰，拼命钻进他们衣服上的每一个小洞。迪伦打了个寒战，徒劳地将双手交叠在胸前，想让身体暖和一点儿。

"你到底长什么样？"迪伦质问道。她需要知道，谎言背后那张真实的脸是什么样的。

他的眼神中闪过一丝异样，但迪伦因为太过愤怒，并没有注意到他微妙的变化。见他没有回答，迪伦不耐烦地挑起眉毛。终于，他将目光落到了地上。

"我不知道。"他的声音很轻。

一时间，她的愤怒变成了震惊。"什么意思？"她问。

他抬头看向她，蓝色的眼眸似乎因为悲伤变得晦暗。他耸了耸肩，有些窘迫地说："我会以最恰当的方式出现在每个亡灵面前。在遇到下一个亡灵之前，我都会保持这个固定的样子。我已经不记得在遇到第一个亡灵之前，自己是什么样子，或者说是什么东西了。我是因你们的需要而生的。"

迪伦凝视着他，雨开始变小。她不禁心生恻隐，空中的乌云迅速消散，一缕阳光从云层中照射下来。她伸出手想要安抚他，但在她碰到他的瞬间，他向后退了一下。他不再悲伤，重新换上了那副冷漠的面具。她眼睁睁地看着他把自己封闭起来。

"对不起。"她轻声说。

"我们该走了。"他望着远处的地平线说，前面还有很长的路要走。迪伦默默地点了点头，跟着他朝山上走去。

✿

整个上午剩余的时间里，他们都各怀心事地沉默前行。特里斯坦是在生气，气自己的玩笑引出让她露出厌恶表情的那一大段对话。她让他觉得，自己就像个利用别人的感情来达到自己目的的骗子。虽说他不指望她能理解，但她也见过那些厉鬼了，应该知道个中利害。有时候，他必须狠下心来。为了完成使命，他需要不择手段。

迪伦则是在内疚。她知道她对他冷漠无情的指责伤害到了他。她并不是有意把话说得那么恶毒的，可是一想到自己的至亲，甚至至爱都是他人假扮的，她就觉得糟透了。不过，或许他是对的，在这个地方，一旦做错了决定，后果将是毁灭性的。这关乎生死，其实远超生死的范畴，是她在过去的人生中认为非同小可的那些鸡毛蒜皮所不能比的。

她还努力设想了一下，没有自己的脸、无法拥有自己的身份，全凭周围人的定义而活着会是怎样的感觉。她根本想象不出。生平第一次，她为她是她自己而感到高兴。

中午，他们在半山腰的一块小岩架上停了下来。这是一个既可以避风，又可以欣赏到绵延的乡村美景的地方。天空乌云密布，不过似乎并没有下雨的迹象。迪伦在岩石铺成的地面上坐了下来，不在乎寒气会不会穿过她牛仔裤的粗布渗进她的身体。她向前伸直双腿，背靠在石头堆成的山上。特里斯坦没有靠她坐下，而是站在山边，背对着她眺望远处的群山。也许他正以这样的姿势保护着她吧，不过迪伦认定，他只是在回避和她交谈而已。她咬着指甲上的缺口，想缓和一下气氛，可又不知道要怎么做才好。她担心把事情搞得更糟，不想把谈话引回原来的话题，但又想不出什么听上去不那么假的话。怎么才能把气氛恢复到原来的状态呢？她要如何才能唤回那个爱开玩笑、没心没肺的特里斯坦呢？她不知道。

就在这时，特里斯坦突然回过身来，低头看向她："该走了。"

第十章

那天晚上，他们住进了另一间小屋，这是他们在穿越荒芜之地时途经的另一处安全屋。下午一晃就过去了，他们一直保持着高速行进，这让迪伦觉得特里斯坦是在有意把他们在争吵上浪费的时间全都追赶回来。他们在太阳沉入地平线前来到了小屋。在离小屋还有最后八百多米的时候，迪伦还是觉得在呼啸的风中，隐约听到了从远方传来的嚎叫声。与此同时，特里斯坦再次加快了脚步。他拉起她的手，使她不由得也加快了速度。他的动作证实了她的怀疑——危险就在他们周围。

刚一踏进小屋，他就立刻放松下来。他因为担心而绷紧的下颌肌肉缓缓延展出一个微笑，眉毛也舒展开来，额头上的皱纹随之消失不见。

这间小屋很像他们前两晚住过的地方，屋内都是一个很大的开间，里面散落着破损的家具残片。房子前门的两侧各有一扇窗户，房子的背后也有两扇窗子，它们由小块的玻璃组成，每扇窗上都有几片碎掉的玻璃，风从破洞中穿过，发出巨大的声响。特里斯坦从床边抓过一些碎布，逐一塞进小破洞，而迪伦则跌坐在一把椅子上。奔波了一天，她早已精疲力竭了。可话说回来，既然她不需要睡觉，那她还会真切地感受到疲惫吗？她想，无论如何，此刻她全身肌肉酸痛，或者说她觉得它们很疼。她想将这些混乱的思绪从脑中抹去，于是干脆看向了特里斯坦。

特里斯坦刚修好窗户，就忙着生起火来，因为要将树枝折成小段，不断把柴火调整成完美的金字塔形，他花费的时间要比前一晚更长。即使火已经在炉子里欢快地噼啪作响了，他还是没有离开那里。他蹲在壁炉前，凝视着那团火焰，仿佛被定住了。迪伦开始确信他是在有意躲着她了，然而在这么小的空间里，这基本上是不可能的。她决定试着开个玩笑，将他从他的白日梦里重新拉回这里。

"如果这地方是我一手创造出来的，那为什么所有的房子都这么破呢？难道我就不能想象出稍微好一点儿的驿站吗？比如来个按摩浴缸，或者来一台电视也不错？"

特里斯坦转过身，对她勉强露出一个几不可见的微笑。迪伦朝他做了个鬼脸，不知该怎样把他从阴郁的情绪中拉出来。她见他轻快地站起身来，走到房间的这头，在她撑着胳膊肘的这张小桌旁边，猛地坐了下来。他面对她，模仿起她的姿势，他们就这样隔着半米的距离对视了一会儿。直到从她的眼中看到一丝尴尬，他才翘起一边的唇角，终于发自内心地笑了出来。迪伦受到这个笑容的鼓舞。

"我说，"她开口道，"关于早些时候的……"

"别再想了。"他突然打断她的话。

"可是……"迪伦张开嘴巴，想继续下去，可什么都没说出来，于是陷入了沉默。

特里斯坦在她的眼中看到了后悔、内疚，还有他最不愿意看到的同情，这让他不由得五味杂陈。一方面，她为他的痛苦而难过这件事情给他带来了一种不同寻常的快乐；另一方面，她的出现又让他感到烦恼，因为她让他重新回想起那些他早已妥协和接受的事。长久以来，他第一次感受到命运对他的不公，他为自己那永无止境、有如牢笼般的存在感到愤懑不已。那些自私的亡灵，他们撒谎、欺骗，白白浪费了被上天赋予的生命，而那是他永远无法得到却又无比渴望的礼物。

"那是什么样的感觉？"迪伦突然问他。

"什么什么样的感觉？"

他见她噘起嘴巴，在大脑中搜索着能够描述自己的问题的词句。

"就是摆渡那些人啊，一路带领他们，然后看着他们消失，或者走过这片区域，或者别的什么。这肯定是件很辛苦的事。我敢打赌，他们中一定有人是不值得你这样做的。"

特里斯坦愣怔地看着她，被她的这个问题震惊到了。他带领过成千上万个人，不，是成千上万个亡灵，但他们从来都没问过他这个问题。他该怎么回答呢？要说出实话其实并不简单，不过他还是决定不对她撒谎。

"其实我一开始根本就没有想过这个问题。这是我的工作，只要完成它就可以了。好像那时候世界上最重要的事就是保护好每个亡灵，确保他们的安全。但后来我慢慢看清了一些人的真面目，在明白了真实的他们到底什么样之后，我就不再同情他们，也不再对他们释放善意了，因为有些人真的不配得到这些。"他心中充满了苦涩，声音随之变得有些异样。他深深地吸了口气，抑制住心中的怨恨，用他日臻完美的冷漠伪装将它掩饰起来。"他们穿过这里，然后我看着他们离开。仅此而已。"

这样的状态持续了很长时间，直到她出现。她是如此不同，能让他从自己惯常扮演的那个角色中抽离出来。他对她的态度相当恶劣，他忍不住一直讥讽她、蔑视她、取笑她。她打破了他内心一直以来的平衡，这让他多多少少有种失控感。她并不是完美无瑕的天使，他在看到她脑中无数个记忆片段的时候就知道这一点，但她身上有着某种不同寻常的——不，应该说是非常特别的东西。她局促不安地坐在椅子上，脸上写满了深切的同情和感同身受的悲伤，他觉得有种内疚的情绪让他的胃开始翻涌。

　　"我们还是聊点儿别的吧。"他提道，不想让她难过。

　　"好啊。"迪伦立刻答应，很高兴有了转换话题的机会，"再给我讲讲关于你的事儿吧。"

　　"你想知道什么？"他问。

　　"呃，"她说着，脑中顿时浮现出一整个下午都在不断盘旋着的一连串问题，"给我讲讲你变过的最奇怪的样子。"

　　他咧嘴一笑的瞬间，她就知道这个问题问对了，它刚好可以用来缓和当下的气氛。

　　"圣诞老人。"他回答。

　　"圣诞老人？！"她惊呼，"为什么？"

　　他耸了耸肩："那是个很小的孩子，他在平安夜死于一场车祸。他那时大概只有五岁，最信任的就是圣诞老人。他在车祸前几天曾经在商店里坐在圣诞老人的膝盖上，那成了他最快乐的一段回忆。"他眼里闪烁着逗趣的光芒，"为了让他开心，我得一边晃着肚子，一边大喊：'哦！哦！哦！'不过，在发现圣诞老人唱《铃儿响叮当》跑调的时候，他特别失望。"

迪伦想象着坐在她面前的这个男孩装扮成圣诞老人的样子，不由得笑出声来。不过她很快就意识到，他可能并不只是打扮成圣诞老人的样子，他应该本来就是以圣诞老人的形象出现的。

"你知道我觉得最奇怪的是什么吗？"她问。他摇了摇头。

"就是我眼前的这个你和我看起来差不多大，但在我心底，其实我知道你是一个成年人，不对，你比成年人还要大，比我知道的任何一个人都要大。"

特里斯坦无奈地笑了笑。

"我一直和大人们相处不来，他们喜欢对我发号施令。其实你和他们有点儿像。"她说着，笑了起来。

他也笑了起来，沉浸在这样的欢乐中。"那要不这样，我不把自己当成一个大人，也不把你当成一个小孩，就把你看成你。"

迪伦微笑起来。

"还有什么要问的吗？"

"给我讲讲……讲一讲你摆渡的第一个亡灵。"

特里斯坦微微撇了撇嘴角，露出一丝苦笑。他没法拒绝她的任何一个要求。

"好吧，那是很久以前的事了，"他开口道，"他叫格雷戈。你想听这个故事吗？"

迪伦急切地点了点头。

虽然已经过去了很久，但在特里斯坦的脑海中，他仍能清楚地记得每一个细节。他现有的最初一段记忆是他在行走。他当时走在一片刺眼的白光中，四周没有地面，没有墙壁，也没有天空，唯一能证明确实有平面存在的，只有他在行走这一事实。紧接着，一些具象的东西就不知从哪儿冒了出来。他的脚下突然出现了一条土路，树篱从路的两边拔地而起，它们拼命向上伸展，枝杈旁逸斜出，树叶发出沙沙的声响，伴着虫鸣。那是一个夜晚，在头顶漆黑如墨的夜空里，缀着闪亮的星星。他认识并且说得出所有这些事物的名字，他也知道他要去往哪里，以及他为什么会出现在那里。

"发生了火灾，"他说，"一股浓烟旋转着升上天空，我要去的就是那里。我当时走在一条小路上，然后不知道从哪儿冒出来两个人，从我身边飞奔过去。他们基本是贴着我过去的，我感觉到他们卷起的气流，但他们看不见我。在我来到起火点的时候，我看到那两个人正在拼命地从井里打水，不过他们的努力是徒劳的。他们根本没法扑灭那种大火，那里已经烧成了一片凶险的地狱，人是不可能在那样的火海里幸存下来的。当然了，那就是我去那儿的原因。"

他对着正在全神贯注地盯着他的迪伦浅浅一笑。

"我记得我当时感觉到的……不是紧张，而是犹豫，我不知道我该进去救他，还是站在那里等着就好。他知道我是谁吗？还是我必须说服他跟着我走？要是他很难过或者很生气，我该怎么办？

"好在后来没有遇到什么困难。他从着火的房子里直接穿墙而出，毫发无损地来到我面前停下来。

"我们当时就该离开那个地方，可格雷戈似乎不想走，在等着什么，准确地说，是在等着某个人。"

迪伦疑惑地眨了眨眼睛："他能看见他们？"

特里斯坦点了点头。"可我看不见，"她小声说着，若有所思地垂下眼眸，"我一个人都没有看见。我当时……当时只有我一个人。"在说到最后一个字时，她的声音已经小到听不见了。

"亡灵能在一段较短的时间里看见他们离开时周围的样子。他们死去的时间点也是一个重要的影响因素，"他解释道，"你死的时候失去了意识，等到你的灵魂醒来的时候已经太晚了，一切都不见了。"

迪伦盯着他，眼中充满悲伤，随后大声地吞了一下口水。

"接着说。"她说。

"人们陆续来到房子前，格雷戈站在我身边，悲伤地看着所有人。接着，一个女人从房前的车道上飞奔过来。她用手提着妨碍她跑步的裙摆，一脸惊恐。

"'格雷戈！'她尖叫道。那声音简直撕心裂肺，痛不欲生。她穿过围观的人群，准备冲进屋里，但有个男人一把抱住了她的腰。她挣扎了一会儿，瘫倒在男人怀里，开始歇斯底里地大哭起来。"

"她是谁？"迪伦呼吸有些急促，已经完全沉浸在这个故事里了。

特里斯坦耸了耸肩："我猜是他的老婆，或者女朋友。"

"然后发生了什么？"

"最艰难的部分来了。我一直在旁边等着，看着格雷戈因为她的情绪失控露出煎熬的表情。他朝她伸出一只手，然后发现他根本没法给予她任何安抚，所以他就选择继续待在我的身边。过了一会儿，他转过身对我说话。

"'我死了，对吗？'他说。我怕我说的话会让他接受不了，所以就点了点头。

"'我得跟你走吗？'他问，依依不舍地看向哭泣的女人。

"'是的。'我回他。

"'我们要去哪儿？'他问，但目光还是停留在那个惊恐又失神地盯着燃烧着的房子的女人身上。

"他问我这个问题的时候，我慌了，不知道该怎么回答。"特里斯坦坦白道。

"你是怎么回答他的？"

"我说：'我只是个摆渡人，你去哪儿不是由我决定的。'

"好在那个人接受了这个回答。我转身走向漆黑的夜，格雷戈看了女人最后一眼，然后跟上我。"

"可怜的女人。"想到那个被他丢下、从此独身一人的妻子，迪伦喃喃道，"那个叫格雷戈的人，他知道自己死了，而且是立刻就知道了。"这让她觉得不可思议。

"呃，"特里斯坦回答，"因为他从着火的房子里直接穿墙出来了，而且那个时代生活在你家乡的人很多都是教徒。他们不会质疑他们的教会，反而会无条件地相信教会宣扬的东西。他们觉得我是上天派来的使者，我想也就是你们所说的'天使'。他们不敢质疑我。现在的人可就麻烦多了，他们每个人都觉得自己有对我提出问题的权利。"他翻了个白眼。

"嗯。"迪伦抬眼看了看，不知道还要不要问下一个问题。

"怎么了？"特里斯坦问。他看到了她眼中的犹豫。

"你是以什么样子出现在他面前的？"她不假思索，脱口而出。

"就是一个男人的样子。我记得是个身材高大、肌肉发达的胡楂男。"见她正抿着嘴巴憋笑，他顿了一下，"很多男人都留胡子，就是又浓又密的那种。我也留了两撇小胡子，好看又保暖，我挺喜欢的。"

这下她实在忍不住，终于笑了出来，不过马上又收起了笑容。

"那最让你头疼的是哪个亡灵呢？"她悄声问。

"你。"他笑了，但笑意未达眼底。

第十一章

　　那个晚上，迪伦没怎么睡着。她一直想着有关亡灵、特里斯坦，以及和特里斯坦一样的摆渡人的事，她想知道自己究竟会去往哪里。她本来以为她的身体已经开始习惯不需要睡眠，然而事实却是，有太多想法在她脑中肆意发散，她无论如何都无法成功进入梦乡。

　　她叹了口气，在那把硬邦邦的旧扶手椅上挪动了一下蜷缩着的身体。

　　"你还醒着。"屋里有些微光，特里斯坦低沉的声音从她的左边传来。

　　"嗯，"迪伦的声音很轻，"脑子里塞了太多东西。"

　　他沉默了很久。

　　"想聊聊吗？"

　　迪伦朝特里斯坦的方向侧过身去。他坐在椅子上，正望向窗外的夜色，在感觉到她的目光落在他的身上后，转身面向她。

　　"可能会有点儿帮助。"他提议道。

　　迪伦咬起下唇，开始思考。她不想抱怨自己有多么倒霉，毕竟他的状况比她的还要糟糕。只不过她脑中确实塞满了数不清的疑问，特里斯坦或许至少能解开她某些方面的疑惑。他朝她笑笑，鼓励她说下去。

"我一直在想，荒芜之地的那头是什么。"她开口道。

"啊，"特里斯坦露出了然的神色，然后五官皱缩在一起，"这个我还真帮不了你。"

"好吧。"她轻声说。

她尽量不让自己表现出失望，但内心却因为这件事变得越发焦虑。她将去往哪里？在遭遇过那些差点儿把她拽到地下的厉鬼后，她怀疑她去往的可能不是个凶险的地方。那儿必然是个好去处，否则它们为什么会拼命阻止她呢？而且它一定是个具体的地方，如果等待着她的是虚无，那穿越荒芜之地的意义又在哪儿呢？

"你一直担心的就是这个？"

远远不止。迪伦扑哧一声笑了出来。不过只笑了一下，她就低头看到了裂开的石头地板上跳跃着炉火的影子，它们闪烁和晃动的方式让她觉得有种诡异的熟悉感。

"还有那些厉鬼。"她开口道。

"你不用怕它们，"特里斯坦斩钉截铁地说，"我不会让它们伤害你。"

他的声音坚定有力，迪伦抬起头，看到他睁大眼睛，眼中充满怒火，牙关咬紧。她相信他是认真的。

"嗯。"她说。

他们再次陷入沉默，但既然已经打破过一次沉默，此刻的安静就让她感觉到不自在了。她的脑中又冒出了更多的想法。

"你知道我总是忍不住去想什么吗？"她问。

"什么？"

"就是你看起来并不像你。"发现这句话根本讲不通后，她继续说，"我的意思是，你对我来说是看得见摸得着的，"她朝他伸出一只手，却没有勇气触碰他，"但我所看到和感觉到的，都不是最真实的你。"

"真是抱歉。"特里斯坦的声音中有着明显的伤感。

迪伦想了想，发现自己的话太欠考虑。"就还挺怪的。"她喃喃地说。紧接着，她想为自己的笨拙进行一番补救，于是补充道："不过你看起来是什么样其实也没那么重要，一点儿都不重要。你的思想和你的内心才决定了你是谁，你懂吧？完全取决于你的灵魂。"

特里斯坦盯着她的眼睛，表情深不可测。"你觉得我有灵魂？"他轻声问道。

"你当然有了。"尽管迪伦不假思索，但她脸上却写满了真诚。特里斯坦笑了。她也对他笑了笑，可这个微笑很快变成了一个大大的哈欠。她赶忙尴尬地捂住嘴巴。

"我想我的身体还是觉得它需要睡觉。"她不好意思地说。

特里斯坦点了点头："一开始是很难适应。明天你很可能会觉得很难熬，真的会很累。不过其实都是心理作用……"他声音越来越小。沉默在加剧，他们几乎都察觉到了这一点。

迪伦抱着膝盖，蜷缩在扶手椅中。她的目光越过特里斯坦，望向了他身后的炉火。她不知道自己要不要说点儿什么，但又想不出什么听起来不太傻的话。而且他或许想安静思考，这可能是他最接近独处的时候了。她暗想。

"我觉得开始那会儿会更容易。"她揣度着。

"你说什么？"特里斯坦转过头看向她。

她没有迎上他的目光，而是继续看着炉火，神思仿佛也恍惚起来。"开始的时候,"她说,"在亡灵睡着的时候,我敢说那段安静平和的时间对你来说一定很好,一直和他们说话肯定很累吧。"

说到最后的时候,她变得支支吾吾,因为她突然意识到自己就是"他们"中的一员。

特里斯坦没有接话,她心里一紧。很快,她从他的沉默中读出了最坏的意思,她对他来说当然只是众多亡灵中的一个。她懊恼极了,不安地在椅子上挪动着身体。

"我还是闭嘴吧。"她向他保证。

特里斯坦扯了扯嘴唇。"你不用这么做。"他坚持说。

不过她说的没错,他的确更喜欢刚上路的那段时间,当亡灵逐渐进入梦乡时,他几乎可以享受片刻的独处。睡眠就像一道帷幕将他与他们的冷漠和自私隔绝开来,就算只有几个小时也是好的。他很惊讶……惊讶于这个女孩的同理心,她竟然可以从她个人的角度跳脱出来,去考虑他的感受和需求。他看了一眼那个蜷缩在椅子里,迫切地想要消失在那个破旧椅垫里的她,突然觉得很感动,想做点儿什么来消除她脸颊上的两团尴尬的红晕。

"你想再听一个故事吗?"他问。

"如果你想讲的话……"迪伦小心翼翼地说。

他突然灵机一动。"你之前不是问过,我摆渡过的最头疼的亡灵吗?"他开口道,"我当时撒谎了,不是你。"他顿了顿,飞快地看了她一眼。

"不是我?"迪伦把头靠在膝盖上,见他的眼中含着笑意。

"不是,"他信誓旦旦地说,紧接着他语气中没有了打趣的意味,"是个小男孩。"

"小男孩？"迪伦问。

特里斯坦点了点头。

"他是怎么死的？"

"癌症。"特里斯坦声音低到近乎耳语，他不愿意大声讲出这个故事，"你真该看看他躺在那儿的样子，太让人心疼了。他那么瘦小、那么虚弱，脸色苍白，头发因为化疗已经掉光了。"

"你是以什么样子出现在他面前的？"迪伦温柔地问。

"我变成了医生。我告诉他……"特里斯坦哽咽了，不确定自己是否有说出当时情况的勇气，"我告诉他我能让他不再痛苦，能让他重新好起来。他的小脸瞬间亮起来，那样子就像我正在给他派送圣诞礼物。他从床上跳起来，对我说他感觉自己好多了。"

特里斯坦很讨厌护送孩子。尽管他们是最愿意跟他走，也是给予他最多信任的，但他们也是最最难护送的群体。他们还没来得及去成长、去生活、去经历，就那样死掉了，这是多么不公！

"特里斯坦，如果你不想讲，不用逼自己讲下去。"听到迪伦的声音，特里斯坦猛地抬起已经垂到胸前的脑袋。

但不知道为什么，他就是想讲出来。他知道这个故事不能让人开心，结局也不美好，但他就是想把一些东西、一些对他来说意义重大的东西讲给她听。

"我们一起走出医院，因为他很久都没见到太阳了，所以他一直无法从太阳上移开眼睛。

"第一天相安无事，我们顺利到达了安全屋。为了逗他开心，我开始变魔术，像是凭空生起一堆火，隔空移动东西什么的，反正就是做些能吸引他注意力的事。第二天他累了，虽然他觉得自己还病着，但他很想走路，他因为病重已经有好几个月没被允许下床了。我没忍心阻止他，可我应该阻止他的。"

特里斯坦惭愧地低下头。

"我们走得太慢了。在太阳下山的时候，我把他背起来，但这样还是不行，我开始奔跑，尽我所能地向前奔跑，但那可怜的小家伙被不断颠簸着。他哭了起来，他能感觉到我的紧张，也听到了厉鬼们的嚎叫，可是他全心全意地相信着我，但我却辜负了他的信任。"

迪伦虽不忍心继续追问，但又实在无法让故事停在这里："发生了什么？"

"我摔倒了。"特里斯坦的嗓子变得喑哑，在炉火柔光的映照下，有些亮晶晶的东西在他眼中闪烁，"我被绊了一下，他也连带着摔倒。我为了让自己摔得不那么狠，就松开他了。我们就分开了一秒钟，就那么一瞬间，可对它们来说已经足够了，它们把他拽下去了。"

说到这里，他停了下来，但他们之间并没有归于沉寂，他时急时缓地喘着粗气，尽管没有流下眼泪，但确实很像正在哭泣。迪伦看着他，不禁悲从中来。她主动伸手握住了他，房间很暖，但他的手却很冷，她的指尖划过他的手背。他看向她，露出阴郁的表情。紧接着，他翻过手来，和她十指相扣。他紧握着她的手，拇指在她的手心不断地画着圆圈。这很痒，但迪伦却无论如何都不愿意从他的手中抽回自己的手。

特里斯坦抬头看向她，火光在他的脸上明明灭灭。

"明天会很危险，"他轻声说，"外面的厉鬼在不断聚集。"

"你不是说它们进不来吗？"因为突如其来的恐慌，迪伦的声音像被攫住了一样。他向她发出警告必然是出于担心，而如果特里斯坦都开始担心了，那他们所面临的危险将攸关生死。她的胃不由得收缩起来。

"它们确实进不来，"他信誓旦旦地说，表情变得严肃起来，"但它们会在外面等着我们，它们知道我们迟早会出去。"

"那我们应该会没事吧？"她的声音尖厉得让人尴尬。

"明早应该没事，"他说，"等到了下午，我们得穿过一个峡谷，那儿一直以来都很黑，它们会在那儿发起攻击。"

"可你不是说过，这里的场景是我投射出来的吗？"

"确实是，但你投射出来的场景是基于这里原本的地形的。因此所有安全屋的位置都是固定的，那个峡谷也一样，它也会固定出现在那里。"

迪伦咬着下唇，抵不过心中的好奇，还是小心翼翼地提出疑问："你……你在峡谷里弄丢过什么人吗？"

他抬头看向她："我不会弄丢你。"

答案不言而喻。迪伦不由得紧抿双唇，尽量不让他看出自己的紧张。

"不用害怕。"他感觉到气氛的变化，赶紧补了一句，手上也加重力道，轻轻紧握了一下他手中她的那只手，迪伦唰的一下红了脸。

"我不害怕。"她慌忙答道。但特里斯坦看出了她的不安。他从椅子上站起来，在她面前蹲了下来，他们的手依然握在一起。他直视着她的眼睛，迪伦很想移开目光，却像被催眠似的定在了原地。

"我不会弄丢你，"他重复道，"相信我。"

"我相信你。"迪伦这次的话是发自内心的。他这才放心地点了点头，站起身来，松开她的手，将目光移向别处。迪伦把手塞进两膝之间，尽力掩饰内心的狂跳。她手掌上的肌肤仍然有酥酥麻麻的感觉。她一边竭力平复自己的呼吸，一边看着特里斯坦走到窗边，望向窗外的夜色。她想叫他远离那扇窗户，把他从潜藏着厉鬼的危险中拉回来。但和她相比，他更了解它们，必然知道此刻不会有事。但她是无论如何都不想靠近那些东西的。她瑟缩着更加用力地蜷起了身子。

"一直都没变。"特里斯坦背对着她，突然开口道。迪伦不确定这是不是他的自言自语。他伸出一只手，按在窗子上，围在屋外的厉鬼瞬间发出更大的叫声。

"什么一直没变？"迪伦想通过提问吸引他的注意，好让他把手从窗子上拿开，她被这些尖叫和哀嚎吓到了。幸而他真的转过身，将手放了下来。

"那些厉鬼，"他告诉她，"当它们遇到……"他顿了顿，"遇到像你这样的亡灵时，它们就会变得更加饥饿贪婪。"

迪伦皱起眉头，听他说话的口气，好像问题出在她身上一样。

"像我这样的亡灵是什么意思？"

他思考片刻，道："一般来说，那些厉鬼会乐于带走任何一个亡灵，但像你这么纯洁无瑕的亡灵对它们来说却像一顿豪华大餐。"

纯洁无瑕的亡灵？迪伦反复琢磨着这话的含意。她是不会用"纯洁无瑕"这个词来形容自己的，她妈妈当然也不会这么说。

"我可不纯洁无瑕。"她说。

"不，你是纯洁无瑕的。"他言之凿凿地说。

"我不是，"她反驳道，"不信你去问我妈，我妈一直都说我……"

"我并不是说你完美无缺，"特里斯坦打断她，"亡灵纯洁无瑕指的是……未经人事的……"迪伦摇摇头，准备再次反驳他的说法，但他说出一个可以瞬间点燃整个房间的词，"处子之身。"

她嘴巴几经开合，却没有发出任何声音。特里斯坦正注视着她，但她似乎丧失了管理表情的能力，也无法抑制上涌的血液将她的脸颊染得绯红。

"什么？"她好不容易才结结巴巴地开了口。

"处子之身。"他重复了一遍。迪伦努力没用翻白眼来掩饰自己的尴尬，她委实不需要他再重复一遍那个词。

"只要来到荒芜之地的亡灵还保有清白之身，厉鬼就会变得比平常更活跃，它们会拥有至少是那种程度的攻击性和危险性，"他看着她，确认她的注意力全都在他的话上后接着说，"它们想要你，特别想要你，你的灵魂对它们来说将是场盛宴，你比那些苦涩的苍老亡灵要更美味、更可口。"

迪伦愣怔地看着他，觉得脑子很蒙，无法完全理解他话里的意思，只是不断地回想着"处子之身"这个词。他究竟是怎么知道的？难道她额头上写着这个词吗？但她很快就记起他曾说他从内到外地了解每一个亡灵。她顿感不安，实在太丢脸了！他在看到她尴尬地挪动身体时扯动嘴角的样子，必然是出于对她的嘲笑。他在握着她的手时，是不是也在不断地想着她是一个未经人事的处女？

她在椅子上手足无措地挪动着身体，但这并没有缓解她的尴尬，她依然在他的注视之下，就像一只在放大镜下的蚂蚁。她猛地从椅子上弹起来，那力道带着她向前走了几步，走到特里斯坦刚刚站着的那扇窗前。她刻意避开他映在窗上的影子，将额头贴在冰冷的玻璃上，努力冷却爬上她脸庞的那令人尴尬又燥热的红晕。

第十二章

当他们走出小屋的时候，厉鬼早已不见了踪影。迪伦睁大眼睛，惊恐地四下察看一番后，终于松了口气。不过很快她又想起还有一条峡谷等在他们前面。

这是一个阴沉的早晨，尽管阳光很足，却无法穿透笼罩在地面上方翻腾的浓雾。特里斯坦朝着周围仔细察看了很久，随后看向迪伦，对她怜爱地一笑。

"你很紧张。"他断定。

凝视着那团浓雾，迪伦恍然大悟："那是我弄出来的？"

他点了点头，走到她的面前，紧紧握住她的双手。"看着我，"他的语气坚定有力，"不用害怕，我会保护你的，我保证。"他微微屈腿，看向她的眼睛。她努力迎上他的目光，一阵潮红瞬间泛上她的脸颊。

"你脸红的时候真可爱。"他笑着说。因为他的话，她的脸顿时变得更红了。"走吧。"他一边说一边转身，尽管放开了她的一只手，但仍握着她的另一只手，轻轻地拉着她往前走。

迪伦深一脚浅一脚地跟在他身后，隐约发现随着阳光不断洒向地面，空中的雾气正在逐渐消散。她想她已经知道其中的原因，脸上的红晕也随之慢慢褪去。不过，她很快就意识到，他说那些话不过是为了让她放松心情所采取的策略，为的就是驱散浓雾，以减少厉鬼出现的风险。此时，他依然引她向前走着，而她的手还被他紧紧地攥在手中。

来到第一座小山的山顶时，特里斯坦停下脚步，举目四望，然后将目光锁定在左边的某处，并指向那个地方："看到那里的两座山没？"

迪伦点了点头。

"那个峡谷就在它们之间。"

"可是还要走很久才能到吧？"迪伦不禁疑惑起来。现在已经是上午十点左右了，而那两座山看着相当遥远，想必在还没到达的时候就已经傍晚了吧？她是绝对不想在天黑的时候被困在山里的。

"视觉造成的假象，实际距离要近得多。我们大概一个小时就能到那儿。只要你一直保持好心情，我们就不会有问题。"他低头朝她笑了笑，用力地握了握她的手。迪伦觉得阳光似乎变得更亮了，不禁暗自腹诽，自己的任何情绪都被放大得这么明显，真是太丢脸了。

在山的这一侧，有一条蜿蜒而下的羊肠小道，而且只能容一人通过。特里斯坦在前面开道，在需要小心通过满地的石子和杂草丛时，他松开了她的手。迪伦跟在他的身后，谨慎而缓慢地向前走着。她身子微微后倾，用以抵抗倾斜的山坡，脚下则迈着碎步，以便随时找到适合的落脚点。同时，她还展开了双臂，这样既能保持身体的平衡，又能在摔倒时及时撑住。

大约半小时后，他们到达了山脚。当脚下的地面逐渐平坦，终于能伸直双腿、迈开大步的时候，迪伦不禁松了口气。从这个角度看去，守卫在峡谷两侧的山峰似乎高耸在她头顶。特里斯坦说的没错，这么看来，那两座山确实离他们很近，他们之间现在只隔着一片平坦的沼泽。沼泽之中，有些不时闪烁着微光的大水坑和几片零星散布着的芦苇丛。想到冰冷的泥水很快就会浸湿她的鞋袜，迪伦不由得在心中咒骂。她看了一眼特里斯坦。

"你的向导职责里该不会恰好也包含背人这一项吧？"她不无期待地问。

他的目光冷冷地射了过来。她只好叹了口气，将手插进口袋，然后踮起脚晃了几下。她并不愿意迈步向前。

"那我们现在是不是该休息一下了？"她希望她的提议能推迟他们蹚进泥塘的时间。

"这主意真棒，"他朝她皱了皱眉，不为所动地说，"我们可以在这儿休息到下午三点左右，这样我们就正好可以在天黑的时候到达峡谷，开启冒险模式，也未尝不可。"

"好吧，我只是随口一说。"迪伦一边嘟囔，一边跨出了迈向沼泽的第一步。虽然她脚上的运动鞋发出了大为不妙的吧唧声，但她的脚暂时还是温暖干燥的。不过这样的状态肯定维持不了多久，她边走边想。

尽管沼泽的宽度只有几千米，但要从大水坑和芦苇丛中开辟一条道路，并在不时没过脚踝的淤泥中前行，却是一项艰难且注定进程缓慢的任务。和迪伦相比，泥巴给特里斯坦带来的困难似乎要小得多，他总能更加轻易地找到平稳的落脚点，而且即便他们都踩在同样的位置上，她也相当确信自己要比他陷得更深。除此之外，她的周围还一直弥漫着恶臭，和她之前闻过的臭味都不一样，这是一种腐朽的味道，随着她每走一步，逐渐飘散开来。

他们在走到大约一半的时候，碰到一处比先前更加泥泞的区域。迪伦的一只小腿几乎整个陷了进去，可就在她拼命想要摆脱束缚的时候，却发现自己根本无能为力。她将身子向后一仰，紧接着蓄力向前弓身，还是无济于事。她又试了两次，在累到气喘吁吁后，只得认命。

"特里斯坦！"她大喊道，尽管他就在离她只有几米远的地方。

他转身朝她看去："怎么了？"

她绝望地摊开双手："我陷进去了。"

他脸上闪过一丝狡黠："那你想让我怎么办呢？"

"别闹了，拽我出去！"她生气地把手叉在腰上。但他咧嘴一笑，摇了摇头。迪伦决定改换策略。她放下手，垂下脑袋，噘着嘴，透过睫毛眼巴巴地看向他。

"求你了，行吗？"她带着哭腔说。

他笑得更大声了，哗啦哗啦地蹚着泥水朝她走了过来。"你可真是可怜。"他语带戏谑，然后抓起她的胳膊，弯下膝盖站稳，绷紧身体微微后仰，用力一拉。迪伦听到一种类似吮吸的吧唧声，然而，她的双脚仍然纹丝未动。

"该死的，"他气喘吁吁地说，"你是怎么搞成这样的？"

"就一脚踩进去了。"不满于他嘲弄的态度，她没好气地说。

特里斯坦松开她的胳膊，向前迈了一步。他双手箍在她的腰上，紧紧将她搂在怀里，他们的整个身子都贴在了一起。这样近距离的接触令迪伦全身一僵，心脏开始狂跳，可又担心被他听到。他抱紧她的身体，用力向后一拽，迪伦觉得缚住她双腿的泥巴逐渐松动。随着一声令人作呕的"啪嗒"，她终于重新获得了自由。但少了沼泽的作用，特里斯坦过大的拉力让她向前扑倒过去。她不由得发出介于惊呼和大笑之间的声音，为了保持住两人的平衡，他踉跄地倒退几步，溅起的泥水打在了他们两个的脸和头发上。

特里斯坦紧紧抱住她，努力不让他们跌进沼泽地。他又狼狈地向后退了几步，终于成功站稳。他低下头，见迪伦正扬着沾满泥点的脸注视着他，恍然间，那双盈满笑意的绿色眼睛令他不由得心神荡漾。

被特里斯坦紧紧搂着，迪伦似乎没有站稳，身体有些摇晃，整个人也晕乎乎的。她抬头朝他咧嘴一笑，一时间竟忘记了害羞，而他也目不转睛地注视着她。时间一分一秒地过去，她渐渐收敛了笑容。空气突然变得稀薄，她轻喘几下，微微张开嘴巴。

他瞬间将她松开，往旁边走了几步，然后别开目光，看向远处的山峰。迪伦茫然地盯着他，不明白为什么会这样。他明明想亲她，不是吗？可他现在连看都不想看她。这不仅让她费解，而且让她相当难堪。她刚刚出丑了吗？她不太确定，于是只好看向地面——这个目前唯一安全的地方。

"我们该走了。"他说，声音中有种不同寻常的粗哑。

"嗯。"迪伦小声应道。她还是觉得有些眩晕。他转身向前，一路泥水飞溅，她则慢吞吞地跟在后面。

特里斯坦在沼泽里艰难地朝前走着，想尽量和她拉开一些距离，好给自己留出单独思考的时间。他有些不知所措。几十年来，也有可能是几百年来（因为要在荒芜之地上准确地计算时间的流逝实在有些困难），他一直都在旅程中保护和引导亡灵。在最开始的时候，他时刻谨记自己扮演的是怎样的角色，可后来却发生了变化。他一度关心他们，聆听他们的故事，在他们因为失去生命、未来，以及所爱之人而备感痛苦时宽慰他们。每到旅程的终点，当亡灵向他挥手道别时，他都觉得怅然若失，仿佛心中的一小部分也随着他们一起消失了。这样的状况持续了一段时间后，他就变得淡漠了。他不再主动过问他们的事情，不再将他们的悲喜放在心上。尤其在过去的几年里，给亡灵引路对他来说不过是例行公事。他所做的就是尽可能地闭上嘴巴，并试着尽量拖延揭开真相的时间。他成了一台冰冷的机器，或者说是服务于死者的导航卫星。

可不知为什么，这个女孩再次唤醒了曾经的那个他。出乎他的意料，她在初期就发现了真相，而且比许多活了一辈子的人都要平静地接受了它。她把他当作一个人来相处，这在荒芜之地上绝对是件稀奇的事。一般来说，来到这里的亡灵会将全部的注意力都放在自己的死上，至于他们的向导是谁，他们连想都不会去想。她无疑是值得他的保护和关心的，他愿意把自己心中的某个部分交付给她。

不仅如此，他的内心还萌生出一种说不清道不明的情愫。当他抱着她的时候，他觉得内心有某种东西开始慢慢滋长。这感觉很怪，让他无法把注意力集中在空中那个正在危险西斜的太阳上，总是忍不住分神去想她。他觉得这感觉很"人类"，也许不准确，但除了"人类"这个词，他想不出别的词来形容。

可他不是人类。他晃了晃脑袋，好让自己清醒一点儿。他意识到这样下去会很危险，他要是无法集中注意力，无疑会把迪伦置于危险当中。因此，他必须压下这样的想法。

"特里斯坦，"迪伦的声音打断了他的胡思乱想，"特里斯坦，天快黑了，要不我们明天再进峡谷吧？"

他摇了摇头，并没有停下脚步。"不行，"他回答，"山谷的这一侧没有安全屋，我们今晚必须穿过它，所以我们得全速前进了。"

尽管他极力克制，但迪伦还是在他的声音中听到了恐惧。她不由得紧张起来。她知道恐惧对他们目前的状况没有好处，相反，它拥有让局面变得更糟的能力，但这些情绪就是不受她的控制。

又经过十分钟的跋涉，他们脚下的土地逐渐变硬，当她踩在草地上时，已经不再会往下陷了。她不时地拖着步子，又蹭蹭植物的硬梗，想努力刮掉沾在运动鞋和牛仔裤上的泥巴，但不敢停下脚步好好去清理，因为她感受到了特里斯坦已经无法按捺的焦急。走到后来，水坑出现得不那么频繁了。当她抬起头的时候，她惊讶地发现他们已经站在了两座山峰的阴影之下，而出现在他们面前的，正是那条让特里斯坦极为担心的峡谷。

它看上去没什么特别。中间有条相当宽阔的小路蜿蜒着伸向远方，两侧的山坡缓缓地向上倾斜。这和迪伦想象中闭塞的狭窄小路大相径庭。她松了口气，但瞥了眼严阵以待的特里斯坦，她的心不禁又提到了嗓子眼儿。她提醒自己，他比她更知道危险在哪儿，于是她皱了皱眉，努力加快脚步，拉近和他的距离。

就在迪伦急着准备全力冲过这里的时候，特里斯坦却在峡谷的入口停了下来。他似乎在给自己打气。迪伦偷偷地瞄了瞄他。他是在想之前被他带到这里的亡灵吗，就是被他弄丢的某一个？究竟有多少和特里斯坦一起来到这个峡谷，却没能走出这里的亡灵？出于紧张，迪伦握住了他的左手。她抬头朝他腼腆地笑了笑，然后将他的手握得更紧了些。他也同样回以微笑，随后转头，倨傲地凝视着峡谷。

"要来了。"他的声音几不可闻，迪伦甚至怀疑她是否真的听到了这句话。

第十三章

穿越峡谷本该是件相当惬意的事。这里的路面宽阔平整，上面覆盖着的小鹅卵石让迪伦回想起在乡间沿着废弃铁路行走时的情景。道路在两山之间蜿蜒而下，呈现出优雅的弧度，路旁的山坡没有让人感到逼仄，反而铺满了野花小草，徐徐绵延而上。这本该是幅完美的风景画，但草坡上兀自凸起的陡峭崖壁却打破了这个和谐的画面。悬崖从两侧向内弯曲着伸向天空，只有两崖之间能透出一线天光，然而这暗淡的光亮是无法将地面的阴影驱散的，这里不可避免地被笼罩在了黑暗之下。当迪伦走进这冰冷的阴影时，她禁不住打了个寒战。

在她身边，特里斯坦依然沉默地保持着警惕。他一边大步向前走着，一边不停地扫视四周。看他紧张的样子，迪伦也不由得紧张起来。她不敢到处乱看，只能直直地看向前方，祈祷他们可以顺利地通过这里。她用余光瞥到有些形似蝙蝠的东西正向她俯冲而来，但片刻后，她意识到，那根本不是蝙蝠，而是厉鬼。它们从峭壁上急速下落，在他们头顶上方不断盘旋。迪伦死死攥住特里斯坦的手，努力不看它们。

然而，她却无法忽略它们的存在。她的耳中充斥着熟悉的嚎叫声，这不时萦绕在她心头的声音早已被她和厉鬼绑定在了一起。尽管没有凄厉的嚎叫在回荡，但她却听到了别的声音。

"听到没？"她急切地问。

特里斯坦点了点头，神情凝重。

似乎有无数低沉的声音轰隆地混杂在一起，尽管听不清具体的内容，却给人带来巨大的压迫感。

"那是什么？"她的声音在发颤。她不时地抬头看向天空，搜索着两边的山崖，想要找出声音的来源。

"不在上面，"特里斯坦对她说，"在我们下面，你听听地面。"

尽管迪伦觉得这个要求很怪，但她还是把注意力集中在可能传出声音的他们的脚下。起先，她只能听到他们的脚踩在石子路上吱嘎吱嘎的声音，但细听之下，她发现那诡异的噬噬声竟真的是从他们脚下传来的。

"特里斯坦，这是怎么回事？"她问，声音低到连自己都听不清楚。

"是厉鬼，它们正在下面聚集。一旦逮到机会，它们就会一起发动攻击，它们一向如此。"

"为什么？"迪伦低声问道。

"我们现在在荒芜之地的中心，"特里斯坦解释道，"这里终年暗无天日，潜藏着成千上万个厉鬼，它们知道肯定可以等到机会。"

"它们在等什么机会？"她带着哭腔问。

"只要我们走到足够靠里的位置，它们就会出手。在这里，它们是不用等到晚上的。"他的声音不带任何情绪，却让迪伦感受到深深的恐惧，这恐惧比他的话所带给她的恐惧还要强烈。

"那我们要做什么？"

他发出一声干笑："什么也做不了。"

"难道我们不该跑吗？"迪伦并不擅长跑步，尽管她很瘦，但肌肉并不紧实。她平时从不锻炼，体育作为一门必修课，对她来说是种折磨。她一度坚称，她只有在被追赶的情况下才会跑步。此刻她却不无悔恨地想，之前说过的话，这下终于要应验了。

"等到不得已的时候再跑。在那之前，先保存好你的体力。"他说着，轻轻地翘起了唇角，但这个笑容转瞬即逝。

"要抓紧我，迪伦，别松手。等我叫你跑的时候，赶紧跑。沿着这条路，穿过峡谷，就会看到安全屋。一直朝它跑，千万别回头，只要迈进那扇门，你就安全了。"

"那你呢？"她慌忙低声问道。

"我会在你旁边。"他郑重地说。

迪伦惊恐地睁大眼睛。她努力把注意力集中到前方的小路上，然后将特里斯坦的手攥得更紧了些，紧到她能感觉到手指上勃勃的脉动。低沉的轰隆声似乎越来越大，地面仿佛也在不断沸腾、熔化，等待着释放地下的厉鬼。她花了好一会儿才分辨出地上的图案，那是无数影子，黑色的影子。随着崖缝间的天光越来越少，峡谷里越来越暗，她不由得呼吸急促起来。他们已经来到荒芜之地的中心了，那么，厉鬼会在何时破土而出？

空气似乎立刻冷却下来。一阵风吹过峡谷，卷起迪伦脸旁的发丝。微风夹杂着来自地面的声响在她的耳边低语。她同样清楚地听到，从他们头顶上方的某个位置传来了其他厉鬼的嚎叫。此时，它们正从四面八方汇聚而来。

刹那间，她觉得时间仿佛静止了，一切喧闹似乎被瞬间定格。她绷紧了体内的每一根神经，肾上腺素的分泌加速了血液的涌动，她的肌肉似乎肿胀起来，随时准备着响应大脑发出的指令。她深深地吸了口气，空气冲进肺里，在她耳中轰地炸开。

就在她准备呼气和眨眼的瞬间，时间恢复流转，所有事情几乎发生在同一时间——数不清的厉鬼像黑烟一样从地下钻出，如同墨色的细蛇一边发出咝咝的恫吓，一边在空中盘绕扭动；在她头顶上方嚎叫的厉鬼朝她俯冲而来，围在她的身边飞速穿行。厉鬼越聚越多，黑压压地环绕在她四周，完全挡住了她的视线。面对突如其来的一切，迪伦吓得目瞪口呆，她从没见过这样的场面。就在这时，一只厉鬼径直钻进她的胸膛，在穿透她的背部之前，在她的胸口狠狠抓了一把，迪伦的心脏顿时一片冰凉。几个无脸的怪物缠进她的头发，用力地撕扯，她觉得头皮像被针扎一样刺痛。无数爪子伸向她的肩膀和手臂，在她的身上拼命地拉拽。

"迪伦，快跑！"特里斯坦的声音冲破纷乱的叫嚷和围堵，直达迪伦的颅腔。

"快跑！"她在心中重复道，"快跑！"但她动不了，她的双腿仿佛忘记如何奔跑一样僵在了原地。她过去总是嘲笑恐怖电影中那些被追杀的人，嘲笑他们因为恐惧而丧失了行动能力，最终陷入和斧头杀人狂的缠斗。然而此刻的她，毫无疑问地变成了她所不齿的因恐惧而动弹不得的那种人。

她的手被猛地拽了一下，她打了个趔趄，终于有了动起来的迹象。在她的身体即将倾倒之时，双腿及时跟了上来，它们不停摆动，推她不断向前。快跑，快跑，快跑，这么想着，她不由得拉紧特里斯坦的手，用最快的速度一路狂奔。厉鬼仍然尖叫着围绕在她身边，但它们似乎无法再次将她牢牢地抓住。

一条用混凝土铺成的小路出现在了她的面前，尽管小屋还没出现，但她知道它应该就在不远的前方，就快到了。她还在以冲刺的速度向前奔跑，但清楚自己的速度很快就会跟不上了，她的双腿已经火烧火燎，每迈出一步，它们似乎都在抗议。她的脚越发沉重，呼吸也越发困难，每吸一口气，胸中都无比冰冷刺痛。她有节奏地摆动手臂，顽强地维持着身体的律动，只是她的步伐一点点慢了下来。厉鬼的爪子逐渐够到她的身体，它们将她向后拖拽，进一步拖慢了她前进的速度。这让她意识到，如果小屋不在附近，她将无法支撑下去。

突然，迪伦被什么东西猛地向后拽去，差点儿被拽倒。她尖叫一声，感觉肩膀快要脱臼。然而，就在那一瞬间，她意识到出事了。她发现自己的双手已经握成了拳头，而她的拳头里什么都没有了。

"特里斯坦！特里斯坦，救命！"她喘息着轻咳几声。

"迪伦，快跑！"她只听得到他的喊声，却看不见他的人。他去哪儿了？因为害怕摔倒，她没敢转身寻他，而是把全部的精力集中在他让她做的这件事上——逃跑。她铆足全力拼命地向前奔跑。

那是什么？她看到前方大约四百米的地方隐约出现一个方方正正的影子。一定就是安全屋！她心下一松，不由得抽噎起来。她努力驱使自己疲惫的身体做出最后一搏。

加油，加油，加油，加油啊！她在心中压抑着自己的声音，向自己的身体下达着继续前进的指令。她不顾疼痛，加快双腿的交替，向着剩余几米发出最后的冲刺。小屋早已敞开大门，像在等待着她的进入。

"特里斯坦，我看到它了！特里斯坦！"她的话哽在了喉咙里，没有说出口。因为几只厉鬼同时向她扑了过来，猛地钻进她的身体。它们虽看似无形，却真切地将她的心脏狠狠攫住。她瞬间语不成声。由于手脚失控，她整个人顿时变得摇摇欲坠。

"不，"她喘着粗气，"不要，拜托了，不要。就快到了！就快到了！"

可她动不了。身体里那些冰冷的手在不断地搅动，那种刺骨的寒冷让她根本无法喘息。她身上的每一个部位都迫切地想要停下，它们想躺在地上，任由厉鬼轻轻地将她拉进那个可以让她安眠的黑暗地下。

就在这时，她的脑中突然浮现出特里斯坦的话："一直朝它跑，千万别回头，只要迈进那扇门，你就安全了。"她仿佛再次看到了他一脸认真地对她说话的样子。

纯粹的意志驱使她一步步地向前，朝着那扇敞开的大门走去。她每动一下都感到很痛苦，每喘口气都像被针扎，她的身体尖叫着要她停下，要她屈服，可她还是毅然决然地继续前进。她越靠近小屋，尖叫、哭号和咝咝的声响就越大。厉鬼们向她发起了更加猛烈的攻击，对着她又拉又扯又挠。它们在她的脸周盘旋，伺机抓瞎她的眼睛。就在距离小屋只有几米的地方，她体力不支地跪倒在地。她重重地闭上双眼，强忍着疼痛，让空气进入自己的肺部。她拖着自己的身体，开始向前爬行。双手扒在冰冷的地面上，小颗的鹅卵石子不断地刮着她的手掌，扎着她的膝盖。往前，她的心中只有这一个声音，拼死向前。

几乎是瞬间，她就知道自己爬进了小屋，耳边的尖叫戛然而止，体内的寒意也化为阵阵闷痛。她无力地瘫倒在地板上，大口大口地喘着粗气。

"特里斯坦，我们挺过来了。"她声音嘶哑，连从地板上抬起头来的力气都没有。

但她没有得到他的回应，她的身后没有他呼吸的声音，小屋里没有一丝响动。心中那一片寒凉的感觉重新涌了上来，比之前的任何时候都要强烈数倍。她不敢回头看。

"特里斯坦？"她的声音很低。

她翻了个身，仰面朝上，静静地躺了一会儿。她太害怕了，害怕睁开眼睛，害怕看到恐怖的场景。可比起害怕，她更想知道发生了什么。她终于还是强迫自己睁开眼睛，看了看眼前的一切。

不。

她觉得所有的话都哽在喉头，冲口而出的只有悲戚的呜咽——门口空无一人，门外一片漆黑。

特里斯坦没挺过来。

第十四章

迪伦在地板上躺了很久，她的目光一直没从门口移开。她相信特里斯坦随时都可能出现在那里 —— 一身狼藉、气喘吁吁，但安然无恙地出现在那里。他一定会现身，他会没事的，他会回来掌控局面，他必须这么做。她的心脏在胸腔里有如擂鼓，不断压迫着已经动弹不得的肌肉，让她痛苦不堪。在承受了高强度的负荷之后，她疲惫不堪的身体开始颤抖起来。

在过了让她感觉无比漫长的短短几分钟后，地板的寒气就蔓延上来，她感到一种沁入骨髓的寒冷。在她颤抖的四肢开始变得僵硬时，她知道自己必须动一动了。

她挣扎着坐起身，肌肉的酸痛让她不由得发出了呻吟，可她不敢把目光从门口移开。她觉得只要一直盯着那扇门，特里斯坦就有随时出现的可能。尽管她打从内心深处觉得这个想法有点儿荒谬，但还是坚定着自己的想法，因为只有这样，她才可以抑制自己因为恐惧而随时想要尖叫的冲动。

迪伦用颤抖的双腿撑住身体，扶着门框，吃力地站了起来。尽管手里紧紧抓着朽烂的木框，可她依然摇摇欲坠。疲惫加上惊惧，她已经没有一点儿力气了。此刻站在门边，尽管安全屋有一定的隔音作用，但她还是可以听到屋外低沉的私语和高亢的尖叫。她的双脚在门里站定，然后探出头去，在夜色之中搜寻那抹流转的蓝色眼波和蓬乱的金色头发。可她不仅什么都没看到，还遭到了一连串噪声的攻击，那些盛怒之下的厉鬼尖叫着冲向她，不过都被安全屋的神秘力量挡住了。她吓得喘不过气来，赶忙缩回脑袋，周围的声音瞬间就变小了。

她从门边一点点地朝里挪去，脚被地上的不知道什么东西绊了一下，害得她险些摔倒。她不由得将目光从门口移开，看了一眼脚下。然而屋内一片漆黑，她根本看不清自己踩到的是什么东西。一阵战栗再次蹿遍她的全身。她没法在这样的黑暗中独自撑到天亮，这会让她疯掉。

对了，火！安全屋里都会有个壁炉！但是要生火的话，她就不能盯着门口，那意味着她要面对特里斯坦可能已经不在了的事实。不，她告诉自己，他一定会来，而且在他来的时候，她应该已经把火生好等着他了。她在小屋中摸索起来，果然在屋子的另一头找到一个石砌的壁炉。她跪下来，伸手去摸，指尖触到炉膛内的灰烬和木块。在木块的左边，她发现一些干燥的圆木，但周围既没有火柴，也没有家乡那种和打火机一样受欢迎的电子点火器——它会在冒出火焰状的东西时，喷出由暖风机加热过的气流。

"拜托了。"她低声说。在意识到自己正在向一个没有生命的物体发出祈求后，她还是不由得继续说道："拜托，我需要火。"就在说到最后一个字的时候，她再也无法保持冷静，不由自主地哽咽起来，胸口不停地剧烈起伏，双眼紧紧地闭上，一颗泪珠滑过她的脸颊。

突然，一阵噼啪声传来。她惊恐地睁开眼睛，而当她看到眼前的景象时，她震惊得倒吸了一口凉气。壁炉里竟然出现了一团火焰。尽管火苗还很微弱，在从门外灌进来的风中明明灭灭，可它还是倔强地不肯熄灭。迪伦的双手仿佛有了自己的想法，它们自发地抓起几根圆木，小心翼翼地添进火里。她屏住呼吸，生怕自己笨拙的动作会将刚刚燃起的火苗扑灭。

火团渐渐变大，可在吹进屋内的风的影响下，还是不断地噼啪作响。迪伦转身看向那扇门，关上它，似乎就像关上她的希望，同时也意味着会将特里斯坦拒之门外。但眼下，她更不能失去的是这团火。于是，她慢吞吞地站起身来，朝着门口走去。来到门口的时候，她停了下来，很想冲进外面的黑夜去寻找特里斯坦，但那么做就意味着将自己交给了厉鬼，那不是特里斯坦想看到的。终于，她心有不忍地闭上眼睛，然后关上了那扇门。

随着门咔嗒一声落锁，迪伦内心仿佛有什么东西也同时碎掉了。她眼中盈满泪水，视线变得模糊，跌跌撞撞地在房中摸索，来到一个感觉很像床的东西前，一头栽进去，呜呜咽咽地哭了起来。她哭到停不下来，恐惧彻底将她吞没。她从没像现在这样想要逃离，想要尖叫。她此刻甚至有了想摔东西的冲动。

"天哪，天哪，天哪……"她边哭边不断地重复着。她要怎么办？失去了特里斯坦，她将何去何从？她会因为迷失方向一直游荡到天黑，最终成为那些厉鬼餐盘里的肥羊。或许她该待在这里一直等下去？可又有谁会来找她呢？虽说她如今可以不吃不喝，可她难道要像那些荒唐的童话故事里被诅咒了的公主一样，一直等待着某个可以拯救她的王子，直到天荒地老吗？

没过多久，一些别的念头又钻进了她的脑海。孤独和恐惧让她自火车事故以来就一直压在心底的想法重新浮现出来。她想起了琼，她想知道琼如今身在何处，有没有为她举行葬礼。她想象着妈妈在医院上班的时候突然接到电话，而后脸上出现痛苦的表情，皱起弧度完美的眉毛，伸手捂住嘴，像是要捂住那即将出口的真相一样。迪伦想起她们曾经的争吵，想起自己言不由衷的毒舌和羞于表白的真心。她们最后一次像样的谈话，是争论她该不该见爸爸。她清楚地记得自己告诉妈妈她要去看爸爸，也清楚地记得当时妈妈脸上那副感觉遭到了女儿背叛的表情。

而后，就像黑夜过后必是白天一样，她自然地想到了爸爸。他会有什么反应呢？他会从谁那儿得知这个消息？他会因为这个从未真正了解过的女儿而感到悲痛吗？

她的死和她此刻的遭遇，瞬间猛地戳痛了她。这不公平。她能失去的还剩什么呢？她已经失去了未来、家人、朋友……现在就连她的摆渡人也要离她而去了吗？不，不仅仅是她的摆渡人，是特里斯坦。他被夺走了，就像她的那些被夺走的东西一样。迪伦本以为自己的眼泪已经流干了，可当她再次想到他的脸时，眼泪再次夺眶而出，滑过脸颊，又热又咸。

这是迪伦度过的最难熬的一个夜晚。她一闭上眼，琼、特里斯坦和她爸爸那个略显惊悚的无脸形象就会在脑中交替出现，同样挥之不去的还有关于火车上的场景的噩梦片段。黑夜就在这漫长的煎熬中一点点过去。壁炉中的火光渐渐变成了暗淡的橘黄色，屋外不再漆黑一片，几束尚且微弱的光亮透过窗子照了进来。随后，黎明的第一道曙光驱散了所有沉闷的混沌，给小屋带来了生机勃勃的朝气。然而，迪伦并没有注意到这悄然发生的一切，仍然怔怔地盯着壁炉中燃烧的圆木，眼见着温暖的火光逐渐灰败，炉膛里只剩一根根木头烧尽后冒着烟的灰烬。她的身体像石头似的一动不动，脸上神情木然，她似乎想通过麻痹感官的方式保护自己。

直到上午已经过去了一半，她才意识到有了光，而这意味着她恢复了自由，可以从这个对她来说既是天堂又像监牢的避风港里走出去。她可以出去找特里斯坦了。他很有可能正带着伤、流着血，躺在峡谷的某个地方等着她去找他。

她看了一眼，门依然紧闭，将荒芜之地上的一切恐怖隔绝在外。她想到了同样被隔绝在外的特里斯坦，但很快就又想起那些数不清的游魂。峡谷现在够黑吗？能给它们的进攻提供庇护吗？外面的阳光够亮吗？能够保护她的安全吗？

想到她要一个人……独自走进荒芜之地，她就不由得打起了退堂鼓。

可特里斯坦还在外面。

"迪伦，起来，"她告诉自己，"别这么没用。"

她小声抱怨着昨天被迫消耗了超负荷的体能，吃力地撑起绵软的身体，从床上爬了起来。她来到门口，将手放到门把手上，深深地吸了口气，接着又吸了口气，努力让自己旋转那个门把手，然后开始推门，但她的手指却没有执行她的指令。

"少来这套。"她小声嘟囔道。

特里斯坦需要她。

抱着这样的想法，她终于将门推开。

就在门被打开的瞬间，她僵在了原地，一口气堵在了胸口。她的心跳骤然停止，而在她努力看清眼前的景象后，心脏以原先两倍的速度疯狂跳动起来。

几天来，那个让她逐渐感到熟悉的荒芜之地已经不复存在。

那些连绵起伏的山丘，那些浸湿她的鞋袜、让她走得越发吃力的沾满露珠的葱郁草丛，那片总是阴霾的天空，还有昨晚那条将她安全引到小屋的石子路，统统消失了。

取而代之的，是一个令人目眩的、由各种红色组成的世界。那两座山依然矗立着，表面覆盖着紫红色的泥土，上面没有任何植物，陡峭的山坡上以诡异的方式罗列着棱角突兀的怪石。之前的石子路上已经没了石子，换成一层滑腻腻的黑色柏油，且不断起伏，吱吱冒泡，活像被赋予了生命。这里的天空一片血红，悬停着几片乌云，且并没有争相飘向西边的迹象。太阳发出炽热的红光，仿佛炉灶上被烧得通红的炉圈。

然而，让人毛骨悚然的不仅如此。无数密密麻麻的东西在地表上滑动着，它们在山上攀爬，在小路上游荡，迪伦找不到合适的词去形容它们。它们虽有着人类的样子，却没有实实在在的形体，只能通过大致的轮廓来分辨它们的性别和年纪。迪伦仔细看了看离她最近的几个，它们似乎没看见她，它们甚至对于自己身在何处都无知无觉，个个都在心无旁骛地紧紧跟随着身前那个发着亮光的小球。

每个这样的人形轮廓都被笼罩在大量黑色厉鬼的阴影之下，有的在它们头顶盘旋，有的在它们前方环绕。此情此景让迪伦惊慌地倒吸一口凉气，她替每个"人"都捏了把汗。好在虽然厉鬼一直围绕在这些"人"周围，但始终和这些"人"保持着一定的距离。她突然意识到，原因就出在小球上。一般来说，厉鬼是不愿靠近那些跳动的光球的，然而在一些阴影最深的地方，小球发出的光就没有那么亮，这时，周围的厉鬼就会趁机冲到离这些"人"更近的地方。看着看着，她脑中的线索突然咔嗒一下连接到了一起。

她就是这些"人"中的一员，她眼前的景象才是荒芜之地真正的样子，而特里斯坦正是她的光球。如果没有光球的指引，她还能安全出门吗？如果她现在走出安全屋，那厉鬼会在这样的大白天里向她发动攻击吗？要想确定这件事，唯一的方法就是迈出这间拥有防护魔力的小屋。可她做得到吗？这么想着，她在门口微微晃了晃身体。答案是否定的。因为她刚一探出身子，厉鬼就立刻开始嘶吼嚎叫。这已经能说明一切。她吓得后退一步，砰地将门关上。她用后背抵住门板，仿佛这样就能远离厉鬼带来的惊吓。然而仅仅几秒之后，她就无力地跌坐在地。她抱住双腿，把头埋进膝盖，呜呜地哭了起来。

"特里斯坦，我需要你，"她喃喃地说，"我需要你！"她声音喑哑，泪珠大颗大颗地滚落，"你在哪儿啊？"她恸哭起来，嘴唇不住地颤抖，逐渐有些泣不成声，"我需要你……"

她被彻底困在了这里。不仅仅是因为她失去了前进的方向，还因为门外厉鬼环伺，一旦跨出小屋，她将万劫不复。待在小屋里目前对她来说是最安全的，可她能在这里待多久呢？她又能等特里斯坦多久呢？

时间一分一秒地过去，迪伦终于稍稍振作起来。她站起身，将一把椅子拖到窗边坐下。她抱起胳膊，将它们搭在窗台上，然后把头架在胳膊上向外看去。外面的景色和从门口看到的一样，深红的沙漠上散布着缓缓飘荡的亡灵，他们机械地跟随着光球，不知不觉间，她看了很久。虽然只是远远看着，但只要一想到厉鬼的爪子抓在她身上的感觉，想到它们的尖叫在耳中炸开，她的胃里还是会一阵翻江倒海。

一想到要再次面对它们，迪伦就觉得背上冷汗涔涔。她知道自己今天出不了门了。特里斯坦很可能正在为回到她的身边做着努力，抱着这样的希望，她至少还能再挨一天。

在绚烂落日的映照下，天空从亮橘，到正红，再到紫红，接着就彻底黑了下来。随着夜幕降临，小屋周围响起了呼啸声和尖叫声。迪伦很早就将火生了起来——这次她是用她在天还亮的时候，在壁炉的台子上发现的火柴点着的。这次生火花费的时间比昨天要长得多，好在她最终让火着了起来，逐渐引燃了她塞进去的那些树枝。此时，大段的圆木也烧了起来，它们在炉膛里噼啪作响，散发出抚慰人心的温暖和光亮。她已经不坐在窗边了，外面的黑暗和被暗中窥伺的感觉都让她感到恐惧。她躺到床上，盯着炉火发呆。她只觉得眼皮不住地耷拉下来，接着陷入半梦半醒的状态。

当她在几小时后醒来时，外面依然一片漆黑。她仰面看着天花板，有那么一瞬，她觉得自己仿佛身在异地，像是家里那个墙上贴满影星海报、周围堆满可爱毛绒小熊的逼仄的房间，或是见爸爸的前一天她在阿伯丁临时借宿的某个陌生房间。然而，她很快被拉回了现实。她躺在一个安全屋里，她已经死了。她觉得被一卷钢片紧紧裹住了胸腔，被勒得喘不过气。她感到一阵鼻酸，却还是忍着没有掉下眼泪。

屋里很暖和。她小心生起的火还在炉内燃烧着，它在墙上投下闪烁跳跃的阴影，但这并不是她从睡意中清醒过来的原因。她翻了个身，面向壁炉，终于发现真正让自己清醒的原因——火光映照出一个一动不动的人影。恐惧瞬间席卷了她，让她的身体动弹不得。但随着目光的转动，那个人影逐渐显现出形状，那是一个她熟悉的形状，一个她担心再也见不到的形状。

第十五章

"特里斯坦!"迪伦有点儿喘不上气来。她跳下床,向房间的那头冲去,因为太过匆忙,她在途中险些摔倒。他一直站在原地,她一时有些忘乎所以,一把将他抱住。她终于放松下来,胸口不断起伏,呜呜咽咽地哭了起来。她把头埋进他的肩膀,感到了无尽的心安和狂喜。

特里斯坦依然一动不动地站在那里,过了好一会儿,才终于抬起双手,将她紧紧搂进怀里。她趴在他的胸口不停哭泣,他就用手在她背上轻轻地摩挲起来。

等到激动的情绪终于平复下来,迪伦才无比尴尬地将他放开。她之前没怎么被男孩拥抱过,一时觉得非常混乱。尽管她的脸颊已经微微泛红,可她还是强迫自己直视他的眼睛。

"嗨。"她的声音很轻。他此时正背对着炉火,在阴影中,她看不清他的脸。

"嗨。"他应了一声,声音里带着明显的笑意。

"我还以为……以为你不在了。"因为情绪激动,迪伦的声音有些哽咽,但她急于知道发生了什么,于是压抑情绪继续说道,"到底发生了什么?你当时就在我身后吗?"

他没有回答。迪伦用眼睛在黑暗中探寻，却无法看清他的表情。

"对不起。"他轻声说。

他拉起她的手走回床边，在她身边坐了下来。炉火发出的光这才明明灭灭地照在他的脸上，迪伦猛地倒吸一口凉气。

"我的天，特里斯坦，你这是怎么了？"她问。

此时的他，说是面目全非也不为过了。他的一只眼睛肿得几乎睁不开了，另一只眼中布满了血丝。他的下巴青红一片，有道深深的伤口纵贯一侧的脸颊。他努力想做出微笑的表情，但这显然是一次痛苦的尝试，即便火光昏暗，她也能从他眼中看出他正承受着巨大折磨。迪伦不由得伸出一只手，想要轻抚他的脸颊，可又因为担心会弄疼他而变得犹豫起来。

"没事的，"他答道，"不用在意。"

迪伦缓缓摇了摇头。不是的，她非常在意。特里斯坦面部伤得很重，脸已经严重损毁。这都是因为她吗？

"特里斯坦……"

"嘘，我说了，不用在意。"他宽慰她。"你现在还是会睡觉。"他指出，显然试图转移话题。

她点了点头："这样时间会过得快一点儿。"

"你觉得你还能再睡会儿吗？"她摇了摇头，但他继续说，"那你就再躺下休息一会儿吧，我们明天要走很多路。"

迪伦目光恳切地看向他。尽管知道他不愿说他刚刚经历了什么，可他似乎连别的话题也不愿和她多说。这让她感到了被拒绝的挫败。她扑进他的怀里，对他的再次出现明确地表现出欣喜。可现在，她只觉得自己很蠢。她眼睛有些刺痛，将双臂抱在胸前。他好像感受到她情绪的变化，拉过她的一只手。

"来吧，躺下，我会在你身边的。"

"我……"她犹豫了一下，有些迟疑。

他的声音就像黑暗中的呓语。"咱们一起躺下，"他继续哄她，"求你了。"

他向后挪了挪，把身子靠到墙上，然后将她拉到他的身侧。她依偎在他身边，有些害羞，却觉得无比安心。他虽然不想说话，但似乎乐于躺在她的身边。迪伦暗暗翘起唇角。两天来，她第一次让自己放松下来。

❀

在晨光之中，特里斯坦的伤显得更加触目惊心。他的左眼青黑一片，下巴上也青一块，紫一块，黄一块。他脸颊上的伤口倒是开始愈合了，但干掉的血痕在他雪白的皮肤上显得格外突兀。在他的胳膊上也有几道长长的抓痕。晨曦赶走了屋内的昏暗，迪伦伸出手指，比着特里斯坦小臂上一道纵贯的可怕伤口轻轻勾勒一遍。她仍旧躺在他的怀里，他的怀抱无比舒服，也无比安全，不过，她还没有勇气开口打破此刻的沉默。

"我们该出发了。"特里斯坦在她耳边低语道。他的声音温柔而低沉，呼出的气息喷在她的脖子上。她背后一紧，手足无措地从他身边弹开，下床来到房间中央，在一扇窗户对面停了下来。她向外看了一眼，发现荒芜之地又变回了她原本熟悉的样子。

"它变了。"她喘着粗气说。

"什么意思？"特里斯坦目光锐利地看向她的眼睛。

"昨天，在你还没回来的时候，我朝门外看了看，看到……"迪伦不知道该怎么描述她看到的那个世界，"太阳，天空，大地……一切都是红的。我看见了亡灵，成千上万个亡灵，他们跟着他们的引路人向前走。我还看见了厉鬼，到处都是厉鬼。"迪伦沉浸在回忆中，声音变得越来越小。

特里斯坦不禁皱起了眉头，在他的记忆里，从没有哪个亡灵对这个世界有过如此多的了解，也从没有哪个亡灵能在离开摆渡人的情况下从厉鬼的攻击中幸存下来。他本以为自己已经失去了迪伦，然而此刻她就在这里。他感到大为震惊，谢天谢地，她就这么站在他的面前。为什么这个看似普通的灵魂竟会如此与众不同？

"只有在失去向导的时候，你才会看到真正的荒芜之地，"他对她说，"我相当于你用来投射意识的载体。"

"所以，这是假的？我看到的一切都是假的？它们只存在于我的大脑里？"尽管特里斯坦一早就向她和盘托出，告诉她荒芜之地就是她意识的投射，但直到现在，迪伦才真正领会其中的含义。然而，她并不喜欢这样。就算昨天的荒芜之地非常恐怖，也好过像现在这样明明白白地被特里斯坦哄骗。

"迪伦，"他柔声说，知道无法粉饰下面要说的话，所以只好缓和语气来减轻话语本身的尖刻，"你已经死了，现在你拥有的一切就只剩你脑中的这些意识了。只有在这里，这个地方，你才可以完成你的旅程。这才是眼下最真实的东西。"

迪伦无助地看着他。尽管知道迪伦现在很需要安慰，但再待下去他们就会陷入危险，他朝她伸出一只手。

"来吧，"他说，"我们出发。"他对她露出一个安抚的温暖笑容，而她也颤抖着嘴唇回以微笑。她上前握住他的手，在肢体接触的那一瞬间还是有种过电般的感觉。面对着眼前这扇门，想到马上就要离开这个既囚住了她又保护了她的小屋，迪伦心中百感交集。特里斯坦此时已经跃跃欲试了，他步伐坚定地快速走到门口，拉着她再次进入了荒芜之地。

虽然今天没出太阳，但空中飘着轻薄松软的白云。迪伦想知道这代表了她怎样的心情。如果非要她做个说明，她觉得是心事重重，以及好奇。特里斯坦说的那些关于荒芜之地和她的意识之类的话让她感到混乱。不过，尽管她不想待在一个人造的幻象中，可不得不说，这熟悉的山地景观给予了她十足的安全感。当然，特里斯坦的陪伴也是这份安全感的重要来源。她看向前面带路的他，目光在他的背上、脑袋上，以及强壮的臂膀上逡巡。他身上究竟发生了什么？昨晚在他们说话的时候，他有意避开了这个话题，不过迪伦觉得他身上的每一处瘀青和抓痕都是为了保护她才留下的，她要对此负责。

"特里斯坦。"她开口道。

他回头看了看她，然后放慢脚步，和她并肩走在了一起："怎么了？"

在他的注视之下，她突然退缩了，转而问起了另一件她很好奇的事情："所有那些亡灵……我看见他们都在走，可没有一个朝我走过来，我的意思是，朝安全屋走过来。"

"他们不会过来。"

"那他们要住哪儿呢？这是怎么回事？"

特里斯坦漫不经心地耸了耸肩："这里的每个摆渡人都有自己的

安全屋，或者说避难所。它们呈现出来的样子各不相同，这要取决于你们。不过那个地方的安全屋一直是属于我的。"

"原来如此。"迪伦沉默了片刻。她不时地偷偷看向特里斯坦，犹豫着要不要提出她真正关心的那个问题。

他发现她正斜着眼睛瞄他。"你想知道在我身上发生了什么。"他已经预料到了。她点了点头。

他叹了口气。尽管他想跟她分享一切，坦陈所有，但他知道，除了一些能够帮助她穿过这里的必要常识，她不需要对这个世界有更加深入的了解。

"为什么要在意这个呢？"他不知道是该坚持自己的原则，还是遵从自己的内心，于是抛出一个问题，进行战术性的拖延。

这招奏效了，迪伦陷入了思考。

"因为，呃……因为这都要怪我。你变成这样都是因为我，要是我能走得快一点儿，或者能让太阳挂得久一点儿、照得亮一点儿，那么……那么这一切就不会发生了。"

特里斯坦看起来很惊讶。他确实非常惊讶。他没想到她居然会这样回答。他本以为她不过是出于对这个世界的好奇，以为人类就是本能地想知道所有事情。他没想到她是出于对他的在乎。他的胸口氤氲着一团暖流，他想他已经做出了决定。

"你没说过它们可以伤到你。"她声音轻柔，圆睁的眼睛里仿佛充满了感同身受的痛苦。

"嗯，"他答道，"它们虽杀不死我，但碰得到我。"

"给我讲讲，到底发生了什么。"这一次她没再问他，而是温柔却坚定地向他提出请求。他无法再三无视她的请求。

"当时它们都围了过来，你僵在那里。我见你想跑，但动不了。"

迪伦点了点头。她想起当时的情景，不禁羞红了脸。要是她听了他的话拔腿就跑，要是她能勇敢一点儿，没有害怕到动弹不得，那他们就都能逃过一劫了。

"我推了你一下，你好像回过神来，然后我们都跑了起来。我当时还觉得咱们会平安无事。"他羞愧得眉头深锁，脸皱缩起来。"我不是故意放开你的。"他低声说。

迪伦咬住下唇，愧疚反胃似的涌上心头。他在难过地责备自己，可那其实都是她的错误造成的。

"特里斯坦……"她想插话，他却伸手阻止了她。

"对不起，迪伦，我很抱歉。它们见我放开了你的手，就立刻把我包围起来，挡在我们之间。我没能穿过它们，重新追上你。虽然你还在往前跑，但离小屋还是太远了，再那样下去，你是没法撑到终点的。"此时特里斯坦眼睛有些失焦，仿佛正在回忆当时的情景。从他紧绷的嘴唇可以看出，他当时一定非常痛苦。意识到她正在对他施加二次伤害，她的负罪感瞬间成倍增加。她不由得开始怀疑自己的动机：仅仅为了满足自己的好奇心吗？她希望并非如此。

"厉鬼铺天盖地，虽然你无法碰到它们，但我可以。你知道这个吗？"

她担心一开口情绪就会失控，进而打乱他的叙述节奏，于是索性摇了摇头。

"我跟在你后面，一边跑，一边尽可能多地拉开它们。可它们一下子涌了过来，我从没见过数量这么多的厉鬼，根本无法阻挡它们，虽然我碰得到它们，但没法对它们造成任何伤害。每次我拨开它们，

125

它们就会转个圈，从另一个方向再次攻回来。"

说到这里，他顿了顿，内心似乎非常挣扎。迪伦不清楚他纠结的究竟是他该说些什么，还是该用怎样的方式继续讲下去。她耐心地等待着。特里斯坦抬头看向天空。他们正在穿越一座相当险峻的山峰，这对他们来说无疑是个壮举，而对一边全力保障脚下平稳，一边听他说话的迪伦来说，这也实属不易。不过，天空似乎给了他答案。只见他点了点头，叹了口气。

"在荒芜之地上，我能做到一些事情……一些并不寻常、可能会被你们称为魔法的事情。"

迪伦屏住了呼吸——这正是她一直都在期待的那种坦白，那种让这所有的疯狂统统变得合理的坦白。

"我召唤出了一阵风。"他顿了顿。迪伦困惑得眉毛都皱成了一团，因为她当时并没有注意到。"你是感觉不到的，那是特意给厉鬼准备的。"

"你召唤了一阵风？"她震惊地问，"你居然会这个？"

特里斯坦的脸皱缩起来："虽然很难，但是我会。"

"你说的难指的是什么？"

"会耗费大量体力，榨干我的体能，不过那天它确实起作用了。它们被吹得七零八落，偏离了原来的飞行路线，从而没法抓住你。"他叹了口气，"可它们很快就找到了原因，一大半厉鬼转身朝我飞过来，把火力集中到我身上。"

"你当时就该停下，"迪伦脱口说道，"你不该继续用风，也……也不该和它们打，那么……"

特里斯坦摇头打断了她："我得确保你的安全，在我这里，你在荒芜之地上有最高的优先级。"见她一脸惊恐，他微微翘起唇角，"我是死不了的，保护亡灵是我的头号任务，至于我，只能排到第二。"

迪伦愣怔地点了点头。显然他并不是为了她才将自己置于危险中的，他只是在完成自己的工作。

"它们猛攻过来，用爪子抓我，然后朝我撞来，想像扎穿你一样扎穿我。但它们做不到。虽然当时你周围还有一部分厉鬼，但你离小屋已经很近了。我一直支撑到看你跨过那道门槛，所有的厉鬼大军都朝我飞扑过来，它们实在太多了，我根本招架不住。然后它们就把我拖下去了。"

听着他的讲述，迪伦在脑中想象着当时的画面：厉鬼从高处俯冲下来，狰狞地围绕着他，伺机拉扯、抓挠。她想象着他拼命地击退它们：他挥臂痛击，挣扎着突出重围，但厉鬼再次蜂拥而至，将他围得密不透风，它们使出更大的力气，死死抓着他，向着地下不停地拖拽。不过，尽管在她的想象中，他们之间隔着很远的距离，但她却可以清晰地看到他的每一个表情——脸上充满惊惧和恐慌，瞪圆了双眼，惊恐地张大嘴巴。血顺着他的额头流进了他被厉鬼啄伤的左眼。而后，她脑海中的特里斯坦就那么渐渐消失了。他究竟承受了多少痛苦？每一击、每一爪又有多疼？而这一切，全都是为了她。

"当时，我最后听到的声音是你在叫我，我拼命赶走它们，想追上你，可是它们赶都赶不完。不过起码我知道你已经安全了。"他看向她，那双蓝色的眼睛仿佛直直地看到了她内心的深处。除了迎上他的目光，她别无选择。她逐渐迷失在这逼人的压迫感中，在他深邃的目光中，慢慢沉沦。

她理所当然地陷了进去——陷进去的是她的一只脚。没有了眼睛的引导，她的脚陷在一丛草设下的"伏击"里。

"啊！"她倒吸一口凉气，感觉身体正朝着前方的地面倒去。她闭上眼睛，等待着砰的一声闷响、肺部短暂的真空，以及随之被沾在身上的水汽和淤泥。她下意识地张开双手，想帮身体减少因为冲击带来的伤害，但她并没感受到想象中的冲击。特里斯坦突然伸手从后面抓住她的帽衫，让她在离地不远的地方来了一个急刹。她睁开眼睛，瞄了一眼眼前的这条小路，不出所料，果然又湿又脏。可还没等她松一口气，特里斯坦就向后一拉，让她重新站直了。尽管他竭力紧咬牙关，保持着严肃的表情，但最终还是没有忍住，大笑出声。

迪伦生气地鼓起脸，带着仅剩的一点尊严大踏步地向前走去。她身后的笑声变得越来越大。

"你真是笨手笨脚。"特里斯坦揶揄着轻松追上了她。她昂起头继续走，默默祈祷自己不会再被绊倒。

"这有什么好大惊小怪的？看看这地方，就不能把路铺得好一点儿吗？"她呼吸有些粗重，竭力压制着怒气。特里斯坦耸了耸肩。

"可这要怪你，"他提醒她，"这是你的大作。"

迪伦做了个鬼脸。

"我恨爬山，"她喃喃道，"我恨所有山。"

"苏格兰的山地风光不是你们苏格兰人最引以为傲的东西吗？"他疑惑地看向她。现在轮到她耸肩了。

"我们体育老师每年都会用小巴车拉着我们去农村，他会在大冷天里逼着我们上山，简直是种酷刑。我不是个爱爬山的人。"

"嗯，看得出来，"他咧嘴笑着说，"不过，要是我告诉你我们已经走了一半，你可能就可以稍微松口气了。你马上就能离开这儿了。"

他原本想让迪伦高兴起来，但她听到这个消息后，脸却有点儿垮了下来。那之后呢？荒芜之地以外，又是什么呢？这是不是意味着她从此再也见不到特里斯坦了？比起那些对于未知的恐惧，这个消息让她更加心烦意乱。她的世界如今只剩他一个了，她忍受不了再失去他。

她若有所思地一路走到山顶，又翻过凹凸的石块，来到一处天然的洼地。这是个歇脚的好地方。她满怀希望地朝特里斯坦看去，他会意地回她一个微笑，但还是摇了摇头。

"今天不行。"他对她说。

迪伦噘起嘴，有些闹脾气地抬头看向特里斯坦。

"真的不行，"他说，"迪伦，我们没时间了，我不希望我们再次被抓住。"

他伸出一只手，像在发出邀请。迪伦哭丧着脸看向那只向她伸来的手，不得不承认，他是对的。他们必须赶在夜晚来临之前，赶在伴随着夜晚出现的厉鬼来临之前，安置下来。她不想特里斯坦因为她而再次受苦。她伸手握住他伸来的手，他手上的力道很大，手臂布满了伤痕和瘀青，和她手臂上逐渐变淡的痕迹相互呼应。他刚把她从洼地里拉上来，一阵强风就猛扫过来。起风了，风嗡嗡地灌进她的耳朵，让她有些听不清声音。因此他们在下山的时候，交谈就变得困难起来。虽然迪伦一度想让特里斯坦继续之前的话题，讲述在地面之下究竟发生了什么事情，但这么看来，她似乎得等下一个环境相对安静的机会了，因为那种事并不适合在风中大喊出来。况且，尽管她迫切地想知道之后发生了什么，但又很怕听到他还遭受了怎样的折磨，为她所受的折磨。

第十六章

值得庆幸的是，他们在太阳下山之前就到达了下一个安全屋。因为又是一间石头房子，迪伦都开始怀疑这里是不是同样出自她的手笔。现在想想，几乎所有的安全屋都如出一辙，难道这就是她心中理想的避难所或者家的样子吗？她努力地回想有没有能够和它产生关联的东西：她居住的，不，更准确地说，是她曾经和琼居住过的褐砂石公寓[1]里的那套房子；她姥姥生前在乡下住过的那套小独栋，可那屋子装修很现代，屋前是一个打理得过于考究的景观花园，里面还摆放着有些滑稽的石狮子和守护小精灵……除此之外，她实在想不出还有什么称得上家的地方。

好吧，其实还有她爸爸之前在电话里提过的"小石屋"，他的原话就是这个。那是座老式的、只够他和他的狗安娜住的小房子。难道这里就是她根据脑中的那个画面召唤出来的？或许这是她的潜意识对她先前的某些求而不得所进行的补偿。有那么一瞬间，她仿佛觉得她看到了门被推开，从里面走出一个男人，那男人长相帅气，身形强

---

1 褐砂石公寓，欧美常见的一种公寓类型。褐砂石因其造价比传统的大理石或石灰石便宜，所以在 19 世纪逐渐成为一种流行的建材，后由于建筑工人发现该材料在抗风化等方面的表现较差，所以其作为建材受欢迎的程度就下降了。

壮，样子非常和善。想到这里，她笑了笑，发现这就是她对爸爸的所有想象。她从没看过他的照片，也不记得他在离开之前的样子。她摇了摇头，赶走脑中纷乱的思绪，跟着特里斯坦朝着大门走去。

虽然看着有些破旧，但这房子还是让人觉得很舒服，给人一种像是经历了一场艰难的长途旅行后，重新回到了家的感觉。房门是用实心橡木做的，尽管久经风吹雨打，但仍旧非常结实。窗子因为长期暴露在苏格兰的恶劣天气中，布满了灰尘，但上面的木质窗框除了有点儿掉漆外，总体保养得还算不错。门前虽然没有界限分明的私人花园，不过有条铺好的小路通向了房门。小路的砖缝中长出一些野草，好在并没有侵占整片地面。

她跟着特里斯坦走进屋子，温馨的感觉依旧在整个空间蔓延。和其他小屋相比，这里并没有那种被废弃的杂乱感，迪伦没来由地觉得这是不是因为她在荒芜之地越来越轻松自在了。房间的一头摆放着一张床，床边是张桌子和一个旧抽屉柜，那张桌子上有根烧了半截的粗蜡烛。房间中部的壁炉前有张桌子，桌子四周摆着几把椅子。厨房在房间的另一头，里面空间不大，有个边缘破裂的长方形白瓷洗手池，不过表面已经脏污不堪。迪伦走过去，打量着上面那排老式水龙头，好奇它们还能不能流出水。她的牛仔裤上还沾着结了块的泥巴，而身上的这件灰色拉链上衣此时也已经布满了污渍、泥点和少许眼泪，这件上衣还是她在这一切疯狂开始之前从先前的公寓里挑选的。至于她脸上现在是什么样子，她更是想都不愿意想了。

虽然水龙头上锈迹斑斑，水池里也落满了尘土，但迪伦还是满怀期待地拧开了冷水的水龙头。起初，它没有任何反应，她不禁失望地皱起眉头，可紧接着，水池下面就传来了嘎嘎咕咕的声音。就在她戒备地后退一步的时候，一股棕色的水柱从水龙头里喷出。水花打在水池的边缘，溅得到处都是。好在迪伦已经跳到了更远的地方，没有被水沾湿。水就这样向外喷了几秒钟后，逐渐稳定下来，变成一条相当清澈的小水柱。

"太好了。"迪伦说。已经过了好几天，她终于有机会洗漱一下了。她用水抹了把脸，冷得打了个寒战。她突然玩心大起，掬了一捧水，转身向特里斯坦泼去。但她很快就停了下来，水从指缝中流下，一滴一滴地打在石板地面。他不在屋里。

"特里斯坦！"她惊恐地放声尖叫。门是开着的，虽然外面的天还亮着，但很快就要黑下来了。她敢出去吗？然而，落单的恐惧让她不由自主地朝门走去，可就在这时，特里斯坦出现在了门口。

"怎么了？"他一脸茫然地问。

"你到底去哪儿了？"迪伦质问道。发现是虚惊一场后，她马上变得有些不悦。

"我就在外面。"他见她绷着脸，"抱歉，我没想到会吓着你。"

"我就是……就是有点儿担心。"她喃喃道，突然觉得自己很蠢，于是转身把手上的水甩进洗手池，"这里的水龙头里有水。"

特里斯坦会意地微微翘了翘唇角，飞快地回头瞥了眼那扇半掩着的门。

"离天黑还有二十分钟。我去外面待会儿，给你留点儿私人空间。我就待在门边，"他向她保证道，"如果你想，还可以和我聊天。"他宽慰地朝她笑笑，然后回到外面。她走到门口，向外瞄了瞄。他正坐在一块石头上，抬头时正好对上她的眼睛。

"你可以把门关上，但要是你想开着，我也保证不会偷看。"他眨眼朝她使了个眼色，她顿时觉得面红耳赤。

她气鼓鼓地想去关门，可转念一想，觉得最好还是开着。尽管很想立刻冲去洗澡，但她还是站在原地，内心烦躁地做着思想斗争：如果开着门，他就在门边，这让她觉得很不自在；如果关上门，她一个人在屋里，那种被丢下的恐惧依然非常强烈，以至于此刻光是想想，她就吓得心脏狂跳。她最终决定把门虚掩着，既能用门挡住他那张幸灾乐祸的脸，又能在门边留出一条细缝，以防出现什么意外。

她不安地盯着那扇门，脱下身上的衣服，拿起水池边的一小片肥皂，以最快的速度开始洗澡。实在太冷了，她想叫特里斯坦去生火，但也知道等火烧起来的时候，天都黑透了，为安全起见，他们到时候就都得待在屋里了。于是，她咬紧直打哆嗦的牙齿，尽可能仔细地快速洗完。因为没有换洗的衣服，她只得将脱下来的脏衣服重新穿上。迪伦皱起鼻子，拿起那条沾着泥块的牛仔裤，而正当她将T恤从头上往下拽的时候，特里斯坦敲响了屋门。尽管T恤不是紧身透明的材质，但她还是一把抓起灰色帽衫，快速套在身上，将拉锁直接拉到下巴的位置。

"你洗好了？"他从门缝中偷偷地瞄了一眼，"我只是想说天要黑了。"

"我洗好了。"她小声说。

他快速走了进来，紧紧关上房门："我去生火。"

迪伦点了点头，心中生出一丝感激。刚洗完冷水澡，她还冻得没缓过来。他这次生火的速度依然快得让人匪夷所思，不到一会儿，壁炉中的火就熊熊燃烧起来。他站起身，朝她看去。

"洗了澡怎么样？感觉好一点儿了？"

她点了点头："要是有能换洗的衣服就更好了。"她叹了口气。

特里斯坦苦笑着走到抽屉柜前："这里有几件。不知道尺寸合不合适，不过可以试试看，要是你想的话，也可以把你身上的衣服洗了。接着。"他向她丢来一件 T 恤和一条运动裤。尺寸是大了点儿，但想着能把身上的衣服清洗干净，她还是很开心的。

"不过没有内衣。"特里斯坦补充道。

迪伦仔细考虑了一下，最终觉得用不穿内衣过夜为代价来换取一身干净的衣服还是相当划算的。可这就意味着她得在这儿换衣服，现在天已经很黑了，不可能再让特里斯坦出去了。她把衣服抱在胸前，不停地将身体重心从一只脚倒到另一只脚上。她的不安被特里斯坦看在了眼里。

"我去那边站着，"他说着，走到房间另一头的洗手池前，"你可以去床边换衣服。"他别过头，透过小厨房的窗户向外看去。迪伦快步来到床边，飞快地看了眼特里斯坦，见他的确在看相反的方向，于是以最快的速度脱下身上的衣服。

特里斯坦依然不为所动地坚持看向窗外，但外面漆黑一片，在火光的映照下，窗上的玻璃此时竟然变成了一面镜子。他看到迪伦先是脱掉帽衫，然后将 T 恤拽过头顶。她的皮肤光滑白皙，流畅的身体线条从紧实的肩膀延伸到纤细的腰部。当她耸起肩膀，退下牛仔裤时，他慌忙闭上眼睛，努力保留着那点儿残存的绅士风度。他开始在心里默默数数，每数一个数，就深吸一口气，当他缓慢地数到了三十，再次睁开眼睛的时候，她已经换上肥大的衣服站在那里看向他了。他转身面对着她，露出一个微笑。

"还不错。"他评价道。

她的脸腾地烧了起来，用力抓了抓身上的 T 恤。没穿内衣，她觉得很不自在，于是将双手抱在胸前，稍稍作为遮挡。

"需要帮你洗衣服吗？"他主动提出。

迪伦瞪圆了眼睛，想到他可能会看到她那件过于惹眼的内衣，顿时觉得无地自容。啊，为什么？为什么她死的时候穿的不是一套漂亮的"维多利亚的秘密"呢？

"不用了，我自己可以。"她答道。她从床上抓过衣服，贴紧身体，一边走向房间的那头，一边努力将胸罩和内裤团进衣服。她重重地将衣服丢到岛台上，用一块用过的百洁布，花了五分钟把洗手池里的污渍擦洗干净。她拉起连接着水槽塞的那条生锈的链子，然后将塞子塞好。她把两个龙头的水都开到最大，不出所料，从热水水龙头里流出的依然是冰水，所有水龙头加在一起的水量还是少得可怜。想要填满整个水池，至少还需花费一段时间。

迪伦在岛台前站了一会儿，但温暖的炉火吸引着她来到房间的中央。特里斯坦已经坐在这里了。他把脚搭在脚凳上，舒服地靠着椅背。迪伦在他旁边的椅子上坐了下来，将膝盖抬到胸前，两脚踩在椅座的边缘以保持平衡。她双手抱腿，向特里斯坦看去。

"所以……"她柔声说。

他回过头来："所以？"

"该告诉我后来的事了，特里斯坦。"她喊他名字的方式，让他身体一阵酥麻，"它们把你拖到地下以后，发生了什么？"

他看着炉火，开始回答。迪伦觉得他盯着的仿佛不是火焰，而是屋外的那群厉鬼。

"当时很黑，"他开口道，声音低沉，催人入梦，瞬间就抓住了迪伦的耳朵，让她仿佛看到了他所描绘的一切，"它们拽着我穿透地面，我没法呼吸了，嘴和鼻子里都是泥。要不是我心里有数，我还以为我就快死了。我被向下拽了很久，久到似乎永远都没有尽头。大的石块，小的石子，不断地刮着我的身体，厉鬼一直拽着我在地下打出一条通道，终于在我穿过某个东西之后开始往下掉。厉鬼们开始新一轮的攻击，它们咯咯叫着，兴奋地朝我俯冲过来，我在空中不断地扭动翻滚，然后撞在一个很硬的东西上。我一头撞上去，觉得全身的骨头都碎了，当然它们没有真的碎掉，但那种疼痛实在很难忍受。我完全动不了，我从来都没那么疼过。厉鬼们瞬间涌了上来，但我连最基本的防御都做不到。"特里斯坦突然顿了顿，朝厨房看了一眼，"水快要溢出来了。"

他需要缓一口气，短暂地整理一下自己的思绪。特里斯坦感到了一丝不安。他之前从来没被抓到过，也从来都没被厉鬼的力量压制过。虽然他对迪伦说过保护亡灵是他们的天职，这话没错，但这样的保护只会到某种程度而已，关键时刻还是必须先保护好自己，因此有时他们会弄丢一些亡灵。然而，这个却完全不同，她太特别了。为了她的安全，他宁愿牺牲自己。因此，承受一些痛苦对他来说根本不值一提。

"啊！"迪伦在他的话语和眼神中逐渐入迷，早已忘记了水槽里的水龙头还在放着水。她急忙站起身来一路小跑，费了一番功夫，才拧住了生锈的水龙头。她在冰冷的水里蘸了蘸肥皂，然后把它放在掌心疯狂揉搓，想搓出一些肥皂泡来。好不容易搓起一层像样的泡沫，那一小片肥皂就在她手中裂成了更小的碎片。她抓过衣服，泡进肥皂水，一蹦一跳地回到特里斯坦的对面，跌坐进椅子，一脸期待地朝他看去。他微微翘起唇角。这就是当父母的感觉吗？一个在给孩子讲睡前故事的家长？只不过这是个可能会带来噩梦的故事。

"你是怎么逃出来的？"她问。

他笑了笑："通过你。"

"什么？"迪伦目瞪口呆地看着他。

"因为你需要我，所以我被带了回来。我……我不知道具体是怎么发生的，之前我也没遇过这样的事，但我确实听到你喊我的名字了，然后我就回到了峡谷的入口。迪伦，是你救了我。"他盯着她，眼中充满了温情和惊喜。

迪伦张大了嘴巴，震惊得说不出话来。她的脑中浮现出一个画面：她蜷坐在地板上，背靠着紧闭的房门，哭着呼唤特里斯坦。就是那样发生的吗？太疯狂了，根本不可能！可回想一下近些天来发生的所有怪事，在这个违背现实规则的世界里，显然是有可能发生这种事的。

"你怎么回来得那么晚？"她轻声说，"我等了你一整天。"

"对不起，"他柔声说，"我是从峡谷的另一个入口回来的，我……"他不安地换了个姿势，"我走得很慢，走了一天才到。"

"我看见你的时候特别开心，因为一个人待着真的特别可怕，还有就是……"迪伦红了脸，目光从他的脸上移向了那团炉火，"不管你当时在哪儿，我都不想它们伤害你，可它们真的弄伤了你。"她伸手去摸他那张伤痕累累的脸，却被他躲开了。

"你得把衣服从水里捞出来了，要不就来不及晾干了。"他说。迪伦飞快地将手抽回放在腿上。她低头看向自己的双膝，两颊瞬间烧了起来，胃里也一阵绞痛。特里斯坦见她一脸尴尬挫败，不由得生出一丝愧疚。他想开口安慰她，但她已经转身匆匆走向了水池，她狠狠捶打衣物上的污渍，借以掩饰此刻的尴尬。她很庆幸现在有事可做，不用继续看他，于是她仔仔细细地拧干了每件衣服上的每一滴水。

"我帮你挂起来吧。"不知什么时候，特里斯坦来到了她的身后，他的声音突然在她耳边响起，吓了她一大跳，她的胸罩脱手，直接掉在了石板地面上。他弯腰想帮她捡起来，就在他要够到的时候，她抢先夺了过来。

"谢了，但我自己可以。"她小声嘟囔着，从他身边挤了过去。

这里没有晾衣架，于是迪伦把椅子转过来，用椅背对着炉火，然后把衣服搭在椅背和扶手上烘烤。不过，她找了很久都没有找到一个稍显隐蔽的地方来烘干内裤，于是只好把它搭在一个起码能将它晾干的地方。她把衣服搭满了椅子，现在除了那边的床，已经没地方可坐了。特里斯坦已经懒洋洋地躺了上去，表情古怪地看着她。

事实上，他正在和自己的良心做着激烈的斗争。迪伦还是个孩子，和他相比，她的年纪可能还不及一个襁褓中的婴儿大。他不该对她产生感情，这是错的。他是她的保护者，如果他顺从自己的心意任由感情发展，那无疑是在利用她的脆弱。然而，生活在这样一个永远不经沧桑、永远不会长大的世界里，他真的就比她年长很多吗？对于一个在永恒中思考和感受的灵魂来说，年龄又是什么呢？

他很肯定她对他是有感觉的，他觉得从她的眼睛里就看得出来。不过，他也可能是错的。她对他的关心也许只是出于对落单的恐惧，而她对于他的信任可能只是因为需要，不然她还有什么别的选择吗？她有向他靠近的需求，她想伸手触碰他，无非就像受惊的孩子想得到大人的安抚。可能是吧？他不确定。

还有一点，也是最让他在意的一点，那就是他无法跟着她去她要去的地方。他必须在边境离开她，或者更准确地说，她必须离开他。如果她真的对他有意，那么在明知马上会分开的情况下，还给予她希望，这何尝不是一种残忍？他不能让她承受这些。他一定不能感情用事。他看向她，见她正用那双如幽暗森林般的绿色眸子看着他，不禁觉得喉咙发紧。他是她的领路人，是她的守护者，仅此而已。不过，他仍然可以在她需要的时候给她安慰，此外，他就再不能越雷池一步了。他笑了笑，向她张开双臂。

迪伦羞怯地朝他走来，爬上床，蜷缩在他身边。他心神不宁地轻抚她的手臂，但这下意识的动作却在她心中掀起巨浪。她侧头倚在他的肩上，默默地翘起了唇角。这怎么可能呢？在这无尽的混乱和恐惧之中，在她彻彻底底地失去一切之后，她怎么会突然感觉到了……圆满？

第十七章

他们静静坐着，度过了一段惬意的时光。

"你给我讲讲吧。"再次开口时，她的声音因为长久的静默变得有些沙哑。

"讲什么？"他收回了思绪。

"不知道，"她若有所思地顿了顿，"就讲你摆渡过的最有意思的亡灵吧。"

他大笑着说："你。"

迪伦戳了戳他的肋骨："认真点儿。"

我很认真。虽然他这么想，可还是绞尽脑汁，努力搜出一个可以让她分散注意力的有趣故事。因为他太了解不睡觉的夜晚会有多难熬了。

"嗯，我想到一个。我护送过一个二战时期的德国士兵，他因为不服从命令，被他的指挥官枪毙了。"

"他在战争中干了什么？"迪伦问。虽然她的历史学得不太好，在学校里修的也是地理，但在二战期间发生的事是所有人都耳熟能详的，因此她无法想象摆渡一个德国士兵能有多有趣。换作是她，她可能会把他丢给厉鬼。

"他在波兰的一个集中营里服役。就是个普通士兵，没什么重要的职务。他当时只有十八岁，实在太可惜了。"

迪伦简直不敢相信自己的耳朵，他居然真的在替那个士兵感到惋惜！

"你既然知道他是干什么的，怎么还能坦然地去做他的向导呢？"

"这是你先入为主了。当摆渡人，是不能像这样带有偏见的。每个亡灵都是不一样的，他们有自己的优点和缺点。"

迪伦不置可否。他继续说道："他当兵是被他爸爸逼的，他爸爸说，如果他不能为国家的荣誉而战，就会让他的整个家族蒙羞。他被派到一个看守犹太人的集中营，每天看着其他看守殴打强奸那些犹太人。他逃不出去，也不敢违抗命令。有一天，他的上级命令他射杀一个老人，那老人什么都没做，就是自己摔倒了，不小心撞到了那个军官。他不愿意执行命令，和上级据理力争，说他不会执行这个命令。然后上级军官就射杀了那个老人，也在同一天里处决了那个士兵。"

迪伦此时正全神贯注地盯着他，眼睛圆睁着，眉毛皱在一起，刚才满脸的鄙夷此时已经化为钦佩和同情。

"我是在集中营的大门外接到他的。终于能够走出那里，他其实松了口气。他一路上想的都是他没能阻止的事情。他一直被内疚折磨。他后悔自己没再强大一点儿，后悔没有反抗爸爸、拒绝参军，后悔自己没能保护更多无辜的平民。他有的时候宁愿自己没出生过。我从来都没见过像他这样会因为别人的痛苦而那么绝望的亡灵。所以，不管他是不是德国士兵，他都是我遇到过的亡灵中最可敬、最高尚的。"

这个故事的尾声伴随着迪伦的沉默，她完全沉浸在了他的讲述之中，脑子里充满了无数个画面、无限的遐思和复杂的情绪。

"再讲一个。"她恳求道。那一晚就是这么度过的。特里斯坦从他摆渡过的成千上万个亡灵中，精心挑选出她可能感兴趣的故事。他坚决只将那些能让她捧腹大笑、会心一笑，以及啧啧叫绝的故事分享给她，而那些至今仍然锥心刺骨的故事则被他深深埋进了心底。尽管清晨的微光爬到他们身上时不动声色，但太阳的炽热还是让特里斯坦察觉到了它的出现，他苦涩地翘了翘唇角。

"又要上路了。"迪伦一边嘟囔着，一边被他拉下了床。

"嗯，"他笑着说，"不过今天不用爬山。"

"真的吗？"她问。

"确实有一座，但是很小，基本没有坡度，然后就是一马平川了，不过，会有点儿湿。"他皱了皱鼻子。

"居然还有沼泽？"迪伦的声音充满哀怨。她讨厌全身沾满泥巴拖着脚走的感觉。

"不，不是沼泽，是水。"

"我们该不会要游泳吧？"她嘟囔着走到壁炉前，开始察看她的衣服。算不上特别干净，但已经烘干了，上面依然残留着炉火的余温，炉膛里的圆木还冒着几缕青烟。她转身霸气地指着大门，对特里斯坦命令道："出去！"

他翻了个白眼，但还是顺从地微微颔首，信步走到了门外。这一次，迪伦跟在他的身后，把门关紧后，迅速脱下借来的衣服，重新穿上自己原来的那身行头。衣服上最脏的泥基本已被她清洗掉了，虽然经过火烤后，衣服摸着要变硬很多，但能穿上刚洗过的衣服已经很好了。她似乎重新找回了做人的感觉，再不济，勉强也是刚刚死时的感觉。这种想法让她不禁暗自发笑。

她穿好衣服，争分夺秒地来到洗手池边。她拧开水龙头，等咖啡色的脏水放得差不多了，掬了几捧水泼在自己的脸和脖子上。她后悔没有洗头，但一来她昨晚没有想到，二来肥皂可能会让头发变得更加油腻。她又掬了一捧水在手里，盯着手里的水陷入了思考：要是喝上一口，会怎么样呢？她朝门的方向瞥了一眼，门是关着的。其实她可以问问特里斯坦，可万一他笑话她呢？她的目光又落回到那捧水上。虽说她并不觉得渴，但它看起来清凉可口，她依然记得喝水的感觉，记得它纯净的味道，记得水从食道滑进空荡的胃时，那种让人浑身一震的冰爽。于是她弯下身子，张开双唇，就在她准备喝下去的时候——

"我劝你别喝。"

特里斯坦的声音突然响起，吓得她把水洒到身上，帽衫的前襟被溅湿了一块。

"该死的！你都要把我吓出心脏病了！"她停下喘了口气，"为什么不能喝？"

他满不在乎地耸了耸肩："这东西有毒，你喝了会吐。这水是从厉鬼的地下老巢里来的，它们在水里下了毒。"

"哎呀，"迪伦泼了手中剩余的水，将水龙头拧紧，"那多谢你了。"

"不用客气。"

他的笑容温暖真诚，看得她心口倏然一滞。然而只一瞬间，他就沉下脸，转身走开了。这样的转变实在让迪伦摸不着头脑，于是跟在他身后，默默走出了小屋。

尽管太阳很大，但她身后悄然吹来一阵微风，轻轻拨弄着她的头发。她对着天空皱起眉头，责怪这阵凉风的出现，但回应她的却是一片不知道从哪儿飘来的薄云，它们快速遮住了太阳。她颇为不服，朝它们吐了吐舌头，转而专心追赶前面步伐轻快的特里斯坦去了。他们绕了一周，从小屋的背面出发，穿过一片及膝的草地。迪伦小心注意着脚下，生怕草丛里出现蓟、荨麻和其他讨厌的东西。

"我们在赶时间？"她一边问，一边小跑着追赶他的脚步。

"是啊，"他回道，但随即态度又缓和下来，"不过我们可以放慢一点儿速度。看，到了。这就是你要爬的最后一座山。"他指了指前方。迪伦顺着他手指的方向看去，嫌恶地皱了皱鼻子。

"'基本没有坡度'？"她模仿他先前说过的话，"你个骗子！这山也太险了！"

从迪伦的视角看去，这山简直高耸入云。山上几乎没有可供他们攀爬的缓坡，山脊上布满了块头巨大的岩石。这让她想起之前一次琼带她去皮匠山[1]享受户外生活的失败尝试。她对迪伦说从山的前面爬上去会更有乐趣，山的背面只有一条平平无奇的盘山小路，而前面的岩壁上则布满了夹杂着湿滑石子的花岗岩。迪伦在爬到三分之一的地方时，因为踩到一个小石子，脚下打滑，腿重重撞在一块锋利的大石头上，于是发了好大一通脾气，坚持要马上回家。想到这里，她连带着觉得眼前这座大山也变得讨厌起来。

"我们能绕过去吗？"她瞄了他一眼，不无乐观地问。

"不能。"他答道，咧嘴朝她笑笑。

"要不把我背上去吧！"她提出。但他充耳不闻，已经迈着大步

1　皮匠山（Cobbler），位于苏格兰阿盖尔比特的朗湖附近，海拔 884 米，据说因其巨大的山顶岩石形似一个正在弯腰工作的修鞋匠而得名，受到众多攀岩爱好者青睐。

走开了。虽然受了伤，但他蹚过草地的时候，并没有表现出步伐不稳的样子。而此前，迪伦就已经注意到他脸上的伤正在快速愈合。事实上，他的眼睛已经没那么肿了，只有颧骨上还残留着微微发紫的红色凸起。他的下巴也不再青一块紫一块了，随着瘀青渐渐褪去，上面只剩几道淡黄的阴影。

迪伦一路小跑，跟在他身后。十分钟后，他们来到了山脚。山坡寸草不生，陡峭得令人胆寒。虽然最初的斜坡只有几米高，但往上看，就全是布满沙土和大大小小各种石块的山脊了，偶尔从几个圆形巨石下会弯弯曲曲地钻出一些耐寒的植株，除此之外，这里就真算得上是一片荒凉的不毛之地了。

迪伦在几近垂直的斜坡上艰难攀爬，小腿上的肌肉很快就酸痛起来。尽管她的鞋子很舒服，已经和她的脚磨合得很好，但她的一只脚上还是起了一个水疱，向她抗议，因为要保持她身体平衡，不得已扭到一个奇怪的角度。这个角度在来到半山腰的时候变得更加夸张，但她已经没了退路。特里斯坦坚持让她走在前面，称这是为了保证在她不小心跌倒的时候能及时地接住她，可她却暗自怀疑他不过是喜欢看她狼狈挣扎的样子罢了。

"就要到了，"他在她身下大约一米的地方喊道，"相信我，等你登上山顶，那儿的风景绝对不会让你的辛苦白费。"

"少吹牛了。"她低声嘟囔道。她现在已经四肢酸痛，手指不但擦破了皮，还沾满了土。她吃力地爬到一个几米开外的小岩架上站定，喘了口气，然后傻乎乎地向下看了一眼。然而就这一眼，让她不由得倒吸了一口凉气——山壁和地面近乎垂直，刚才的那片草地已经变得非常渺小。她感到一阵晕眩，身体不由得晃了晃，喉咙也因为胃部的翻涌而一阵痉挛作呕。

"别往下看。"见她的脸失去了血色，特里斯坦在她下面焦急地喊道。要是她没忍住吐了出来，那他就得遭殃了。这还不算什么，要是她跌倒了，或者直接从这陡峭的绝壁上摔下去，那就真的完了。虽说她已经死了，但这次将是真正的灰飞烟灭。没有了现实世界里的躯壳，荒芜之地上的她就像失去了壳的蜗牛一样脆弱不堪。"加油，继续往上，"他大声给她鼓劲儿，"我保证马上就到了。"

迪伦看起来没太相信，不过还是转身面向岩壁，用力向上攀爬。没过多久，她发现自己已经站在了山顶。她跌坐在地，瘫倒在一小片耐寒的帚石南上喘起了粗气，她没想到在如此恶劣的环境中，这帚石南竟然奇迹般地活了下来。跟在后面的特里斯坦片刻之后就气定神闲地站到了她的身旁。迪伦嫌恶地看了他一眼，而他不以为意地朝着天边扬了扬头。

"看到没？我说过你的辛苦不会白费。"

迪伦用两个手肘支撑起身体，朝着远方望去。不得不承认，这里的景色的确令人惊叹。远处熠熠生辉，就像无数钻石在阳光下闪闪发光。她眯起眼睛，想弄清眼前的究竟是什么东西。看它波光粼粼的样子，此时她混乱的大脑强行让这个画面重新运行到逻辑的轨道上。对了，是水。那是一个湖，一个延伸到山南的巨大湖泊，从这里看去，它一眼望不到头。湖面很宽，东西绵延好几千米。因此，绕行是绝对不可能的，如果那样做，恐怕他们永远都到不了对岸。

"这要让我们怎么过去？"她终于恢复了说话的力气，没好气地说道。

"别担心，不会让你游过去的。"他唇角闪过一个意味深长的微笑，迪伦却不由得皱起眉头，不满他总是这么喜欢故弄玄虚，"来吧，该走了。"

"唉。"迪伦长叹一声，不顾肌肉的酸痛，强行坐了起来。她终于挣扎着站起身来，朝着下山的方向看去。虽然比上山的路要好些，但好得非常有限。山这一侧的植被要更茂密一些，从山坡到山脚，一路散布着一些草丛、低矮的灌木和穿插其中的石子小路。山顶上短暂的休息似乎打乱了特里斯坦原本的计划，此时他已经加快了赶往湖边的脚步。

他步伐自信沉稳，都不用多看一眼脚下的路。而跟在后面的迪伦则一路磕磕绊绊，有一次脚下一滑，冷不防地滑出去两米。她惊叫着张开双臂，但特里斯坦却连头都没回，只是摇了摇头，对她的笨拙表示无奈。迪伦对着他的背影吐了下舌头。她很肯定，要是他愿意，他是可以背她下山的。

驻足山脚，壮阔的水面在他们眼前铺展开来。微风拂过，水面泛起点点涟漪，涟漪荡开，荡到了遥远的天际。迪伦觉得它仿佛在呼吸，它像个活物一样起伏、低语，无声地拍打着堆满黑色鹅卵石的狭窄浅滩。水波轻轻拍着湖岸，在静谧中发出声响。除此之外，周围一片寂静。寂静得很诡异。这里没有风声，迪伦进而惊觉这里也没有任何野生动物的踪迹——没有尖叫着俯冲向湖面寻找食物的海鸥，也没有漂浮在浅水里的鸭子，湖面上空空荡荡。尽管它蔚为壮观，却也着实让迪伦感到一丝畏惧。

在大片石子的尽头，特里斯坦向左朝着远处的一个小屋走去。迪伦现在已经懒得再问，自觉地跟在了他的身后。等到走近以后，迪伦发现这是一个覆盖着柏油帆布的尖顶棚屋，整个棚屋没有窗户，顶上的柏油帆布有些破损。特里斯坦先她几步来到那座木房子前，她见他绕过一个转角，开始打量占据了大半面墙的两扇巨大的屋门。虽然门似乎没锁，但迪伦也没有看到可以开门的拉手或者球形把手。然而不出所料，特里斯坦刚一伸手，两扇门就瞬间敞开了，藏在里面的东西骤然出现在了她的面前。

"这在开玩笑吧。"这是迪伦的第一反应。她一脸惊恐地看向他。

如果硬要说的话，或许她该将它称为"小艇"，一条未经打磨处理的原木小艇。从目前褪色的情况来看，它的船身之前被漆成了白色，旁边点缀着红蓝色条。可惜，如今只有几个残存的色块还在默默纪念着它昔日的风光。小船被放置在一个带有轮子的推车上，推车的车头系着一卷有些磨损的绳子。特里斯坦双手握紧绳子，用力一拉。随着推车生锈的轮子发出一声嘎吱，小船也吱呀吱呀地向前挪动了一段距离。他背过身去，将绳子放在肩上，拉着小船向前走去。小船慢慢离开昏暗的船坞，迪伦在阳光下这才终于看清它的样子。她更觉得这条小船不适合下水了，它的木块不仅已经朽烂，而且有的木板更是整条缺失。

"你要我坐到这玩意儿里？"迪伦不满地说。

他只回了一个"对"，可迪伦察觉到他竟然有些喘不上气来，这无疑是个令她开心的发现。

特里斯坦动作熟练地将推车拉到堆满鹅卵石的浅滩，径直朝着岸边走去。"快上去。"他说着，朝着小船的方向伸出一只胳膊。

迪伦一脸不可置信："可它还架在推车上。"

他翻了个白眼："我们又不会再从这里回来。等船漂到水面以后，就能和推车分开了。当然，如果你想的话，也可以等到水没过腰的时

148

候再上去。”

迪伦皱起眉，噘起嘴，不情愿地朝水边走去。当真正走近之后，她才越发注意到这个湖的古怪之处——湖水是黑色的，并不是人们一般能联想到的夜色之中或乌云之下的黑色，而是更趋近于柏油的黑色，只不过它的质地要比柏油更具流动性。她想伸手去触碰湖水，看看那是怎样的感觉，但她没敢这么做。可话说回来，特里斯坦是有蹚水的打算的，所以里面应该不会有剧毒的东西。也正是这个想法宽慰了她，让她做好了在这个奇怪的湖上漂浮的准备。

她伸出一只脚，踩在推车的一个轮子上，然后抓紧船尾，将另一条腿用力迈过船舷。由于用力过大，她差点儿一脸撞在船里的小木凳上，好在她及时伸手撑住了，整条胳膊因此被震得一阵发麻。她尽量让自己看起来不那么狼狈，以一个舒服的姿势坐在船上的这个单人座位上。她不知道特里斯坦要坐在哪里，会怎样开船，还有眼下最为重要的，他准备怎样让这条小船真正地动起来。

特里斯坦见她稳稳地坐起身子，就马上将船往更深的水里推去。船里坐了一个人后就变得更重了，因为用力，他的肌肉变得更加紧绷起来。漆黑的湖水冰冷刺骨，许多无形的东西缠在他的脚踝上，拼命把他向后拽去，让他每走一步都变得格外费力。小船终于在某一刻脱离了推车，漂在水面上开始轻微浮沉。他借助推车的架子微微向上撑起身体，然后轻盈一跃，跳上了小船，船身因为他的动作剧烈晃动起来。他双腿湿漉漉的，跳上来的瞬间，冰冷的水珠正好溅到了迪伦身上。她尖叫着抓紧两侧的船舷，慌忙眯起眼睛别过脸去，生怕再被这一场“阵雨”波及。

“你小心点儿！”她大叫着说。

"抱歉。"他咧嘴一笑，声音里没有丝毫抱歉的意思。他跌坐在另一个凳子上，但迪伦确信，一秒钟前，那里根本就没有任何凳子。

他们面对面地看了一会儿：一个一脸恼怒，一个一脸开心。湖面风平浪静，小船在微波中轻轻晃动。头顶的太阳正好，暖暖地照在他们身上，倘若他们脚下不是这让人感觉不妙的黑水，那此刻的他们将会无比惬意。

第十八章

"这可真不错啊。"迪伦有些戏谑地打破沉默。她希望可以就此打开特里斯坦的话匣子。

"是啊。"他叹了口气，随即望向远方的湖面。

她觉得直接向他提问或许会得到更好的效果："特里斯坦，我们要怎么去对岸？"

"划船。"他不再多说，把手伸到迪伦的木凳下。她飞快地将腿挪到一边，眼见着他从下面拿出两支破破烂烂的船桨。迪伦这次非常确定，她刚才爬到船上的时候，它们根本就没在那里。他在两侧的船舷上，分别放上一支不知道从哪儿冒出来的船桨，然后把船桨插进起伏的黑色湖水，它们轻松地划开水面。特里斯坦开始慢慢摇起船桨，起初他只摇一支桨，等到船头掉转方向，他就双手用力，划动船桨。他在上船之前就脱掉了套头衫，此时身上只剩一件 T 恤，他那令人惊艳的身材就恰好显露了出来。他自信地驾驭着小船，双手有力地牢牢握在桨上，毫不费力地划动着水中的它们。

迪伦看着他划桨时肌肉隆起又绷直，拽着他 T 恤上薄薄的衣料紧紧地贴住他的胸口。她觉得脸颊开始发烫，一股奇怪的燥热让她此刻如坐针毡。她吞了吞口水，抬头发现他正看着她。她色眯眯的样子被抓了个正着，于是她不好意思地别过头去，把目光投向船桨，看着它们在湖面上荡起一阵阵涟漪。

看着船桨顺滑地划着圆圈，迪伦的脑子里突然冒出一个可怕的想法："你等会儿该不会要让我划吧？"

他哼了一声："当然不，就算你不想，我还想着早点儿上岸呢。"

迪伦挑起眉毛。可是，既然已经得到了想要的答案，她就不愿再和他计较。她转而看向了远处的水面。他们刚刚爬过的那座山貌似处在呈马蹄铁状分布的群山中心，群山将一半湖面环抱起来，为湖区抵御恶劣的天气提供了天然的屏障。或许正是因为这样，湖面才会这么平静，小船才能这么平稳。然而，他们越是往前划，就越发现前面什么都没有，那里没有任何风景，好像整个世界都消失不见，这让人很是不安。

尽管特里斯坦划桨的动作很慢，但船身在湖面上的推进速度却很快。迪伦几乎已经看不到他们刚刚离开的湖岸了，然而同样也无法看到对岸，这让她不禁产生了一瞬间的恐惧。万一这条小破船进水了呢？迪伦不敢保证自己能成功上岸，因为她对游泳不是很有信心。在她很小的时候，她妈妈就强迫她上游泳课，但当她对自己的身体有了切实的感知后，她就果断退出了那门课程。并不是因为她觉得自己游得不好，而是他们当时必须从男女混用的更衣室里光着四分之三的身体走过十五米长的通道才能到达泳池。她无法忍受那种羞耻的感觉。

她同样担心万一得跳进这样的水里该怎么办。湖中心的水还是黑的，水面以下什么都看不见。迪伦无法知道水有多深，也不清楚水下究竟藏了些什么。她将一只胳膊搭在船舷上，用手指轻轻划过水面。仅仅几秒钟后，她的手就被刺骨的湖水冻得生疼。明明现在气温宜人，水温不应该那么低的，这不符合常理。而且触感也很奇怪，它比水更黏稠，但又没有到油那样的黏度，更像介于两者之间。无论如何，要是这船沉了，对她来说绝对是件坏事。

"我要是你，就不会那样。"特里斯坦评价道。

她从纷乱的思绪中回过神来。"什么？"她问。

他用下巴点了点她仍在水中轻轻搅动的手指："那样。"

迪伦立刻抽回手来，凑近查看了一下，手指既没断，也没有如她想象的那样变成黑水的颜色。

"为什么？"

他目光深邃地看向她。"小心驶得万年船，"他终于还是说，"谁也说不准底下究竟藏着什么东西。"

迪伦倒吸了一口凉气，将双手老老实实地贴在了自己的大腿上，不过还是不由自主微微侧向船身，凝视着湖面的水波。可这终究是徒劳的，她什么都没能看到。不过她仍旧那么愣怔地看着。在湖水的起伏中，她觉得有些恍惚。周围很静，只有船桨有节奏地划过水面时发出轻柔的哗啦声。

特里斯坦见她注视着起伏的水波，睁大眼睛捕捉着湖面上的点点亮光，但其实她看不到任何其他东西。她一脸平静，额头舒展，唇角挂着一个淡淡的微笑。此时她的双手已经规规矩矩地塞在了两膝之间，这姿势让他暗自发笑，不过他很快就收敛了这份窃喜。她确实应该听他的话，这里潜藏着只适合出现在她噩梦里的东西，类似于在科幻或奇幻小说里才会出现的深海生物。好在她的情绪非常稳定，相应地，天气也很晴朗。只要继续按着这个速度，他们在天黑之前就能顺利渡湖，摆脱危险，到达安全屋……再往后的事情，他就不愿想了。

"要多久？"迪伦轻声问。

他疑惑地盯着她。

"到那儿要多久？"她解释道。

"到安全屋？"拜托你问这个问题吧，他惊慌地想。

"到终点。"她抬起头来，对上了他此时看向她的目光。

在这种情况下，他是无法向她撒谎的。

"明天。"他的声音低沉而沙哑。

明天。太快了。再过一晚，他就不得不放她离开，再也没办法见到她了。他不禁觉得喉咙发紧。通常来说，穿过这个湖是整个旅程中最棒的环节；通常来说，他在这个时候会为即将摆脱亡灵的烦扰而庆幸不已，他终于可以不再理会他们的抱怨、牢骚和自艾自怜。可这次完全不同。眼睁睁地看她走向她该去的地方，而他再也无法跟随，那将让他痛不欲生。他见迪伦听到他的话后睁大了眼睛，眼里似乎亮晶晶的，在那短暂的狂喜却又痛苦的一刻，他怀疑，她眼中的会不会是眼泪？他移开目光，看向他要前往的彼岸。他的手指有些颤抖，于是他将船桨抓得更紧了些，加速划向他们最终的离别。

迪伦的脑中一片混乱。她对即将到来的一切充满了恐惧。特里斯坦从没出过荒芜之地，他也说不清前面有什么在等待着她。她所学习过的为数不多的宗教知识告诉她，她将前往一个更好的地方。可谁知道是不是真的呢？她即将进入的可能是天堂，可能是地狱，也可能是永恒的虚无。而且，这段路还得靠她一个人走（是要靠走的吧？）。特里斯坦跟她说过，他没法继续陪着她了。因此不久之后，她将不得不独自面对接下来的旅程。

湖面开始泛起波浪，轻轻地推搡着小船。特里斯坦微微皱起眉头，加快了手上划桨的速度。

迪伦完全沉浸在自己的世界里，以至于根本没注意到此时发生的变化。那不仅意味着她得独自前行，还意味着她将和特里斯坦分道扬镳，她因此不由得感到胸口一阵闷痛，眼中涌起热泪。他保护她、疗愈她，他成了她的朋友，而她现在对他产生了别样的情愫，她想靠他更近。他的一举一动都牵动着她的神经。他简单的一句话就能让她小鹿乱撞，或者让她深深地陷入悲伤和自我怀疑。在她心底，一直存在着某种怀疑，怀疑他是否通过操控她的情绪来对她进行控制，好让他能更加顺利地完成任务。可她内心深处的某个声音却告诉她，这一切都是真实的，她相信这一切全都出自他的本心。

她如今已经无法想象和他分开的情景了。她感觉他们并不像是才刚认识了几天，而更像是陪伴彼此很久的忠诚伴侣。她凝视着他，在心里描摹着他的脸，努力记下他脸上的每一处细节。绝望的情绪渐渐将她吞没，天色似乎也随即暗了下来。一阵刺骨的寒风卷起她的发丝，开始拉扯她的帽衫，可沉浸在痛苦中的迪伦浑然未觉。特里斯坦不安地看了一眼天空，将手中的船桨划得更快了些。他知道迪伦怕水，所以他不希望在湖上出现什么差池。但迪伦此刻的情绪却对他极为不利。小船剧烈颠簸起来，狂风搅动湖面，吹出深深的波谷，掀起白色的浪头。

"迪伦！迪伦，看着我！"他命令道。

迪伦好像有了反应，朝他看了过来。那样子仿佛是在从很远的地方回到他身边一样。

"迪伦，你得冷静下来。你看这天气。"他几乎是在风中大吼。迪伦听后点了点头。可他不敢肯定她真的听进去了他说的话。事实证明她没有。尽管她正看着他，但她眼前的画面却是他正在慢慢走远，留她一人在这无尽的恐惧和未知中，她尖叫着求他回来，但他只是低下头，继续向前走去。明天他就要离开她了，而剩下的，都已经不再重要。

特里斯坦手中的船桨失去了作用。面对湖面上汹涌的波涛，再去划桨已经无济于事，他们只能任由海浪摆布。小船不断颠簸，飞溅的浪花冰冰凉凉地浇在他们身上。湖面之下暗潮翻涌，很难分辨究竟是由于天气的突变，还是未知生物的觉醒。

"迪伦，抓住船舷！"特里斯坦吩咐道。

她仍然低着头，沉浸在自己的思绪中。小船在水面上疯狂起伏，特里斯坦抓着两边木质的船舷，迪伦却一动不动地坐在原地，完全不受天气的影响，仿佛完全脱离了眼下的环境。

一股强风袭来，暴力地将他们甩到船边。特里斯坦加大了手上的力道，没想到本就朽烂的木板顷刻间裂成了碎片，原本握在他手中的木片生生被他掰了下来。失去着力点的特里斯坦再也无法保持平衡，朝着相反方向的船身猛地撞去。特里斯坦陡然加在船身另一侧的重量，打破了小船在这狂风巨浪中努力维系着的微妙平衡。特里斯坦感到一阵恐慌的头重脚轻，当下明白他已无力阻止小船的倾覆，以及向他们奔涌而来的黑色波浪。

因为担心被倾覆的小船压住，特里斯坦跳进了湖里。水中又冷又黑，即使他头顶紧贴着水面，也还是看不到水面外的天空。水中的乱流不断冲击着他，让他一时失去了方向。他本能地朝着他认为对的方向向上游去，几秒钟后，他真的钻出了水面。他浮立在水中，左右察看。旁边的小船倒扣在水面上，他飞快地绕到另一边检查情况，感觉心中的不安越发强烈。他不能失去她——不能在这里，不能在这湖水的漩涡里。

"迪伦！"他尖叫道。

没有回应，水面上根本没有她的影子。

他不断地踩水，拼命向自己的身下看去，然而这样看是什么都看不到的。他别无选择，只得再次潜入水中。

迪伦蒙了。掉到水里的那一瞬间，她猛然从刚才的恍惚中惊醒过来。突如其来的冲击令她猝不及防，周身湖水的冰冷让她倒抽了一口凉气。水顷刻间灌入她的口鼻，在水还没进到她肺里将她呛死之前，她本能地开始闭气。她清出鼻腔里的水，紧紧闭起嘴巴，然而却感觉肺在灼烧。迪伦此刻急需氧气。她拼命告诉自己，她已经没有真正的身体了，已经不需要呼吸了。然而根本没用，她的肺还在向她发出求救。她刚掉进湖里，眼睛就不自觉地闭了起来，此时终于睁开，却什么都看不到。水还在不断地刺痛她的眼睛，但她仍然强迫自己睁着眼睛，迫切地想看到天空，想看到特里斯坦的脸突然出现在眼前。

汹涌的乱流不断推搡着她，将她拍得晕头转向。她不知道朝哪儿才能游出水面，只凭本能在水下盲目游动着，期待着奇迹出现。她每划一下胳膊，每蹬一次腿都要付出极大的努力。身上的衣服在向后拽她，她的四肢已经疼痛欲裂。

她的肚子周围突然泛起了涟漪，有什么东西突然出现了。她收紧腹部，挤出一些腹中宝贵的空气。那东西贴着她的胳膊缠绕而上，仿佛想察看一下自己究竟发现了什么。另一个东西从她脸旁掠过，她觉得自己的脸被什么粗糙的东西刮过，当下心里一紧。她在水下拼命地挣扎起来，胡乱挥舞着四肢，拼命拍打着那些看不见的东西。突然间，疯狂蠕动的生物挤满了这片水域，她顿时如临大敌。就到这儿了，她想，都结束了。

她从小就担心自己溺水，小时候还总做有关溺水的噩梦。这也是她不想再上游泳课的另一个原因。寒冷和缺氧让她越发无力，但恐惧却驱使她的四肢和那些未知的袭击者继续搏斗下去。想要呼吸的意愿越发迫切，虽然她拼命紧抿双唇，但她的每一根神经都强烈渴望着喘息。

她的头发被什么东西扯住了，在晃动和心惊之下，她一时之间忘了闭上嘴巴，她的肺如获大赦，迫不及待地吸了口气。毒水大量涌入，但肺部抽动着还想吸进更多气体，她不由得被呛到，疯狂地咳嗽起来。恶臭的脏水逐渐淹没她的喉咙，她的眼球惊恐地凸起，耳朵为了抵抗越发强大的水压，不断地尖锐鸣响，不过很快，尖锐的耳鸣就被剧痛取代。在即将昏倒时，她发出了最后一声尖叫。她只记得有个东西抓住她的一条腿，拽着她一直向下，越来越深……在那之后，她就彻底失去了意识。

第十九章

特里斯坦第二次钻出水面。他用力拉起迪伦，把她的头靠在他的肩膀上，保证她的脸一直在水面之上。她双眼紧闭，脸上没有半点血色。他心中充满了失而复得的喜悦和对她状况的担忧。能在漆黑的水中找到她实属幸运，他的手指竟在无意中碰到了她牛仔裤的裤脚。没等将她扶正，他就急忙紧紧抓住她奋力游出了水面。可他担心为时已晚。这次她真的会永远地消失吗？

对岸已经近在眼前，他拼命地蹬着水，朝着对岸游去。随着湖岸越来越近，他的脚很快就蹭到了越来越浅的湖底。特里斯坦抱着没有一丝生气的迪伦，身形摇晃地爬上鹅卵石浅滩。他在水边几米开外的地方跪了下来，小心地将迪伦放在地上。他抓住她的双肩轻轻摇晃，试着将她唤醒。

"迪伦！迪伦，能听到我说话吗？你睁开眼睛看看我。"

她没有任何反应，仍然一动不动躺在那里。她的湿发沾得满脸都是。他小心翼翼地将它们拨开，一缕缕地别到她的耳后。她耳垂上有个闪闪发光的紫色耳钉，这是他之前未曾注意到的。他俯身把脸颊凑到她的嘴边，尽管觉得她还活着，可他却听不到她的呼吸。她还没有死。我该怎么做？特里斯坦崩溃地想。

"冷静，"他严厉地告诫自己，"她呛了很多水。"他一把抓起她离他较远的肩膀，拉起她的上身，让她脸部朝下，然后用膝盖抵住她的胸口。他张开手，用手掌拍打她的后背，让她把水咳出来。起作用了！水从她的嘴里流了出来，很快她就咳嗽起来，随后呕出了大量恶臭的黑水。当她的喉咙里终于发出粗重的喘息声时，他长长地舒了口气。

迪伦在糟糕的感觉中恢复了意识。她发现自己姿势尴尬地趴在那儿，张着腿，胸部抵着特里斯坦的膝盖。她挣扎着想用胳膊撑起身子，特里斯坦发现了她的意图，把她扶了起来。在他的帮助下，她将手和膝盖撑在地上，深深吸气后，将最后一口水也吐了出来。她觉得嘴里的味道非常恶心，好像那水被恶臭、腐败的死尸污染过一样。不是好像，是确实，她提醒自己，她想起了那些将她向下拖拽的手和牙齿。突然间，她觉得惊惧和寒冷同时向她袭来，她的身体开始剧烈地颤抖起来。

"特……特里斯坦。"她有些结巴，嘴唇已经发紫。

"我在。"他回她，声音里是明显的担忧。

她向他伸出手去，他立即用两只粗壮的胳膊环住她的腰，将她揽入怀中。他抱着她，摩挲她的后背和上臂，努力让她暖和起来。她把头埋进他的脖子，努力地感受着他身体的热度。

"没事了，宝贝。"他喃喃地说。那个亲昵的称呼就那么轻易地从他嘴里溜了出来，他不由得为之一惊。

因为这个词，迪伦的脸颊突然发烫，一股热烈的情感，加上肾上腺素的作用和刚刚经历过的创伤骤然将她吞噬，眼泪瞬间夺眶而出，顺着她的脸颊，在她冰冷的皮肤上滑过，她感到如针扎般的刺痛。她的喘息逐渐急促，突然间，她再也绷不住了，歇斯底里地大哭起来。她全身颤抖，大口喘着粗气，断断续续地发出凄凄惨惨的呜咽。特里斯坦听得心碎，不由得紧紧抱住她晃动起来。

"没事了，没事了。"他一遍又一遍地重复着。迪伦虽然明白，但始终无法振作起来。她会在他怀里安静片刻，然后又无来由地抽泣起来，她也不知道如何才能停下来。

她又一次大哭起来。特里斯坦仍在原地紧抱着她，好像生怕让她失望一样。等到天色逐渐变暗，他最后不得不开口。

"迪伦，我们得走了。"他在她耳边轻声说，"别担心，离这儿不远。"

他松手将她放开。刚才从他身上感受到的温热仿佛全部蒸发，迪伦又止不住地颤抖起来，不过好在这次没再掉泪。她挣扎着想站起来，但腿上没有一点儿力气，胳膊也完全不听使唤。她刚刚经历了溺水，耗尽了身上的全部能量，此刻再也没有力气与自己瘫软的四肢抗争下去。她明天将要失去他。她现在满脑子想的只有这个。与其等到明天，不如直接躺在这里迎接厉鬼的到来。身体上的疼痛总要好过心理上的折磨。

特里斯坦已经爬了起来。他俯身，双手钩住她的腋下，轻轻巧巧地将她架了起来。他拉起她的右手，搭到自己的肩上。他用左臂环住她的腰，半拖半抱地带她离开了湖边的浅滩，经过一条狭窄的土路，来到一间小屋。

"我去生火，让你暖和暖和。"他见迪伦冻得下巴直打哆嗦，向她许诺说。她木然地点了点头，尽管她并不在乎身体的寒冷，如果他没提起，她几乎不会注意到这个无关紧要却又令人恼火的问题。

小屋的门很陈旧，门上的木头因为靠水太近有些膨胀变形，卡在了两侧的门框里。为了开门，特里斯坦只得将她放开。她靠着墙弯下身来，愣怔地盯着地面。他拧了拧把手，将肩膀抵在门上。门起初还吱嘎吱嘎地做着抵抗，但很快就屈服了，他的半截身子因此猛地冲进门，险些摔倒。迪伦并没有起身。进屋就意味着他们要一起度过最后一个夜晚，而这是这趟旅程即将结束的象征。她隐约听到从左侧的某个地方传来了凄厉的嚎叫，但没有任何恐惧的感觉。

正在屋里生火的特里斯坦也听到了外面的声音。他转头去确认迪伦的安全，这才发现她并没有跟他进屋。

"迪伦？"他叫道。没有回答，此刻的安静让他手臂上所有的汗毛都竖了起来。他腾地站了起来，三步并作两步，来到安全屋的门口。她还在这里，依然待在他刚才离开的地方。她靠着石墙，幽暗的眸子正不知盯着什么发呆。

"来吧。"他说着，微微弯下身子，看向她的眼睛。她的视线没有转移，直到他拉起她的手，她似乎才注意到他的出现。她看向他，脸上满是悲伤。他想努力露出一个让她心安的微笑，但脸上的肌肉却忘了要怎样微笑，总觉得那样扯动嘴巴不大对劲。于是，他轻轻地拉了拉她的手，她默不作声地跟在了他的身后。

他把她带进小屋，让她坐到被他放在壁炉前的那把唯一的椅子上。他关上门，屋里很快就暖和起来。他回头看向壁炉，壁炉前迪伦小小的身影让他心中一震。她双腿并拢，两手略微合十，叠放在大腿上。她低着头，像是睡着了，又好像在祈祷，仿佛养老院里一个失去灵魂的空壳，一具正在等待死亡的躯体。他讨厌看她这么孤零零地坐在那里，于是走到她的身边。他没找到坐的地方，就在壁炉前盘腿坐到地板上的一小块破地毯上。他看了看她，想说些什么，想打破他们之间的沉默，想让她重新恢复笑脸。可他能说些什么呢？

"我做不到。"她声音很轻，视线从地板移到他的脸上，眼中饱含深情却又充满恐惧。

"我不明白你的意思。"他的声音稍稍盖过壁炉里噼啪作响的柴火声。他身上所有的细胞都在咆哮着告诫他不要展开这个话题，他无法像抑制自己的痛苦一样化解她的痛苦。不过，既然她要聊，那他就会听。

"我自己是做不到的。我没法靠自己走到终点，我甚至没法一个人去做任何事。我太害怕了。我……我需要你。"最后这句是最难说出口的，却是她最真实的想法。迪伦没有想到自己能那么冷静地接受自己的死亡，她也曾为离开自己的至亲感到悲伤，但悲伤并没有持续很久，因为既然她会踏上这段旅程，那他们最终也会走上和她相同的道路。她迟早会再次见到他们。

然而，特里斯坦明天就会和她分开，从她的生命中永远消失。他要去接下一个亡灵，很快她就会变成一个遥远的回忆，不过他也可能完全将她忘记。迪伦之前让他讲过被他摆渡过的亡灵的故事，见过他在努力回想那些被他封存的记忆时，脸上为难扭曲的表情。无数亡灵从他的指间滑过，如同过眼云烟，但她无法接受在他已经成为自己的所有时，自己却只是他的一个过客。

不，她不想走这最后一程。她不愿，也不能把他丢下。

"我能不能留下来？我想和你在一起。"她的声音不安又无助。

他摇了摇头。她垂下眼睛，极力抑制想掉下的眼泪。是不可以，还是他不想？她必须弄明白。可万一得到的不是她想要的答案呢？

"不行。"说出这两个字似乎耗费了他极大的心力，"如果你留在这里，最后会被厉鬼抓住，变成它们中的一个，"他指了指屋外，"太危险了。"

"只是因为这个？"如果不是看到她的嘴唇在动，他都不太确定刚才她说了话，她的声音实在太小了。尽管她的声音很小，但他却听得真切，字字句句不停地在他脑中回荡，他的心逐渐冰冷下来。现在正是说出他并不在乎她的大好时机，他要让她知道他是认真的。如果她觉得他走得很决绝，那她在迈出最后一步的时候就会变得更加容易。

他的沉默让她忍不住抬眼，她绿色的眼睛做好了承受痛苦的准备，牙齿也紧紧咬住可能会颤动的下唇。她看上去是那么脆弱，好像任何一句过分的话都能将她压垮。他瞬间推翻了刚刚打定的主意，他不能这样伤害她。

"对。"他回答。他伸手抓住她的手腕，将她一把拉到自己身边，一起坐在地面的破地毯上。他一手捧起她的脸颊，用拇指轻抚她眼下光滑的肌肤。在他的摩挲之下，那片皮肤逐渐变热泛红。"虽然我想让你留在这儿，可确实不行。"

"你真这么想？"她迅速燃起了希望，脸上焕发出光彩。

他这是在干吗？知道自己会再次令她失望，他就不该给她任何希望。他眼睁睁地看着自己偏离初衷却无法停止。他回想起她在他面前展现过的无数个瞬间：在走出隧道口时，她既战战兢兢又如释重负的样子；他逼着她赶了一整天路，还每晚让她睡在小破屋时，她既厌恶又不满的样子；他开她玩笑时，她既恼怒又生气的样子；她陷在泥里时尴尬不已的样子，以及她发现他回来时欣喜万分的样子。想着想着，他就不禁笑了起来。他牢牢将它们记在心里，在今后没有她的日子里，陪伴他的就只有这些回忆了。

"这么说吧，虽然我已经越来越喜欢你了，"他由刚才回忆时的微笑变成了大笑，她却沉浸在不安和崩溃的情绪中笑不出来，"可你明天就得继续往前走了，迪伦，那才是你要做的。你得去你该去的地方。"

"特里斯坦，我不行。我做不到。"她恳求地说。

他叹了口气。"好吧……我会陪着你，一直陪你到最后。"他说。

"你能保证吗？"她急切地想要得到他的承诺。他直视着她的眼睛，点了点头。她一时间有些怀疑。

"我记得你说过你不能这么做。"

"我确实不该这么做，但为了你，我会的。"

迪伦盯着他，抓起他的手，放在自己的脸上。"你发誓？发誓不会离开我？"她问。

"我发誓。"他答道。

迪伦尝试着对他笑了笑。她手上的热量似乎透过他们的触碰，渗进了他的骨头。那股暖流在她放开他的手的那一刻消失了，但她很快又伸出手来，手指停在了离他只有几厘米的地方。没有迎来料想中的触碰，他只觉得下巴上的皮肤一阵酥麻。此时她表现出了迟疑，似乎很怕消除他们之间最后的这段距离。他微微扬起右边的唇角，给了她一个鼓励的微笑。

迪伦的心跳乱了节奏，她的心脏在胸腔里疯狂跳动起来，然后短暂地静默片刻。她那只停在空中的手已经隐隐发酸，但她指尖的刺痛却盖过了此时胳膊的酸痛，这疼痛只有通过抚摸特里斯坦的脸颊、额头和嘴唇才能得到缓解。可她还是非常紧张。她从来都没有这样抚摸过他。

他朝她微微一笑，她的手指居然好像不受控地动了起来，他的脸就像磁铁似的，将她的手指吸了上去。她的手指紧贴在他的脸上，感受着他下巴不时放松和紧绷时脸颊上肌肉的活动。在昏暗的光线下，他蓝色的眼睛亮晶晶的，并不可怕，反而让迪伦觉得有种勾魂摄魄的魔力。像是飞蛾遇到了烈火，她根本无法移开看向他的目光。特里斯坦将捧着她脸的手放了下来，转而覆在她的手上，将她的整个手掌紧紧压在他的脸上。四秒，五秒，六秒……迪伦猛地深深吸了口气，这才意识到原来自己一直都在屏着呼吸。

但这一动作似乎破除了他们之间的魔法。特里斯坦向后退了一厘米左右的距离，用手将她的手拉开，眼神依然温柔，然后将她的手送到嘴边，在她指节柔软的肌肤上轻轻地落下一吻。

此后他们都没怎么开口，静静享受着彼此依偎的惬意时光。迪伦拼命享受着这来之不易的温情时刻，希望时间可以放慢下来。然而就像几张纸巾是无法阻拦飓风一样，时间就这样一分一秒以一种惊人的速度飞快消逝，当阳光透过窗子照进小屋的时候，她简直不敢相信天已经亮了。尽管火在很久前就熄灭了，但它还是烘干了她的衣服、温暖了她的身体。他们就一直那么坐在壁炉前，静静看着圆木上冒出了灰黑色的烟。特里斯坦在夜里挪了挪位置，他伸出一只胳膊，搂住她的肩膀，让她靠在他身上，将她整个揽在怀中。他们背对着窗户，虽然他们都能看到阳光照到了他们的肩膀上方，照亮了后墙褪色的黄色墙面，以及一幅满是灰尘和污垢脏到看不清内容的装饰画，但他们都没有转身。

终于，阳光穿过窗子，给回旋在空中的灰尘也染上闪耀的金光，特里斯坦终于率先动了起来。他不想面对今天的到来，想起他对迪伦的承诺，胃里瞬间就涌起一阵不适。他不断思考着什么是可能的，什么是正确的，以及什么是他想要的，但可以肯定的是，这三者注定无法共存。

而此时，迪伦冷静得出奇。她整晚都在思考今天可能会发生的事情，最终得出的结论是，除了迈出这引向她最终目的地的最后一步，她别无选择。只要特里斯坦在她身边就够了。有了他的陪伴，她就能扛住所有。他会说到做到，他向她保证过。

第二十章

"准备好迎接最后一段旅程了吗？"在他们站到小屋外准备出发的时候，特里斯坦问道，想尽量让自己显得幽默一些。

"准备好了。"迪伦微笑着回答，"我们往哪儿走？"

"跟我来。"特里斯坦朝小屋背对着湖的那一侧走去。迪伦临走前看了湖面最后一眼，今天的湖水平静安宁，水面微微泛着涟漪，在阳光的照耀下，荡起的水花闪烁着点点亮光。想起藏在水下的怪物，她依然心有余悸，赶忙去追走在前面的特里斯坦，仿佛这样就能把可怕的记忆抛在脑后。他已经走到了小屋背面停下来等她。他随意地站在那里，正凝视着远方，一只手放在额头上遮挡着刺眼的太阳。

"看到没？"迪伦顺着特里斯坦的视线望去。那里是一片荒芜的平原，有条小溪蜿蜒着从他们身边经过，缓缓地流向天边。小溪的左侧有条和它平行的同样弯弯曲曲的小路，荒原上稀稀落落地长着几丛灌木，除此之外，别无他。迪伦疑惑地挑起一侧眉毛："呃，没有。"

她的语气让他不禁转过脸来。他咧嘴一笑，然后翻了个白眼："仔细看看。"

"特里斯坦，那儿什么都没有。你到底想让我看什么？"

他叹了口气，但迪伦看得出他非常享受这种让她着急的感觉。他走到她身后，俯身将头靠近她的肩膀。他呼出的气息搔着她的脖颈，让她感到皮肤发烫。

"你看地平线那里，"他指着她的正前方，"看到闪光了吗？"

迪伦眯起眼睛。地平线离他们很远，她隐约在大地和蓝天交界的地方看到一点儿亮光，不过那很可能是光线造成的视觉错觉，也可能单纯就是她臆想出的东西。

"看不清。"她实话实说。

"好吧，我们要去的就是那里。那里是荒芜之地和……地外的交界处。"

"哦，"她说，"那之后会发生什么？"

他耸了耸肩："我和你说过，我从来都没去过，我最远就只到过那里。"

"我知道，但你有没有看到过什么？我是说，有没有通往天堂的阶梯什么的？"

他一脸不可置信，憋着笑说："你是说那种从天而降的超大扶梯吗？"

"我不知道。"她生气地说，用愤怒来掩饰尴尬。

"抱歉，"他不好意思地继续笑着说，"其实他们就直接消失了，就那么向前迈一步，然后就消失了。"

迪伦皱了皱鼻子。虽然听得出他说的是事实，可对她而言，这不算什么有效信息。

"走吧，我们该出发了。"特里斯坦在她背上轻轻一推，让她行动起来。她再一次看向天边，瞪着眼睛想找出那里所谓的闪光。她看到了吗？很难说。不过她真切地感受到了头痛，于是只好放弃，闷闷不乐地转而看向面前的小路。一眼望去，小路很长，虽然没有上坡，但确实很长。

"既然都到最后一天了……"她不无期待地开口道。

"那也别指望我会背你。"特里斯坦不等她说完，就飞快地回道。他大步上前，把慢吞吞的她甩到了身后。迪伦一边跺脚走着，一边不满地抱怨。

"你知道吗，我昨天差点儿淹死。"她继续说着。尽管知道他不会心软，也不会背她，但一想到要徒步穿过整个平原，她就觉得无比痛苦。况且溺水让她的体力下降，她现在觉得胸痛腿酸，喉咙也因为呕吐和持续的咳嗽而越发肿胀。

他神色古怪地回头看了看她，然后转头继续向前走去。

"好吧，所以我可能不会死了，因为我已经死过一次了，真是既痛苦又难忘的经历。"

这次他终于停了下来，不过没有转过头。迪伦三两步就追上了他，但没敢向他靠近，他的姿势让她变得警觉起来。

"不，你会的。"虽然他的声音很轻，但每一个字她都清楚地听到了。

"什么？"她尖声问道。

他抬头看了看天，深深吸了口气，然后转头向她看去。"你会死。"他的吐字清晰而缓慢，这些字径直刺进迪伦的大脑。

"我会再死一次？"她怀疑地问。这个"死"就是真的死了的意思。

他点了点头。

"可要怎么做到呢？我会到哪儿去呢？我不……"迪伦的声音渐渐变小。

"你是有死在这儿的可能的。你的灵魂，我是说，你在活着的时候，你的身体可以保护你的灵魂。可在你死后，失去保护的你就变得非常脆弱。"

"所以要是灵魂也死了呢？"

"你会灰飞烟灭。"他答得很干脆。

迪伦望向天空，惊讶地发现原来自己离万劫不复居然只有一步之遥。她没什么怨言地接受自己肉身已死的事实，是因为，好吧，因为她依然能存在于这个世界当中。可想到她会永远消失，永远无法见到她想再次见到的人，她就震惊得说不出话来。

"走吧，我很抱歉，但我们没时间休息了，我们得继续赶路，前面已经没有安全屋了，迪伦。"

听到他叫她的名字，她才从恍惚中回过神来。

"是啊。"她喃喃地说。她没有看他，径直朝前走去。尽管她的腿和胳膊都很疼，尽管她已经筋疲力尽，可她不想在这里被抓，深陷在永久的黑暗中。特里斯坦见她昂起头，快速地朝前走去。她跛着一只脚，心不在焉地揉着自己的喉咙。他知道她还没从昨天受的伤中恢复过来。

"等一下。"他说着，向她小跑过去。她停下来，转过身等他。他追上她后并没有停下，而是向前又走了一步，来到她的面前，笑了笑，然后转身背对着她："跳上来。"

"什么？"

他转过头，朝她翻了个白眼："跳——上——来——"

"哦。"迪伦像是松了口气，面露欣喜，紧紧抓住他的肩膀，跳了上去。她搂住他的脖子，把腿缠在他的腰上。他将胳膊钩在她膝盖下方的位置，踉跄地向前走去。

"谢谢你！"她的话轻轻吹进他的耳朵。

"还不是因为你太可怜了。"他开玩笑地说。

他健步如飞，每走一步都会将她轻轻颠起。很快，她就觉得被他背着也不是那么舒服了。她搂在他肩上的胳膊开始发酸，被他钩着的膝盖也被压迫得越来越厉害。不过，这还是要远远好过自己走路的。她尽量放松身上的肌肉，把注意力都放在和特里斯坦亲密接触的感受上。他肩膀强壮宽厚，能轻松地将她背起，好像她的重量和羽毛无异。她把脸贴在他的脖颈上，深深地吸了口气，鼻腔里顿时充满他身上麝香的味道。他金色的头发随着他走路一跳一跳地搔着她的脸颊，她最终还是抑制住了想将手指插进他头发的冲动。

"等我们到那儿以后，"他突然开口，吓了她一跳，"你就得下来自己走了。"

她不由得将他抓紧："你不是说你会和我一起吗？"

"没错，"他立刻回答，"但还是需要你自己走过最后几步，到时候我会跟在你身后。"

"可以让你先走吗？"她犹豫着开口问道。

"不行。你在进入那个世界的时候，是不能跟在别人身后的。你得自己迈出那一步，大家都是这样的。"他补充道，似乎这是一个能够解释一切的理由。

"那你会跟在我身后，对吧？"她紧张地问。

"说到做到，我说过我会的。"

172

"特里斯坦，"她突然兴奋地尖叫起来，"我看到了！"

他们前方八百多米处的空中似乎有些异常。远处的大地貌似和这里的地面一样，但形状有些扭曲，好像它们之间隔着一块透明的屏障，这块屏障和地面连接的地方似乎的确闪着淡淡的微光。迪伦盯着那道闪光，觉得胃部紧绷起来。就是那儿了。

"放我下来。"她轻声说。

"怎么了？"

"我想下来走走。"

特里斯坦放开她的腿，她顺着他的背滑到地上。落地的瞬间，她觉得脚和小腿有些发麻。她伸了伸胳膊，然后挺起胸腔，直面这次旅程的终点。她没有回头看他，而是径直朝前走去。

她的心在胸腔中疯狂跳动，肾上腺素在血管里急速奔涌。尽管四肢的疼痛一直没有消退，但她却觉得此时它们好像已经不再属于自己，变得逐渐失去控制。她匀速地深吸几口气，尽量不让自己呼吸得太过急促。她觉得脚下的大地仿佛都飞了起来。现在离它已经不到一百米了。他们走得越近，两个世界的交界处就越发明显。光点之外的世界就像从别人的眼镜里看过去的，有种失焦的感觉。她看得有些头晕，只得拼命看回脚下的地面，然后不时地飞快瞥一眼那道横在小路上的光条。

特里斯坦小心翼翼地看向她。虽然她没有看他，也没有和他说话，但他总觉得她能清楚地知道他的一举一动。他跟在她身后，刻意保持着一步左右的距离。在离终点还有不到五米的时候，她停了下来。她看向那里，保持着平稳的呼吸。她脸色苍白，嘴巴紧紧闭起，身上的每块肌肉都凸显着她的紧张。

"你还好吗？"他问。

她转过头来，眼神涣散。他原本以为她的内心还算冷静，可她显然已经被吓坏了。

然而，他的判断并不准确。迪伦觉得体内有种从没有过的情绪正在疯狂蔓延。

这一瞬间的压力让她脑中的一些事情变得格外清晰，她突然意识到对她来说真正重要的究竟是什么。她不知道终点线的那头有什么在等待着她，即使特里斯坦保证过他会跟在她身后，但有些东西还是必须宣之于口。

尽管这样的想法让她害怕，尽管她明白宣之于口意味着她会将自己推向比以往任何时候都要容易受伤的境地，但她已经下定了决心。过去的几天让她对自己有了新的认识，她不再是那个在打包泰迪熊时还会犹豫不决的小姑娘了。她变得更加坚强，更加勇敢。她直面过危险，正视过恐惧，而特里斯坦在这个过程中扮演了极为重要的角色。他保护她、安抚她、带领她，让她产生了她从没有过的感觉。她要把这感觉告诉他，这很重要。就算她已经开始脸红心跳，她也要豁出去，她告诉自己。

"我爱你。"

她的目光一直在他脸上逡巡，她想看清他当下的反应。刚才的话仿佛悬在了空中。她身上的每一根神经都警觉起来，血管中激增的荷尔蒙在疯狂躁动。她原本没打算就那么脱口而出的，虽然她不知如何开口，但必须开口。她看着特里斯坦，静静地等待他的微笑或皱眉，眼神放光或瞬间凝滞。然而，他的脸上没有任何表情。她的脉搏不再加速，断断续续地跳动着，她甚至害怕它在某一瞬间突然停止。沉默在蔓延，她的身体开始颤抖，仿佛已经做好了被拒绝的准备。

他没有和她一样的感觉。他肯定没有。她对他来说不过是个孩子。他说过的话和他们在肢体接触时，他都向她传达了这样的意思。她的眼睛开始刺痛，但她咬紧牙关，不想流下眼泪。她的手攥成拳头，指甲深深地嵌进手掌。然而这还远没结束。她觉得此时心如刀割，胸痛欲裂，这痛苦的折磨压得她喘不过气来。

特里斯坦在天人交战中对上了她的视线。他也爱她，这一点毋庸置疑。他所犹豫的是到底该不该告诉她。几秒过去了，他仍然无法做出决定。他见她睁大了眼睛，呼吸也开始变得急促，就知道她一定对他的沉默做了最坏的解读。她觉得他不爱她。他闭上眼睛，试图捋清一些事情。如果她认为他不爱她，或许最终就不会受到那么深的伤害，这就会让事情变得更容易些。因此，什么都不说是对的。他想清楚了，然后睁开眼睛，却正好对上了一片水波粼粼的绿色海洋。

不行。他留给她最后的回忆绝不能是痛苦、伤心和拒绝。不论将要付出怎样的代价，他都必须说出他最真实的想法。虽担心自己的声音发颤，但他仍开口说道："我也爱你，迪伦。"

时间仿佛静止了。她目不转睛地看着他，思索着这句话的含意，随后心脏雀跃地跳动起来。他爱她。她喜上眉梢，长长地舒了口气，接着咧嘴笑了起来，眼睛弯出了好看的弧度。她胸口的疼痛不复存在，转而变成扩散到她喉咙的轻微灼热，并在她的笑容中弥漫开来。她小心翼翼地上前一步，感受到他呼出的气息打在脸上，他的呼吸竟然也很急促。他目光灼灼的蓝色眼睛直击人心，让她不由得颤抖起来。她向上探起身子，直到近得能够清楚地看到他鼻子和脸颊上的每一颗雀斑才停了下来。

"等等，"她说着，向后退了几步，"到了那边再接吻。"

但特里斯坦突然伸出一只手，像钳子一样紧紧握住了她的手。"不行，"他的声音低沉而沙哑，"就现在。"

他一手将她拉近，一手托起她的后颈，指尖滑进她的发丝。迪伦觉得一阵电流瞬间划过她的肌肤，本就不够坚决的抗议终于还是淹没在喉咙里。他的拇指不断上下摩挲着她的颈背，她眼睛一眨不眨地看着他的脸慢慢压了下来，直到他们的额头贴在了一起。他们已经近到能够感受到彼此的呼吸，近到她能感受到他的体温。他放开她的手和后颈，双手环在她的背上，紧紧将她抱在怀里，消除了他们之间的最后一点距离。迪伦轻轻扬起脑袋，然后闭上了眼睛。

特里斯坦产生了动摇。从她森林般幽深的绿色眼眸中解脱出来后，顾虑就再一次爬上了特里斯坦的心头。他不该这么做，也不能这么做。他不该对她有任何感觉，尤其不该有这种感觉。这本来是不可能的，但它就这么发生了。人类为爱生，又为爱死，而这将是他体验这种感觉的唯一机会。他闭上眼睛，吻上了迪伦的嘴唇。

她的嘴唇很软。这是他的第一感觉。很软，很甜，微微战栗。他感觉她的手指攥住了他的衣服，她的手在他身体两侧轻轻颤抖。她张开嘴巴，贴住他的嘴唇，发出一声轻微的呻吟。他心中瞬间泛起涟漪，将她紧紧揉进怀里。他的嘴唇更加用力地贴在她的唇上。他的心脏猛烈地撞击着肋骨，呼吸也不由得急促起来。一时间，他觉得天地之间只有她的温热和柔软。她胆子大了起来，踮起脚向他靠得更近，抬起双手在他的肩膀和脸上游移。他学着她的样子，手指从她的额头滑向她的下巴，将它们的样子逐一刻在脑中。

被特里斯坦紧紧拥着，迪伦感到有些眩晕。她闭着眼睛，周围的一切仿佛都化作虚无，只剩下特里斯坦贴在她唇上的嘴唇，和他抱着她、轻抚着她的双手，觉得全身的血液都在沸腾。当他终于将她松开时，她开始大口大口地喘气。他用双手捧起她的脸，定定地看着她，眼中闪烁着明亮的蓝色光芒。他低下头，在她的嘴上轻轻浅浅地落下两个吻，然后冲她微微一笑，这个笑慵懒随意，看得她不禁呼吸一滞。

"你是对的，"她气喘吁吁地说，"在过去之前亲吻要更好。"

她转身看向终点线，此刻已经不再恐惧。特里斯坦爱她，无论她去哪里，他都会跟在她身后。她信心满满地十步迈到终点线前，低下头，体会着这一刻的感觉。这是她在荒芜之地上的最后时刻，她将告别厉鬼，告别走不完的上坡，告别荒废的破屋。她抬起左脚，在终点线上停了一下。她深深吸了口气，然后单脚跳了过去。

她站定后，认真地体会着这种感觉，和刚才没什么不同。微风拂过，空气还是一样温暖。她动了动脚，地上的土路也还是发出吱嘎吱嘎的声响。太阳依然在空中散发着光芒，群山也依然环绕着大地。她微微蹙眉，并不特别担心，而是感到好奇。她原以为会发生什么夸张的事情。

她脸上带着有些紧绷的微笑，朝着特里斯坦的方向转过身去，然而她的笑容瞬间凝固。她的心仿佛被无数冰冷的手狠狠攥住，让她瞬间喘不上气来。她张开嘴巴，但那个"不"字却始终没有说出口。

小路上空无一人。

她走上前去，刚才还闪着光的终点线现在已经不见了。她伸手去摸特里斯坦原先站着的地方，尽管那里看上去空空如也，但她的手指却戳到一堵坚不可摧的隐形墙壁。

她再次孑然一身了。她已经跨过了终点线，再也没有回去的可能。特里斯坦也永远地消失了。

迪伦全身都颤抖起来，紧张、震惊和恐惧混合成了一种令她作呕的感觉，在她的血管里扩散开来。她跟跄地跪在地上，伸出双手捂住了嘴巴，仿佛要阻挡情绪的倾泻而下。但她无力阻挡，还是哭了，起初是轻声呜咽，渐渐变成了宣泄痛苦的号啕大哭。眼泪滑过她的脸颊，掉到了地上。

他对她撒了谎。他陪伴她的承诺不过是一场欺骗和背叛，而她甘愿被他愚弄，对他说的一切都深信不疑。他从一开始就计划好了一切。她的脑中再次出现了他前一秒钟还目光灼灼、笑意盈盈，后一秒钟就变得面无表情的样子。他一早就知道会是这样的结局。可他最后说的话呢？那也是谎言吗？

不，她不这么认为。她身上的每个细胞都在昭示着那个真相：他爱她。他们心意相通，却不会有任何结果。

然而残酷的是，她发现自己已经无法记起他的脸了，一些微小的细节开始在她脑中慢慢消失。她想不起他头发的确切颜色，也忘记了他嘴唇的形状。它们就像随风扬起的沙粒，她再也无法将它们记在脑中。她发出一声撕心裂肺的尖叫，痛苦灼烧着她身体里的每一根神经。想到再次陷入孤独，想到不再有人看见她的悲伤，她瞬间被绝望吞没。

她颓丧地一拳打在墙上，然后张开手，将手掌用力按住墙壁，希望眼前的墙能就此消失，让她重新回到刚才的地方。

站在终点线的另一边，特里斯坦正看着她逐渐崩溃。他像站在双面镜外的警察，清楚地知道里面的她根本无法看到这一边的他。他成功地骗到她了，被骗后的失望在她的脸上清晰可见。她知道是他骗了她，是他一手策划了这个结局。她知道她将和他永不相见。就算心如刀绞，他还是强迫自己看着她落泪哭号。他很想冲上去安慰她、拥抱她，他想擦去她脸上的泪水，他想再次拥她入怀，感受她的柔软。他伸出一只手，和她掌心相对，但隔着无形的墙壁，他只感受到无尽的痛苦。特里斯坦想抬脚迈过那条线，然而，什么都没有改变，他无法进入另一边的世界。

他纵容自己对她表达爱意，是他让她有了不该有的希望，现在就是他接受惩罚的时候了。他必须吞下亲手种下的苦果。他只愿她相信他最后的告白出自真心。即便他满口谎言、用尽伪装，可他对她的爱没掺半点杂质。

他一直都知道他无法和她一起过线。他的承诺不过是个伎俩，一个让她鼓起勇气迈出最后一步的邪恶骗局。他做了所有他能做的，就是为了让她相信他，让她感动，让她放松，让她知道最后一刻即将到来，然后让她吻他、抱他，让她穿过那条线再回过头来，却发现身后早已空无一人。

他在隔绝着两个世界的纱帐前，看着她哭着喊出他的名字。羞愤、自责、绝望和痛苦在他心中不断翻涌，他很想移开视线，不再去看因为他的行为而导致的一切，可他做不到。

"对不起。"他轻声说。虽然她无法听到，但他还是想说出这声道歉。

这样的每一秒都像是漫长的酷刑。终于，她开始渐渐消失，起初是她漂亮身形的边缘变得闪烁模糊，然后她整个人都变得透明、变小，最后化为一片虚无。他眼睁睁地看她离开，去往她该去的地方。在她消失之前，他贪婪地看着她脸上的每一处细节，将她绿色的眼睛深深刻在心里。

"再见了。"他喃喃地说。他多希望可以和她一起走下去，可是当他再一眨眼的时候，她已经彻底不见了。他愣怔地盯着她消失的地方看了好久，然后吞下悲伤，深深吸了口气，转身回到小路，向着远方走去。

第二十一章

　　特里斯坦自顾自地朝前走着，全然不去理会周遭的景物慢慢消失，最后化成了白茫茫的一片。群山土崩瓦解，碎成沙子飞到空中，变成一团蒸腾的薄雾。他脚下的小路逐渐延展成漫无边际的光滑平面。一道白光闪过，瞬间的强光简直要闪瞎他的眼睛。

　　白光暗了下来，带着颜色的颗粒开始汇聚，它们在特里斯坦的头顶飞旋着落下，开始绘制他下一个任务的场景，让他准备着迎接下一个即将上路的亡灵。他脚步不停，脚下变成了沾着雨水的黑油油的柏油马路。很多房子从特里斯坦的两边拔地而起。一些窗子透出灯光，照亮了很多疏于打理的花园，花园破旧的篱笆里都是丛生的杂草。停在便道和偶尔几辆停在花园小路上的汽车都很破旧斑驳。几扇敞开的房门中，传出的是节拍强劲的音乐和略显沙哑的笑声。这里到处弥漫着贫穷和放任自流的气氛，给人勾勒出一幅满目萧索的画面。

　　特里斯坦既不兴奋，也不激动，对即将迎接的下一个亡灵没有任何期待。他现在连近些年已经习惯了的蔑视和冷漠都没有了。他只能感觉到失去的痛苦。

　　他在街尽头的倒数第二栋房子前停了下来。在路边一众摇摇欲坠的破旧建筑中，这栋房子居然意外地被打理得很好。房子前有一块平整的草坪，草坪的四周种满鲜花。门前小路的踏脚石上雕刻着小鸟的图案，小路的尽头有一扇近期刚刚粉刷过的红色大门。房中只有二楼的一个房间里亮着灯。特里斯坦知道下一个亡灵即将在那里从躯体中分离出来。他没有进屋，而是等在外面。

几个路人看到有个陌生人在二十四号楼的门前徘徊。尽管看得出来他并不住在附近，但这里不是那种因为见到一个生面孔就驻足盘问的街区，因此他们没有上前搭话，而是继续走着各自的路。特里斯坦心不在焉地盯着某处发呆，并没有注意到那些朝他投来的探寻的目光。他还没发现他们居然看得到他，不仅如此，他也没有听到他们丝毫不避讳他的小声议论。

他对住在这里的人已经有了必要的了解。她在这里独居了十年，除了上班和每周探望一次住在镇子另一边的母亲，她几乎很少出门。她从不和这里的人交往，大家都说她冷血势利，但实际上，她只是害怕他们。她刚刚被一个入室的窃贼刺死在床上，那个窃贼没能抢到他预想中的巨额财物，于是在愤怒之下将她杀死。过不了多久，她就会重新醒来，会像往常一样起床、洗漱，不会发现首饰盒子已经不翼而飞，也不会发现花掉她一年积蓄的智能数码相机已经不在餐厅橱柜的抽屉里了。她会因为今天起得有点儿晚了而省掉早餐环节。等她出门的时候，特里斯坦会和她打招呼，反正不管通过什么方法，她最终都会跟在他身后。

所有这些信息此刻已经在他脑中，只要将事实和故事进行捏合，他就掌握了完成这次工作所需要的内容，可他不愿意费心思考。他会完成这次的亡灵之旅只是他的职责。他出现在这里也无非是因为他别无选择。他将不会为这个不幸的人感到惋惜，也不会给予她任何同情和安慰。他要做的就是带领她，此外再无其他。

明月当空，皎洁的月光驱散了它能搜寻到的所有阴影。特里斯坦的脆弱也被不加掩饰地暴露出来，仿佛每个情绪、每个想法都被赤裸地摊开在众人的审视之下。他知道自己还要等上几个小时，直到亡灵出现。可他并不确定自己还能坚持多久，身上的每一个细胞都迫切地想要逃开，想要躲藏，想让他尽情地难过悲伤。他的大脑指示他挪动双脚，然后转身一直走，直到把所有的痛苦都甩到身后。

然而他仍旧站在原地。

他蓝色的眼睛里第二次盈满了泪水。擅离职守是注定不被允许的行为。这是来自更高一级的指令，在更加宏大的秩序之下，他的痛苦、他的绝望、他想卸掉责任的意愿，统统渺小而无力。他无法掌控自己的命运。就连自己的双脚，他都控制不了。

❀

"迪伦。"

她觉得身后有人在叫她的名字，但没有回头。就像她独自待在安全屋的那个晚上一样，她不能把目光从眼前的场景中移开，如果她看向别处，特里斯坦就会彻底消失不见。

可她又何尝不是在自欺欺人呢？他已经走了，他消失了，他再也不会回来了。她只是一时无法接受这样的事实。迪伦挑衅似的盯着眼前的小路，牙齿用力地咬住下唇，咬到嘴唇破皮，流出血来。她尝到了血的腥味，但没什么感觉，她的感官已经麻木了。

"迪伦。"

当再次听到刚才那个声音叫着她的名字时，她不由得瑟缩一下。她无法通过这个声音分辨对方的性别和年龄，它听起来平心静气，从容不迫，语气里充满亲切。可她不想被人亲切对待。

"迪伦。"

迪伦的怒意逐渐增加。她意识到只要自己不出声，对方就会一直不停地喊下去，于是极不情愿地缓缓转过身去。

她呆愣了一秒，困惑地眨了眨眼睛。身后什么都没有，她希望那个声音再次响起，她好开口向它喊话，但她还是慢慢合上了刚刚张开的嘴巴，觉得根本没什么必要。

她准备转回身，继续站在原地对着来时的小路望眼欲穿，徒然地期待着特里斯坦的突然出现。就在她将视线移开的时候，有个和周围格格不入的古怪东西吸引了她的目光。那是一个发着微光的光球。她瞬间心跳加速，想起了血红色的荒芜之地上，那飘在空中的一个个光球。不过这个又不太一样，它开始膨胀、变形、延展，然后成形。

他朝着她微微一笑，笑容同样亲切。他的脸白皙而完美，头上顶着一团如云朵般的浅金色头发。他的身体和人类的很像，但又有种说不出来的怪异，就像她见过的那些亡灵一样，有种似有若无的虚焦感。

"欢迎你。"他声音清脆，朝她张开了手臂。迪伦皱起眉头，不喜欢他一脸迁就、满脸堆笑的样子，好像她应该感到高兴似的。

"你是谁？"

"我叫凯里。我是来迎接你的。欢迎。欢迎回家。"

家？家！这里才不是她的家。真正的家是她刚刚离开的地方，她还离开了两次。

"你一定有很多疑问。请跟我来。"

他微笑着伸出一只手臂。他金色的眼睛里虽然没有瞳仁，但很柔和，并不吓人。他看着她，静静地等待着。迪伦缓慢而坚定地摇了摇头。这家伙（因为把他叫作"东西"显然不太合适，而他又绝对不是人类）向她投来了礼貌而又困惑的目光。

"我要回去。"迪伦平静地说。

困惑瞬间变为了心领神会："我很抱歉。你不能回去。你的肉身已经不在了。不要担心，你很快就会见到你爱的人的。"

"不，我不是这个意思。荒芜之地。我要回到荒芜之地。"迪伦环顾四周，周围仍是一望无际的荒原。她回头看了一眼，确认马蹄铁形状的群山还在那里。从严格意义上讲，她其实并没有走出荒芜之地，只不过在她跨过那条线后，一切就变得有些不同了。不，是完全不同了。"我要……"迪伦的声音低了下去。

那个叫凯里的家伙用狐疑的眼神看向她。"你已经跨过线了。"他神秘地说。

迪伦的眉头拧得更紧了。他根本没有搞懂她要说的是什么。

"我的摆渡人呢？特里斯坦在哪儿？"她说出他的名字时显得有些结巴。

"你不再需要他了。他已经完成了任务。请跟我来。"这一次，那家伙转过身，朝自己身后一指，小路上离她不远的地方出现了一个类似于门的东西。那是一道五栅门，门的底部铺有拦畜沟栅[1]。门的两边没有向外延伸的篱笆，就那么没头没脑地立在那里，看起来特别

---

1 拦畜沟栅，一种铺设在公路坑上的金属架，车辆可以通过，但牛羊等动物无法通过。

滑稽。

迪伦交叉双臂抱在胸前，然后抬起下巴。"不，"她从咬紧的牙关中挤出这个字，"我要特里斯坦。见不到他，我就不会离开这里。"

"我很抱歉，这不可能。"

"为什么？"迪伦不满地问。

看凯里的样子，他似乎并不理解这个问题的意思。"这不可能，"他重复了一遍，"请跟我来。"

他往旁边让了一步，再次指了指他身后的那扇门，耐心地微笑等待。迪伦觉得在她采取行动以前，他会一直这样安静地等待下去。

要是她不去理他，转身沿着她来时的路走回湖边会怎么样？

他会阻拦她吗？她站起身来，一边仔细观察他的反应，一边向后退了半步。凯里还在微笑，脑袋稍稍侧向一边，有些困惑地微微皱起眉头。她又退了一步。他仍在原地看着她。如此，她就彻底不用理会他了。

她把目光从他身上移开，冒险朝身后瞥了一眼。群山依旧矗立在那里。她好像还隐约看到了终点线那边的世界里最后一个安全屋的轮廓，那里没有厉鬼出没的迹象，也没有任何危险的气息。她是可以待在那里的。

可又有什么意义呢？

特里斯坦不在那里。特里斯坦对她撒了谎。他可能已经奔赴下一个任务，陪伴下一个亡灵了。

他可能已经忘记她了。

不，她的心中有个声音在尖叫。他说他爱你。他是认真的。

或许是吧，也可能不是。真相不得而知。如果特里斯坦不再回

186

来，那继续徘徊在这里又有什么意义？

迪伦叹了口气，松开胸前的双臂，随意地垂在身体两侧。她手上的脉搏跳动，血液回流到指尖。她这才意识到她刚才将自己抱得有多紧。

"好吧，"她轻声说着，朝着凯里的方向迈了一步，接着又迈了一步，"好吧。"

那家伙亲切地微笑着，等她走到身边，才转身沿着小路和她并肩前行。

他们来到门前，凯里将门拉开，移动的不仅是那几块生锈的金属栅栏，凯里简直就是在这个世界中凿出了一个洞。门原先的位置出现了一扇窗户，窗户之后是另一个完全不同的世界。

"请。"凯里低声说着，示意迪伦跨步进去。

"我们这是在哪儿？"她来到窗户的另一边轻声问。

这是一个无比巨大的开间。尽管她完全看不到四周的墙壁，但她觉得他们是在室内。这里的地板洁净纯白。

"这是档案室。我认为对你来说从这儿开始会比较好，你可以去寻找那些比你先来到这里的亡灵，那些比你先经历了死亡和荒芜之地的人。"

"怎么找？"迪伦喃喃地问，不自觉地被勾起了兴趣。

她的话刚一出口，所有东西都有条不紊地动了起来。房间开始缩小，出现了清晰的边界，一排排靠墙的书架从地面直插顶棚，上面摆放的全是大部头的书册。她的脚下突然出现一块厚重的黑色地毯，整个房间都显得更加静穆。她看着周围的一切，有种似曾相识的感觉，不禁回想起曾经和琼一起去图书馆的情景。当时在十岁的她眼中，那里就像一个安静的巨大迷宫。她走丢了，躲在桌子底下哭，后来被一个好心的看门人找到了。难道这里和荒芜之地一样，都是她意识的投射吗？

凯里在她身边柔声说："相信你一定有想寻找的家人和朋友，"他顿了顿，"你需要我帮你找到他们吗？比如你的姥姥摩尔，或者你的姨妈伊冯？"

迪伦震惊地看向他，他居然叫得出她家人的名字。"你能找到她们？"

"是的，所有完成这趟旅程的人我都找得到。我们会把所有的亡灵都记录在册，每个摆渡人都有一本记录他们亡灵的名册。"

什么？迪伦扫视着房间，仔细思考着凯里刚才的话。她不打算寻找姥姥和三年前因为乳腺癌去世的姨妈。她心中有了主意。

迪伦转向那个家伙，眼中突然出现亮光。"我想看特里斯坦的名册。"她对他说。

凯里想了想，然后开口回道："我带你来到这里的初衷并不是这个……"

"特里斯坦的名册。"迪伦重复了一遍。

这让那个家伙高兴不起来了，表情里满是担忧和不以为然，可他还是带她绕过一排排高耸的书架，从无数本书册后的一个黑暗角落的格子里，拿出了被孤零零地摆放在上面的一大本书。绿色的封皮已经有些褪色，书页烫了金边，书的四个边角似乎被磨得有些发软，好像已经被翻动过了成千上万次。

"这就是你的摆渡人的名册。"凯里说着，将它放到一张空桌上，"我能问一下你要找什么吗？"

迪伦没有回答，其实这个问题连她自己都不清楚。她伸手翻开封面，一本名册跃然而出。书页上有整洁的手写体记下的一个又一个亡灵的信息。每一行都写着名字、年龄，以及一个日期。迪伦震惊地发现，那个日期记录的不是他们的生日，而是他们的死期。

迪伦一言不发地翻阅着书页。上面密密麻麻记录着成千上万个名字。无数亡灵因为特里斯坦而得以存在下去。而她在这成千上万个亡灵中则显得无足轻重。她抓到其中厚厚的一沓，快速地查找起来。她一直翻到书页变成了空白，又倒着翻了回去，在最后一行看到了自己的名字。她的名字用一种她无论如何都模仿不来的优美字体书写了下来，她看着有种说不出的奇怪。这是特里斯坦的笔迹吗？不，应该不大可能。她的名字旁边写着她搭乘那列火车的日期。她的指尖触碰到接下来的空行，想知道哪个名字会被填写在这里。

特里斯坦现在在哪儿？他回到第一个安全屋了吗？迪伦叹了口气，随意翻开其中一页，继续翻阅名册。她不愿去想特里斯坦摆渡别人时的场景。他是她的摆渡人，她一个人的。她凄然一笑。可是面对眼前这本厚厚的名册，这样的想法显然荒唐可笑。她的目光从一个个名字上滑过，然后皱起了眉头。

"这是什么？"她指着这页倒数几行的一个被黑墨水划掉的名字问。

她没听到回答。迪伦向左看去，好奇自己是不是被丢在了这里，但那家伙依然站在那里。他没有看她，似乎正盯着什么地方发呆。

"凯里？"她磕磕巴巴地叫着那家伙的名字，"这是什么意思？这个名字为什么被划掉了？"

"那个亡灵不在这里。"他答道，但还是没有看她。

不在这里？他们就是那些被厉鬼夺去的亡灵吗？要是迪伦继续找下去，是不是能在里面找到那个死于癌症的小男孩，那个特里斯坦为了逃离厉鬼而弄丢的男孩？她开口准备询问，就在这时，凯里转过头来，笑容灿烂地盯着她，到嘴边的话就被她咽了回去。"你为什么对这本名册感兴趣？如果你告诉我，那我就可以帮你。"

在他金色眼睛的注视下，迪伦逐渐卸下了防备，他的话打断了她原先的思路，那个被划掉的神秘条目也被她抛在脑后。

"你认识这里的所有亡灵？"她指着那本书问。那家伙点头默认。

"我想找个人，但我不知道他的名字。他是个士兵，一个纳粹士兵。"

迪伦眨了眨眼，自己也没有想到会提出这样的问题。她最初不是因为这个想看这本书的，但这个想法从她脑子里冒出来的瞬间，她就立刻意识到这就是藏在她潜意识里的计划——她要找个认识特里斯坦的人聊聊，她要找个和她一样认识他的人聊聊。那个参加过第二次世界大战的年轻士兵，是他给她讲过的故事中让她印象最为深刻的亡灵。

她原以为那家伙会摇头，告诉她他还需要更多的信息，可出乎她的意料，他走到桌旁，胸有成竹地开始翻阅一张张奶油色的书页，在翻到某一页的时候，他停了下来。

"这里，"他指着倒数第二行说，"这就是你要找的亡灵。"迪伦探身越过他，好奇地盯着一个写得很潦草的名字。

"乔纳斯·鲍尔，"她喃喃道，"十八岁，卒于一九四一年二月十二日。是他吗？"

凯里点了点头。

迪伦咬着下唇，陷入了沉思。十八岁。他只比她大了几岁。她当初在想到这个士兵的时候，还以为他是个成年男人，但实际上他可能还在上学。她回想了一下楷校中学里那些高年级的学生，那些学生代表、风纪组长，都是些乳臭未干什么都不懂的小屁孩。她无法想象他们穿上军装拿起枪的样子。她也无法想象他们在明知违抗命令只有死路一条的情况下还会奋起反抗。

十八岁。正是从男孩到男人的过渡阶段。特里斯坦是以怎样的形象出现在他的面前的？他是如何让乔纳斯跟随他的？

迪伦抬头看向凯里："我想找他聊聊。"

第二十二章

　　凯里没有提出异议，也没有询问她提出这个奇怪要求的原因。他直接伸出一只胳膊，指向图书馆的另一边。在跟上他之前，迪伦犹豫着最后看了眼那一页，就在她即将移开视线的时候，有个东西引起了她的注意，就在那一页的最下面，也有一个奇怪的条目——又是一个被删掉的名字。

　　然而她根本来不及向凯里询问那道奇怪的删除线。他走了几米，来到一扇紧紧嵌在墙上的门前。她不确定这扇门究竟是刚刚出现的，还是原先就在这里。她皱起眉头，迷茫地揉了揉额头。

　　"这是……"她转向凯里开口道。

　　他微笑着等她说下去，不过迪伦没有继续。既然门已经在那儿了，这个问题就不再重要了。重要的是门里有什么，这才是真正需要她关心的。这所有的一切都让人感到困惑。

　　"从那儿进去？"她指着那扇看起来很厚实的门问。那是一扇颜色很深、类似于红褐色的门，门板上雕刻着和周围环境浑然一体的精美图案。门上装着一个用黄铜制成的迷你把手，看上去又圆又亮。

　　迪伦见凯里点了点头，然后站着等他开门。她并不是为了让他展现绅士风度，而是因为这里的一切似乎都是由他掌管的。但他站在原地，没做任何动作。难道像在荒芜之地上穿越终点线一样，这又是一项需要她自己来完成的事吗？她像寻求确认似的看了看那家伙，试探着伸出一只手。她轻轻一扭，把手轻松地转动起来。凯里为了给门预留出更大的打开空间，向后退了一步。她也退了一步，紧张地看了眼那家伙，然后走了进去。

是条街道。迪伦立刻放松下来。这里的房子和她之前见过的都不一样。不同于格拉斯哥那些千篇一律的褐砂石公寓楼，眼前的是一排排整齐的单层别墅，每栋楼的门前都有一块精心修剪的草坪和延伸到路边的漂亮花圃。这里私人车道和便道上停着的，几乎都是闪闪发亮的黑色轿车，车前端长长的引擎盖弯着好看的弧度，车身两侧的银色踏板上泛着金属的光泽，就和那些年纪大的邻居来家里吃饭时，琼播放过的老电影中出现过的车一样。太阳高悬天空，四周是一片低沉而和谐的环境噪声。

迪伦向前踏上一条铺着整齐石块的人行小路，小路蜿蜒着从一片整洁的草坪上穿过。她身后传来轻轻的咔嗒一声。她转头一看，发现门已经关上。她似乎是从 栋房子里走出来的，这是一座带有天窗的独栋别墅，它的外墙覆盖着一层深色的木板。凯里已经消失在她的视野中。迪伦有一种感觉，她得记下这扇门的位置，只有这样她才能再次回到档案室里。

她特意记了一下，单级台阶右边有几盆黄橙混合的小花，门上中间的位置钉着黄铜材质的数字"9"，而在它的下方有一条窄小的信件投递孔。在确信自己能再次找到这栋房子后，她转回身，看向了面前的街道。她的耳朵里响起一个微弱的声音，她很想听清那究竟是什么声音。那是一种咝咝声，仔细再听，她又听出一些音乐的鼓点和叮叮当当的旋律，就像没有调准频道的收音机发出的。她循着声音，绕过几辆汽车，来到一辆闪闪发光的黑色汽车边，这时看到从车下伸出的一双腿。声音在这里变大了，她觉得自己找对了地方，因为她看到车顶上此刻正放着一台被她姥姥叫作"无线电"的老式收音机。车下的一只脚正随着迪伦没听过的一首老歌轻轻地打着节拍。

她不知道这是不是她要找的乔纳斯。

"你好？"她打了个招呼，稍稍弯了弯腰，眯起眼睛向车底看去。不过除了更长一截腿外，她没看到什么别的。

那只脚停止了晃动。很快，车下传来一阵刮擦的声音，先是出现了两条完整的腿，两腿交汇，出现了一个身体，最后，一张沾满油污的脸终于露了出来。迪伦静静地等着，直到他起身在她面前站定。

迪伦最先注意到的是他那张娃娃脸。他的脸颊光滑圆润，蓝色的眼睛亮晶晶的。他的头发被精心梳理成一个偏分发型，不过有几缕发丝以奇怪的角度翘了起来，让他身上的孩子气更重了。在这张稚嫩的脸下，却有着与其并不匹配的高大身材和宽阔肩膀。

迪伦确定了这就是她要找的亡灵。尽管他和她想象中的并不一样，但他百分百就是乔纳斯。她突然想起他是个德国人，不知道他们会不会语言不通。她在学校里学的是法语，她的德语水平仅限于从一数到五。

"你能听懂我说话吗？"她问。

他朝她微微一笑，露出一口不太整齐的牙齿。

"你才刚来这儿不久，对吧？"他的英语似乎很好，只是略带一些口音。

"啊，"迪伦意识到自己有些失礼，瞬间红了脸，"抱歉，对，我刚到这里。"

他表现出颇为同情的样子，嘴巴咧得更大了些。"我能理解你的心情。"他宽慰道。

"你是乔纳斯。"她说。她并不是在问他，可他还是点了点头。"我叫迪伦。"

"你好，迪伦。"

他们陷入了片刻的沉默。乔纳斯耐心地看着她，脸上是礼貌的惊讶和些许的好奇。迪伦立刻皱起脸，变得不安起来。她为什么要来见他？她想问他什么？她的大脑一片混乱，一时理不出半点头绪。

"是我要求见你的，"她觉得还是有必要解释一下的，于是开口道，"我想和你聊聊，如果可以的话，想问你几个问题。"

乔纳斯依然耐心地等着，似乎在示意她继续说下去。

"我想问问有关你的摆渡人的事。"

乔纳斯应该是怎么都没有想到她要聊的居然是这个。他眨了眨眼睛，皱起眉头，但还是扬了扬下巴，让她接着说下去。她舔了舔牙齿，然后咬住自己的舌头，直到逐渐感到疼痛。她想知道什么呢？

"他是不是叫特里斯坦？"她问。还是从最简单的问题问起吧。

"不是，"他说着，缓缓摇了摇头，像是在唤起很久以前的记忆，"不是，他叫亨瑞克。"

"哦。"迪伦嗫嚅着，没能抑制住自己的失望。那也许就不是他了，也可能是凯里弄错人了。

"他长什么样？"她问。

"不记得了，应该就是普通人的长相吧。"乔纳斯耸了耸肩，好像这是一个很难回答的问题，"他和其他士兵长得一样，高个子，棕色头发，穿着军装。"

棕色头发？这一点也对不上。

"我记得……"他发出一声鼻息，突然咧嘴笑了起来，"我记得他的眼睛比我见过的所有人的眼睛都要蓝得多。我还取笑过他，说他长着那样的眼睛，简直就是天生的纳粹士兵。那颜色简直太怪了。"

"钻蓝色。"迪伦轻声说。她觉得那抹蓝色清晰地出现在她脑中，仿佛此刻特里斯坦就站在她的眼前。尽管他的面容有些模糊，已经逐渐消失，但他带有压迫感的冷酷眼神依然深深地刻在她的心里。是他，那就是特里斯坦。她不禁喜出望外，至少他在这一点上是不曾伪装的。

他可能每遇到一个亡灵，就会换一个名字，他会为不同的人定制一个他觉得对方会喜欢的名字。她记得他说过他得想办法让亡灵跟随他，她想起他说的那句她应该喜欢他的话，不由得脸红起来。她确实喜欢特里斯坦这个名字，听起来有一种来自上古的神秘气息，完全不同于楷校那些一抓一大把的大卫、达伦和乔丹。难道这也是他工作的一部分吗？他的骗局中的又一个环节？她突然意识到她可能至今都不知道他的真实名字（如果他有自己的名字的话），于是心头一紧，不由得悲从中来。

"对，"乔纳斯微笑着应和道，"就是钻蓝色，这个描述非常准确。"

"他……他怎么样？"迪伦下意识地咬起手上的指甲。终于问出了关键的问题，她瞬间紧张起来。她担心听到让她失望的答案，一时竟不知道自己是不是真的想要一个答案。

"你的意思是……"乔纳斯不解地皱起眉头。

迪伦从鼻腔里缓缓呼出气息，同时翘起一侧嘴角，思考着应该如何措辞。

"他……他人好吗？他好好照顾你了吗？"

乔纳斯没有直接回答，而是歪着脑袋，用他那双蓝色的眼睛打量起她来。虽然他眼睛的色泽没有特里斯坦的透亮，但眼神依然犀利。

"你为什么这么问？"

"什么？"迪伦变得支支吾吾。她向后退了半步，后背轻轻地靠到旁边停着的车上。

"迪伦，你到底想问什么？"

他带着奇怪的口音喊出她的名字，在她听来有种怪异的感觉，她觉得有些陌生，好像他叫的并不是她。不过这种起伏不定和让人迷惑的感觉，倒是出奇地符合她此刻的心情。

"迪伦？"乔纳斯把她从胡思乱想中拉了回来。

"我想他。"她干脆坦白道。不知为什么，她就这么将最真实的原因说了出来，然后抬头对上了乔纳斯的视线。他面露恻隐，又有些不解。"我们一起经历了很多，我……我想他。"

"你是什么时候来到这儿的？"乔纳斯问。

"刚刚到。我是说，就在我来见你之前。可能来了有一个小时？"这里还有"小时"这个概念吗？

乔纳斯的眉头锁得更紧了，眉间的竖纹又加深了几分。

"然后你就直接过来找我？难道你不想见见你的家人吗？就是那些你曾经以为再也见不到的人。"

迪伦别开目光，有些羞愧地说出她最真实的想法："我不想见他们，我只想找到特里斯坦。"

"你在旅程中发生了什么？"

"什么？"他的提问打断了迪伦的思路，她将目光重新落到这个德国人的身上。他靠在那辆他正在修理的车上，双臂抱在胸前，正一脸严肃地想要弄清现在的状况。

"我不太理解。我在遇到亨瑞克，抱歉，就是你的特里斯坦时，"他见迪伦皱起了眉头，纠正了自己的说法，"我就知道我已经死了。我差不多是立刻就知道了他的身份和之前发生的一切。有他和我一起上路，我挺开心的，不过后来旅程结束了，我们就各走各的路。就是这样。我继续向前，他接着去摆渡下一个亡灵。我会想起他，是因为我觉得他很亲切，但这远远不足以让我想他。"

迪伦失望地看着他。他说的没错，他不理解，他真的理解不了。事实上，她很可能在浏览了整本特里斯坦的名册后，都找不到一个能和她感同身受，和她一样像是一部分自我被剥离、胸中翻腾着蚀心之痛的亡灵。

这个想法既让她欣喜，又令她沮丧。

迪伦看向一边，悄悄拉开和乔纳斯的距离。他依然用同情的目光看着她，看到她失望的样子，他也跟着难过起来。她现在只想离开，找个安静的地方慢慢消化让她心乱如麻的复杂情绪。

"是这样，谢谢你听我说了这么多。我……我就不打扰你了。你是在修车吗？"

"没错。"他咧嘴笑了，带着一丝俏皮，肉肉的脸颊简直把他的眼睛都挤没了，"我活着的时候一直想要辆车，"他用的词让迪伦很不舒服，但她脸上没有显出任何异样，"现在我可以尽情摆弄它了，不过我觉得它其实无论如何都不会彻底坏掉，修理它只是为了假装给自己找点事做。我在跨过终点线的第一时间就看到它了，以至于我当时都兴奋到没有发现自己已经回到斯图加特了！"他略带伤感地朝迪伦微笑道，"起码这地方有一点好处，因为来到这里就意味着……回家。"

家。这个词被一再提及。迪伦的眼神黯淡下来，她生气地噘起嘴来。

"我不回家。"她说。

"这话怎么说？"乔纳斯眯起眼睛，像是完全不理解似的。

"那个档案室，它能带你去任何地方，对吧？"迪伦问。

"对，没错。"乔纳斯似乎还是不明所以，"可是，你在跨过荒芜之地的终点线后，你在跨过……"他顿了顿，歪着脑袋看向她，"难道你没有到家吗？"

现在轮到迪伦迷惑了："可我还是在荒芜之地上。"

"你确定？"他追问道。

迪伦挑起眉毛。她相当确定。"我非常确定，"她说，"我当时一直站在同一个地方。只有，只有特里斯……我的摆渡人消失不见了。"

"这不对啊。"乔纳斯告诉她，担忧地蹙起眉头。

"所有和我说过话的人，包括我的家人和朋友，他们在走出荒芜之地的那一刻，就会来到他们心中的那个家。"

迪伦一时语塞。她没有回到生前的住处，也没有回到姥姥的房子，她觉得自己应该感到难过吧。

但她没有感到难过，反而感到释怀。她心中有个声音对她说，她应该和特里斯坦在一起。就算她那么讨厌荒芜之地，讨厌那里的寒冷、大风，还有永无休止的上坡，那里也是她该待的地方。

她并不属于这里。一如既往，她和这里的一切也都格格不入。

"我不该继续待下去了。"她喃喃道。与其说是告诉乔纳斯，她更像在告诉自己。她准备从他身边离开。她现在只想一个人静静，一个人流泪。她装出轻快的语气说："那就祝你修车愉快，再次感谢。"没等说完最后一个字，她就赶忙快步走开，急急地寻找着那几盆花和黄铜材质的数字"9"。

"嘿！嘿！等一下！"

迪伦从紧咬的牙关中重重地啐了一声，然后停下脚步，整理了一下心情，小心翼翼地转过身去。

乔纳斯从他的车旁走了过来，将他们之间的距离缩小了一半。他的脸因为着急瞬间苍老了几分，倒让他看起来更像一个成年人了。

"你想试试吗？"他问，声音低到迪伦都快听不见了。

"试什么？"

他往左右看了看。迪伦好奇地抬起眉头。他做出"回去"的口形，但没有发出声音。

"什么？"她大声叫了出来，下意识地走上前去，站到他的身前。

"我不明白你的意思。"回哪里去？回荒芜之地？他的意思是他有办法回去？

乔纳斯环顾四周，朝她比了个"嘘"的手势，示意她压低声音。迪伦没太在意他的慌乱，轻声又问了一遍刚才的问题。

"试着回去是什么意思？我还以为这里没有回头路呢。"

"确实没有。"乔纳斯几乎是立刻回答，可看他的表情，他明显口不应心。

"但是……"迪伦引导他继续说下去。

"没有但是。"乔纳斯明显已经退缩，但迪伦不肯轻易罢休，步步紧逼。

"有人试过了，"她猜测道，一个想法像闪电一样将她击中，"那些被划掉的名字。"她的声音极小。难道她之前想错了？那些亡灵的失踪不是发生在来的路上，而是在回去的路上？这很有可能。

"你回不去的。"乔纳斯重复着凯里的话，仿佛这是个亘古不变的回答，可面对迪伦毫不掩饰的怀疑，他再也无法表现出一副一无所知的样子。

"他们是怎么做的？他们是怎么做的，乔纳斯？"她再次上前逼问道，可这个德国人还是闭口不答。

他紧抿双唇打量着她，然后说："我不知道。"

迪伦盯着他的眼睛，急于抓住这突如其来的希望，根本没顾得上害羞。"你撒谎。"她看着他，眼神犀利，目光如炬。

"迪伦，我没有。我不知道具体怎么做，但我知道那无异于自杀。"

迪伦苦涩地笑了出来："可我已经死了。"

他深深地看了她一眼："你应该懂我的意思。"

她又从头想了一遍。死亡。彻底地死亡。永远地消失。光是想想，她的心就剧烈地跳动起来。可是话说回来，她继续待在这里的意义又是什么呢？是的，到最后，琼、爸爸和凯蒂都会来到这里，她可以重新过上原先的生活，或者和原先不太一样的生活，然后她将再次回到孤独的状态，就像在走进荒芜之地前那样游离在世界之外。

那并不值得她蹉跎一生。如果知道特里斯坦会来，那她可能会耐心等待下去。但他并不会来，他永远都不会来了。她的内心不禁抽痛起来，她闭上眼睛，压抑着痛苦的感觉。特里斯坦。她仍旧清楚地记得他将她搂在怀里，他们嘴唇紧紧相贴的灼热感觉。那一刻，她有生以来第一次有了真正活着的感觉，她觉得真是讽刺。

她有必要冒着彻底消失的风险再去感受一次吗？

答案是肯定的。

"可你连怎么做都不知道，又怎么能这么肯定呢？"迪伦质疑道。既然他给了她一丝希望，她就不会被他的消极态度吓退。

"不，迪伦，你不会明白的，"乔纳斯摇了摇头，害怕地把双手举到空中，"有的亡灵在这里已经待了很多个世纪。他们知道成百上千个拼命爬回去，重新回到他们妻儿身边的亡灵。可他们没有一个会再次冒险回到这里，说出他们一路的经历。你是见过厉鬼的，你知道被它们抓住的下场。"

迪伦咬着下唇，陷入了思考："你是怎么知道他们的，就是那些试过的人？"

他不以为意地摆了摆手："听人说的。"

听人说的。她上前一步，逼视着他。乔纳斯想退后一步，却发现已经退无可退。迪伦目光坚定地看着他："听谁说的？"

第二十三章

她住在一个木屋里，不过在迪伦看来，那只能被叫作棚屋，它坐落在一望无际的平原上。这里荒凉偏僻，附近只有几条汪汪乱叫的小狗。小屋的上方，雷雨云在不断翻腾，也不知这些停聚在空中的铅灰色云团中携带了哪种量级的雨水。伊莱扎是乔纳斯所知道的亡灵里来这里最久的。如果说有谁可以解答迪伦的问题，那乔纳斯一定会向她推荐伊莱扎。

乔纳斯带着迪伦穿过他家那条街上的另一扇门，就把她带到了这里。他们周围前一刻还都是房子，下一刻就变成了沙漠和风滚草[1]。迪伦见他关上了一扇不太结实的大门，这门是用几个生锈的钉子将几块弯曲的木板钉在一起做成的。

"你以前来过这儿吗？"迪伦指着通向老妇人房子的路问。从房子的窗户里透出明亮的灯光。相较于这里的昏暗，那里温暖的光亮会让人觉得更加舒服。

"没有，"乔纳斯摇了摇头，"但我不知道还有谁可能会帮到你了。"

他眼神怪异地看了她一眼，这让迪伦明白，比起让伊莱扎帮她，

---

1 风滚草，是戈壁上一种常见的植物，生命力很强，每当旱季来临，就会将根从土里收起来，团成一团随风四处滚动。

他更希望伊莱扎能劝阻她。她看着那个破败的小屋，心里有些紧张。

"她是什么人？"迪伦问，"她是怎么知道这些事儿的？"

"她已经在这里很久了。"乔纳斯回她。

迪伦不大满意地抿起嘴。乔纳斯并没有正面回答她的问题，不过她感觉他知道的应该也只有这些。

乔纳斯轻快地踏上一个看着不太结实的木质门廊，在门上敲了几下。迪伦却没敢上前。尽管她在面对乔纳斯时已经做到了毫不畏缩，可一想到要去找另一个亡灵讲话，她就害羞胆怯起来。或许是因为那是个已经成年的长者，或许是因为她并不认识特里斯坦，无论如何，她都不想上前，只想退后。如果不是乔纳斯一路送她，她很清楚自己其实根本走不到这儿来。

她考虑要不要改变主意，和乔纳斯说别麻烦了。这陌生而荒凉的场景似乎让特里斯坦离她更远了。但就在这时，从里面传来一声"进来"。乔纳斯推开那扇门，做了个示意她进去的手势。迪伦别无选择，只能照做。

小屋里要更加温馨，这让她紧张的神经稍微放松下来。屋里烧着一团火，墙上挂着针织饰物。这个小屋只有一个开间，一侧的墙边摆放着床，厨房则靠在另一侧有窗的墙边。小屋的正中坐着一个老妇人，她裹着一块毯子，在一把老式的木质摇椅上轻轻地摇晃。迪伦没有直接对上她那双充满好奇的眼睛，而是一边察看着房中的情况，一边莫名联想到荒芜之地上的安全屋——这里很像安全屋破败前原本的样子。

"伊莱扎，这是迪伦，我们……"乔纳斯率先开口。

"你们想知道怎么回去。"她声音微弱而轻柔，替他说完了下面的话。迪伦没想到她竟然这么快就猜到了自己这次拜访的目的，于是惊讶地转头看向她，伊莱扎的眼神不同于她的声音，机警而敏锐。

"你是怎么……"在她锐利目光的注视下，迪伦渐渐没了声音。

"大家都是为了这个来找我的。我见过上百个和你一样的人，亲爱的。"她的语气中没有丝毫恶意。

"你能告诉我要怎么做吗？"迪伦问。她悄悄把左手藏到身后，交叉中指和食指，默默祈求好运。

伊莱扎端详着她，过了很久，终于开口："坐吧。"

迪伦皱起眉头，她不愿意坐下，她很焦虑，也很压抑，她想来回踱步，想四处走动，好让因为紧张而抽筋的肌肉得到缓解。她想弄清这个老妇人到底知道些什么，然后马上行动起来。

伊莱扎看着她，仿佛完全洞悉了她的想法。她再次指了一下房间里仅剩的一把椅子："坐下吧。"

迪伦在椅子的边缘坐了下来。因为担心自己会忍不住不停叩击别的东西，会不自觉地抠抠这里、抓抓那里，同时为了防止手指颤抖，她把双手塞进了两膝之间。在她全神贯注地盯着老妇人的时候，乔纳斯悄无声息地靠坐在她身后的桌边。

"告诉我你知道的事情。"她急不可待地说。

"我并不知道任何事情，"老妇人回答，"我只是听过一些。"

"有区别吗？"

伊莱扎对她露出一个略带伤感的微笑："确定性。"

迪伦思考了片刻，继续说："那就给我说说你听过的事情吧，拜托了。"

伊莱扎在椅子上挪了挪，整理了一下从肩膀上垂下的大块披肩。"我听说，"她加重了"听说"这个词，"穿过荒芜之地就有可能回去。"

"要怎么做？"迪伦问。

"你现在已经知道这地方运行的原理了。只要你能找到那扇门就行。"

"它在哪儿？"没等伊莱扎说完，迪伦就迫不及待地脱口而出。

老妇人似乎被她急切的样子逗乐了，翘着嘴角道："随便哪扇门都可以。"

"什么？"迪伦尖着嗓子着急地问，"这是什么意思？"

"不管哪扇门，都能把你带到那里。关键不在门，而在你。"

"这不可能，"迪伦不屑地摇了摇头，"如果随便一扇门都可以的话，那所有人就都会试着回去了。"

"不，他们不会。"伊莱扎温柔地反驳道。

"他们肯定会！"迪伦突然激动起来。她生气了，觉得这纯粹就是在浪费时间。

"他们不会。"伊莱扎坚持自己的说法，"就像你说的，很多人会尝试打开那扇门，但大部分人在尝试打开那扇门的时候就失败了。"

"这地方就是这样的，"迪伦轻声说，"这里就像座监狱一样不会放你出去，我知道。"见伊莱扎摇了摇头，她继续说道，"虽然很多人不想离开，可它应该放那些想离开的人走。"

"你错了，"伊莱扎说，"不是这个地方不放他们走，是那些亡灵，他们才是真正阻挡自己的人。"

"怎么阻挡？为什么要阻挡？"迪伦一下子来了兴趣，往椅子的边缘挪了挪。

"他们不是真的想离开。不，这么说并不准确。他们想离开，但比起离开这里，他们还是更害怕永远的死亡。他们可能在内心深处觉得，再次穿越荒芜之地会面临死亡的风险，从而选择知难而退，继续留在这里。他们知道，只要他们耐心地等待下去，就很有可能再次见到他们的至亲至爱。他们其实就是不想承担失败的风险，因为一旦失败，就意味着真正的终结。"

迪伦听懂了她话里的告诫：留在这里，等待。然而，伊莱扎并不知道的是，再长久的等待都无法让特里斯坦重新回到她的身边。

"那怎么才能打开门呢？"

伊莱扎摊开双手，好像答案已经摆在眼前。

"让想回去的意念超过继续存活下去的本能。"

迪伦陷入沉思。她能做到吗？她觉得可以。这么说来，结果怎样，其实只要试着开一下门就知道了。不过，即便她真的回到了荒芜之地，那接下来呢？她怎么才能找到特里斯坦呢？她不知道伊莱扎能不能告诉她这方面的信息。这里出现过想要和他们的摆渡人团聚的亡灵吗？不管是在这里、人间，还是在荒芜之地，只要能和特里斯坦在一起，要迪伦去哪里生活都可以。她想到了厉鬼，一想到要再次直面它们，她就觉得不寒而栗，然而为了特里斯坦，她是不会退缩的。她只是……只是太想见到特里斯坦了。

伊莱扎叹了口气，将迪伦从思绪中拉了回来。"想回去的大多是年轻人，"她喃喃道，"一直都是这样。"

"你没有动心过吗？"迪伦将注意力转到伊莱扎身上。

伊莱扎摇了摇头，她的眼神因为悲伤黯淡下去："没有，孩子。我那时已经老了，我知道过不了多久，我的丈夫就会过来找我。"

"那他呢？他在这儿吗？"话一出口，迪伦就意识到了自己的唐突。

"不在，"伊莱扎轻柔的声音几乎小到听不见了，"不在，他没能穿过荒芜之地。"

"对不起。"迪伦羞愧地低头轻声说。

伊莱扎面部绷紧，眼中翻滚着泪意，但她似乎忍住了，没让眼泪流下。她挺直了腰，用力地抽了抽鼻子。

"我猜你应该想知道你回去以后会发生什么。"她说。

迪伦耸了耸肩。她还没想那么远。她并不渴望回到过去的生活，正如她并不期待待在这里即将迎来的生活。可如果她表现出不感兴趣，就会显得有点儿奇怪。她不知道该不该向伊莱扎坦白自己的真实目的。不过，告诉她和告诉乔纳斯就是两码事了。

"我听说……"伊莱扎试图再次让迪伦明白她所要承担的风险，"如果你能回到你的身体里，你就能重新钻回去。"

"我的身体还在吗？"迪伦一脸惊恐，一时间竟然忘了这并不是她计划的一部分，"他们肯定已经把它带走了。我妈妈肯定早把我埋了。天哪，我该不会回到坟墓里吧？可万一她已经把我火化了呢？"在惊惧和恐慌的作用下，最后几个字变得尤为尖厉。

"迪伦，时间对你来说已经静止了。你的身体还会在原来的地方。"

迪伦点了点头，接受了这个说法。她的脑中正酝酿着各种计划。她仿佛已经看到自己划船渡过湖面，在峡谷中艰难前行的样子了。她想到血红色的大地、烧焦的天空，但这些恐怖的画面没有让她动摇，她更加坚定了决心。她知道她一定要试一试，不管怎样，她都会将门打开。她会去尝试，会去找特里斯坦。她默默微笑，为自己的这个决定感到高兴。她抬起头，看到伊莱扎正定定地注视着自己。

"你还有事，"老妇人缓缓地说，"还有没告诉我的事。"她端详着迪伦的脸。这让迪伦很不舒服，好像内心都要被她看穿一样。迪伦皱起脸来，极力压制着别过脸的冲动。"你并不想回去，"她若有所思地说，"至少这不是你全部的目的。你到底想要什么，迪伦？"

事到如今，撒谎还有什么意义呢？迪伦抿起嘴，决定向她吐露实情。反正不管伊莱扎怎么说，她都已经做好决定。万一这个老妇人可以帮到她呢？

"我想找到我的摆渡人。"她轻声说。

迪伦说出了她最真实的想法，然后屏住呼吸，等待着伊莱扎的反应。老妇人不露声色，面无表情，只有微微皱起的嘴唇表明她正在思考迪伦的意图。

"那就更难了。"在令人煎熬的一分钟后，她终于开了口。

迪伦的心猛地一跳："但并不是没有可能，对吗？"

"也许这也不是没有可能。"

"我该怎么做？"

"你得找到他。"

迪伦困惑地眨了眨眼睛。这不难。他现在应该在护送另一个亡灵。她只要在安全屋里等着，总有一天会等到他的。

随后，她回想起在红色的荒芜之地上游荡着的那些模糊的人形，回想起亦步亦趋地跟着他们的一团团黑色厉鬼，还有光球，那些照亮道路、给亡灵以方向和庇护的发着亮光的小球。所以，现在的特里斯坦对她来说就是一个光球吗？如果是这样，她又怎么能从成千上万个光球中找到他呢？你会知道的。一个微弱的声音从她的脑中冒了出来。但那个声音是那么幽微，很快就被她脑中其他不屑的声音盖过：这不是什么烂俗的虐恋爱情片，这是真实的生活。如果特里斯坦就是一个光球，如果她看不见他、听不到他的声音，那她就永远无法认出他。

"我怎么才能找到他？"她问，"我在荒芜之地上见过那些摆渡人。他们不是人，而是……"

"光。"伊莱扎替她说完接下来的话。迪伦点了点头，这个描述最为恰当。"不过，"她继续说道，"就算他之后再给别人引路，或者再给成千上万个人引路，他还是你的摆渡人。只要你看到他，你还是能一如既往地认出他。"

迪伦的眼中闪烁着难以掩饰的喜悦。所以是有机会的……这是有可能的。她听到身后乔纳斯低咳了一声，便面露喜色地转向他。直觉自然会将她引向特里斯坦。伊莱扎花了多久才找到这些答案？她到底花了多少年才搞明白这个世界运行的原理的？

"你是怎么知道这一切的？"迪伦问，脸上仍然挂着灿烂的笑容。

但老妇人并没有回以微笑，只是叹了口气："我已经说过，迪伦，你要记住，我不知道，我真的不知道，这些都是道听途说。你将面对的是巨大的风险。"然而，她的不确定丝毫没有影响迪伦突如其来的热情和已经下定的决心。

"你觉得你能在荒芜之地上坚持多久？"伊莱扎问她，"就算你找到了你的摆渡人，你觉得你们又能和厉鬼周旋多久？"

"到时候我们可以待在安全屋里，"迪伦说，"它们进不去的。"

"你确定？你已经在改变规则了，迪伦。你怎么知道安全屋还会在原来的地方给你提供庇护呢？"

迪伦皱起眉头。她被伊莱扎问得方寸大乱。"那我们就不留在荒芜之地上。"她坚持说，但声音却不再信心十足。

伊莱扎一脸同情，轻蔑地笑出声来："那你们要去哪儿呢？"

"他能跟着我吗？"迪伦害羞地降低了声音。她紧张地等待着答案，刚才还狂跳不止的心跳现在突然慢了下来，变得忽快忽慢。

"到哪儿？"

"这里，那里，任何地方都可以。"

"他并不属于这里。"

"可我也不属于这里。"迪伦反驳道。她努力不去理会伊莱扎朝她投来的同情的微笑。

"他也不属于你。迪伦，他不是人类，无法和我们拥有相同的感觉，他甚至都不会流血。"

"他会流血。"迪伦轻声说。她想告诉伊莱扎，他也是有感觉的，他爱她。可她知道，眼前的老妇人不会相信，就连她自己都不大确定是否能相信特里斯坦的话，因此她不想为他说的那些东西辩护。

"什么？"伊莱扎问，这是她第一次表现出困惑和迟疑。

"他会流血，"迪伦重复道，"当时……当时厉鬼抓住他，把他拖到地下，把他弄伤。不过他后来还是回到我身边了，但浑身都是瘀青和抓痕。"

"我从来都没听说过这种事情。"伊莱扎缓缓地说。她抬头去看徘徊在迪伦身后的乔纳斯，他同样摇了摇头。

"我亲眼看到的。"迪伦说着，前倾身体，认真地看向伊莱扎，"他能跟着我吗？如果不来这里，那我们就回去，回到人间？"

这个古老的亡灵一边思索，一边在摇椅里前后晃动着。好一会儿，她摇了摇头。迪伦的心如坠冰窟。

"我不知道，"她说，"也许吧。这是我能给你最乐观的答案了。这是一场冒险，"她认真地看着迪伦，"值得吗？"

✿

特里斯坦一动不动地坐在安全屋里一把快要散架的椅子上，静静地看着眼前正在熟睡的女人。尽管她已经算不上年轻——她一个月前刚刚过完三十六岁生日，但蜷缩在狭窄单人床上的她看起来要比实际年龄小得多。她棕色的长发在肩上盘绕，几绺短短的刘海儿贴着眉毛。在她淡紫色的眼皮下，她的眼球随着梦境在不停地左右转动。他被阴郁的情绪笼罩，实在没余力去关注她在梦中看到了什么。他很高兴她闭上了眼睛，因为当她睁开眼睛的时候，当她用她绿色的眸子看向他的时候，他会有种既是她，又不是她的感觉，他根本无法直视她的眼睛。

他叹了口气，从椅子上站起来，伸了个懒腰，信步走到窗前。外面很黑，但他却能清晰地看到屋外的厉鬼。他很容易就辨认出那些盘绕着的影子，它们层层叠叠地包围着这个小小的房子，它们嗅着、体会着、等待着。它们很沮丧，因为它们连这个亡灵的一丝气味都没有闻到。不仅是今天，昨天和前天同样如此。事实上，这是他很长一段时间来难度最小的一次穿越。想到迪伦会有多么喜欢这个破败城市里平坦的街道，他就不禁默默苦笑。如果她见到这么多废弃的高楼，她肯定不会像这个女人一样每隔三秒就会伸长脖子不安地察看。

他总会用"这个女人"来指代她。他不愿去想她的名字。尽管她既温柔又开朗，但对他来说，她只是一个需要处理的工作对象，他并没有把她当一个人来对待。她个性阳光，因而总能让天气保持晴朗，让空气保持温暖和煦。她也很乖巧，对他的谎言照单全收，从没提出任何异议。他们每晚都早早到达安全屋，从而多出了很多空闲时间。这对特里斯坦来说倒也不错，反正他也一直是心不在焉的。

放空。他能做到的只有放空。他不愿掺杂感情，也不愿认真去想。如果他将注意力转移到女人身上，他可能会为她难过。看起来，她人很不错，亲切、礼貌，还有点儿害羞。她遭遇了命运的不公，在睡梦中被一个窃贼所害。他理应为她感到惋惜，可他却过于沉溺在自己的悲伤当中，无暇顾及别人的感受。

身后传来一阵声响，他赶紧转头去看，不过在还没完全转过去的时候，他就放松下来，因为他意识到那是她在床上挪动时发出的轻咳。特里斯坦担忧地端详了她好一会儿。她并没有醒来，这很好。他觉得他还没有做好和她聊天的准备。

眺望夜空并不足以分散他的注意力。特里斯坦用手指无声地敲着窗台，过了很久，他转过身来，坐在那把坚硬的木椅上继续守夜。他推测再有一两个小时天就亮了，希望这个女人能一觉睡到那个时候。

特里斯坦有了大把可以消磨的时间。他已经独自坐在这里六个小时了，一直忍着没有想她。他苦笑一下。他创造了新的纪录，也是他能坚持的时间上限。他闭上眼睛，在记忆中不断筛选，终于找到他要搜寻的那个人。和这个在他身旁熟睡的亡灵一样，她们的眼睛都是绿色的，但她们的脸却迥然不同。特里斯坦已经离自己的梦境更近了，不由得绽开了笑容。

第二十四章

"你有什么打算？"

迪伦和乔纳斯离开伊莱扎老人的小屋，迪伦没了其他可去的地方，跟着乔纳斯回到之前的那条街上。她如今已经得知，它复刻了斯图加特的一条街道，乔纳斯在他短暂的军旅生涯之前，就是在这里度过了他的童年。他们坐在汽车的引擎盖上，收音机里还在嗡嗡地播放着迪伦没听过的老歌。

她吐了口气，努力让自己的脑子清醒起来。"我打算回去。"她回答。

乔纳斯一脸愁闷地看向她。"你确定这么做是对的吗？"他小心翼翼地问。

"不确定，"迪伦苦笑道，"但我还是要这么做。"

"可是你可能会死的。"乔纳斯提醒她。

迪伦收敛了勉强挤出的笑容。"我知道，"她柔声说，"我知道我该继续待在这里的某个地方，等着我的妈妈、朋友，然后找到我的亲人。我应该接受现实。我知道这才是我该做的。"

"但你不准备这么做。"乔纳斯替她说完了后面的话。

迪伦的脸皱缩起来，她把目光移到紧紧扣在一起的双手上。她还能说些什么呢？乔纳斯不会明白，她不怪他。其实她自己都不太理解，为什么明明正确的事情有时也会是全然不对的。

"我妈妈总说我很固执，"她说着，咧嘴笑了起来，"特里斯坦也是这么说的。"

"真的？"乔纳斯大笑起来。

她点了点头："我觉得刚开始的时候他真的烦我烦得要死。我一直不停地跟他说他走错路了。"

如今回想最初的几天，确实很有意思。有多少次他被逼到必须停下劝她继续往前走来着？

"他给你讲过那个圣诞老人的故事没？"乔纳斯问，自顾自地笑了起来。

"讲过！"迪伦大笑。这感觉太奇怪了！在她的想象中，这个故事发生在和她相同的时代里。她脑中勾勒出的场景是城市购物中心的圣诞小屋。它和一九三几年或者更早时候的圣诞小屋是一样的吗？"他对你的评价很高，你知道吗？"她告诉乔纳斯，"他在给我讲你的故事时说他很钦佩你，他觉得你很高尚。"

"他真这么说？"乔纳斯喜笑颜开，在看到迪伦确定地点头后，嘴咧得更大了些。

"我也很钦佩他，"他若有所思地说，"他日复一日、周而复始地做着这样的工作。对他来说，这并不公平，他不该拿到一手这样的牌的。"

"是啊。"迪伦咕哝着说。

这一切都是不公平的。对乔纳斯来说，对她来说，对还在工作的特里斯坦来说，都不公平。他应该从他的……呃，"工作"这个词并不恰当，工作是有偿的，而且可以选择辞职，彻底一走了之，而特里斯坦完全在履行义务般做着这一切，而且已经不堪重负了。

"你想什么时候去试试？"乔纳斯的提问打断了她的胡思乱想。

迪伦做了个鬼脸。她还没有想好。她觉得等到早晨出发会比较好，那样她就有一整天的时间向安全屋进发。但很快，另一个想法就冒了出来。特里斯坦说过她再也不用睡觉了，到现在为止，她已经有多久没睡觉了呢？可她没觉得累。这里还有黑夜这种东西吗？此时的太阳仍然高悬在天空，一如他们去找伊莱扎前的样子。

所以，既然不用考虑时间问题，那么她认为只要做好准备，随时都能出发。那随时又是什么时候呢？

如果现在不去……

那将遥遥无期。

她想了想接下来要面对的：一扇打不开的门、一片荒芜之地、一支厉鬼大军和一次如同大海捞针的高难度寻人。真是一张让她胆寒的待办清单。

而她能为此做些什么准备呢？显然没什么能做的。

迪伦感到一种前所未有的恐惧。她真的可以吗？她不禁产生了动摇，心中使命必达的信念在拼命抵抗着被彻底毁灭的恐惧。在门的另一边，等待着她的是血红色的天空和盘旋着的厉鬼。那她为什么还要这么做？

为了特里斯坦。为了他纯净的蓝色眼睛，为了他紧握着她的温暖的手，为了他灼烧她灵魂的柔软的嘴唇。

"不如就现在吧。"

伊莱扎说过，只要知道想去的地方，任何一扇门都能带她去往那里。迪伦已经明确了目标。不到十分钟，她就站在了门前。闻着从一盆盆橙黄相间的小花中散发出的浓郁香气，她眯起眼睛，看着挂在门上反射着耀眼光亮的黄铜数字。就是这扇门将她带到了这里，它怎么看都是最适合带她离开的那扇门。

迪伦凝视着那个小小的球形把手。乔纳斯已经向她说明了如何操作。现在她只要集中精神，想象她要去的地方就可以了，这样等她将门打开，她就会出现在那里。她的脑中浮现出荒芜之地的景象：绵延起伏的高山，凛冽的寒风，乌云密布的天空。她向前伸出手去，但很快又停下了。她想的不对。那不是真正的荒芜之地。她知道在没有特里斯坦的情况下，她看到的究竟会是什么。她有些畏缩地回忆起另一个画面，那是充斥着各种红色的场景。那才是她真正要去的地方。

她咬紧牙关，再次伸手。

"迪伦。"乔纳斯抓住她的手腕，阻止了她的动作。

迪伦轻轻松了口气，为得到一个拖延的机会暗自感到庆幸，哪怕只是片刻也好。她转身看向他。

"你是怎么死的？"

"什么？"听到这个问题，她有些猝不及防，只能愣怔地看着他。

"你是怎么死的？"他又问了一遍。

"为什么问这个？"她困惑地问。

"呃，就是……要是你成功了，我真的希望你能……"他飞快地朝她笑笑，"你回到身体的时候，还会是当时的样子。过去发生的还是会在你身上发生。所以，我想知道你是怎么死的。"

"火车事故。"迪伦挤出几个字，嘴唇几乎没动。

乔纳斯若有所思地点了点头："你受了什么伤？"

"我不知道。"

当时一片漆黑，没有一点儿声响。她压根儿不知道自己已经死了。如果车里亮着灯，她会看到什么呢？她会看到自己的尸体吗？她的尸体会摊在座椅上吗？她被压变形了吗？还是她已经被切下了脑袋？

如果她受了那么严重的伤，她还能再回去吗？

迪伦轻轻摇了摇头，在这些恐怖的想法占据大脑前，赶紧将它们驱散。她提醒自己，她已经做好了决定，正在付诸行动。

"我不知道，"她又说了一次，"不过不重要了。"特里斯坦才是最重要的，她想。"再见，乔纳斯。"

"祝你好运。"尽管有些怀疑，但他还是朝她笑了笑。她看得出，他觉得她毫无胜算，但她不想理会他的质疑。"嘿，还有一件事。"

这一次，迪伦着实有些挫败地叹了口气。"怎么了？"她没有回头，手仍然朝着门把手伸去。

"代我向他问个好，"他顿了顿，"你要活下来，迪伦，也许哪天我们会再次见面的。"

他一边沿着小路后退，一边向她道别。迪伦转过身，看着他们之间的距离越来越大，感到一阵莫名的恐慌。

"你不等我走吗？"她问。

她真正想要的是他跟着她走，但她开不了口，也不会开口。

"我受不了离别的场面。"他坦白道。

他朝她飞快地挥了挥手，给她留下最后一个微笑，沿着街道匆匆离开。迪伦看着他穿过马路，绕过几辆汽车，进入一栋房子，彻底没了踪影。然后，她就又只剩自己了。街道变得出奇地安静，拒人于千里之外。她再无留恋，第三次也是最后一次转身面对那扇门。她的心怦怦狂跳，上唇因紧张而冒出一层汗珠。她朝着门把手伸出手，默默召唤着那个浸透在红色中的梦魇般的景象。她的手指抓在冰冷的金属上，嘴唇颤抖地一遍遍地念着"荒芜之地，荒芜之地"。她握住那个球形把手，深深地吸了口气，然后一扭。

她原本没抱什么期待。她以为她会遭遇一股无法撼动的阻力，一把永远都无法被打开的锁。她真的觉得她得在这儿站上好几个小时，不断地鼓励自己，坚定自己的信念，直到能够确定、彻彻底底地确定这是她的心之所向。

但随着她的手一扭，门就这么轻松地被打开了。

她震惊地将门推开，朝里看去。

是荒芜之地。

是正在燃烧着的、紫红色的荒芜之地。天空布满了橘色和紫色的条状云，此时已经是下午三点左右了。她不禁担心起来。

在她面前展开的小路是最后一天她和特里斯坦一起走过的。那时她还认为他会永远在她身边，那时太阳还灿烂地照射着大地。小路已经不是铺着沙石时的金棕色，而是如同暗夜一样漆黑一片。它似乎在不断地起伏涌动，像糖浆一样微微泛着光泽。

迪伦屏住呼吸，抬起一只脚，轻轻地放在上面。路面还是很结实的。她犹豫了片刻，又往前迈了一步。她的手指松开门，尽管没有转身去看，但她第一时间就知道门是什么时候关起来的，因为她已经不再是独自一人了。

眼前是数不清的亡灵。刚一回到摆渡人的王国，她就被亡灵包围了。他们还是和她记忆中的一样：有点儿透明，有点儿模糊，像幽灵一样在空中轻轻飘荡。虽然他们有脸和身体，但都虚无缥缈，让人无法看清。他们的声音也是一样。迪伦在安全屋里看到他们时，因为过远的距离和小屋墙体的保护，没能听见他们的声音。但此刻在她的周围，他们正大声地说个不停。可她听不清楚他们在讲什么，那感觉就像她钻到了水下，或她的耳朵正贴着扣在墙上的杯底。厉鬼聚集在他们周围，心无旁骛地绕着他们不断盘旋。迪伦倒吸了口凉气，好在厉鬼并没有靠近她，可她还是感到不寒而栗。她下意识地回头看了一眼身后那扇已经关上的门。她要回去吗？

不。

"走，迪伦，"她告诉自己，"往前走。"

她的双腿听从了指令，慢慢动了起来，起初很僵硬，但她越走越快，几乎小跑起来。她尽可能地看向前方，将目光牢牢地锁在远处的几座山上。她记得那片山丘环绕在一个湖的边缘，就在那个湖边，恰好有一个安全屋。

这条小路含有大量的硫黄，弥漫在地表的烟雾绕着她的脚不停地打着旋儿，倘若她稍做停留，那样的丝丝缕缕就会凝固成一只只抓她的大手。她不确定这是不是她想象出来的，但能够确定的是，她的脚实在太热了，热气似乎已经从她运动鞋的鞋底渗了上来。周围的空气也热得让人难受。这和迪伦想象中站在沙漠中心的感觉是一样的，甚至连一丁点儿风都没有，热到让人想吐。空气中都是沙子和灰烬的味道，她早已经口干舌燥，于是努力换成用鼻子呼吸。她的肺部也在燃烧，急需更多的氧气。她知道自己不能再疯狂换气了，可就是控制不住自己。

到第一个安全屋去。这就是她现在唯一的想法。到第一个安全屋去。

她握紧拳头，目视前方。她很想，非常想看一眼从她身边经过的亡灵，但她的某种第六感告诉她，那将是个危险的举动。她在余光中看到厉鬼似有若无的影子。没有闪耀的光球去吸引它们的注意，它们目前似乎都没有注意到她。可一旦它们注意到……她没有摆渡人的保护，那么她必将被随意宰割。

"别看，别看。"她一边赶路，一边低声重复。

向前，向前，她专注地看着前面的群山，脚不停地向前走着，前面的山丘越来越大，周围随着日落越变越黑。

当迪伦看到安全屋的时候，太阳正挂在那座最高山峰的峭壁上，很像一个烧热的煤球。她大口地喘着粗气，但并不是因为辛苦——尽管她见太阳即将落山，走得越来越快——而是因为一直紧盯前方带来的巨大压力。满坑满谷的亡灵持续不断地飘过她的身边，可她太过害怕，根本不敢停下来观察他们。她只听到一些对话的片段，毫无意义的只言片语，还有偶尔几声撕心裂肺的哭号。

随着时间逐渐接近黄昏，她发现周围的亡灵都拼命加快了行进的速度。她能感受到他们的急迫，余光瞥到那在黑暗中显得更加美丽、耀眼的白光正在催促着他们不断前行。这些亡灵无疑是在冒险，他们拿自己的运气在赌。如果要在天黑前赶到终点线，他们还有很长的路要走。这一点，他们的摆渡人很清楚，而盘踞在周围的厉鬼也很清楚。

迪伦听到一种她之前从没听过的声音。那声音混杂着尖叫和狂笑、憎恨和喜悦、绝望和兴奋。她听得毛骨悚然，忍不住想转身去看、去寻找声音的来源，究竟是怎样的生物在如此快乐的同时，又表现出如此的痛苦。当安全屋已经近在眼前时，她终于长长地舒了口气。她一直担心在这个血色的旷野中，安全屋还会不会在原来的位置，还会不会是之前的那个安全屋。然而它就在这里，仿佛沙漠中的绿洲。当迪伦一头冲进小屋的门时，她激动得差点儿哭出来。

在那之后的夜，她过得无比漫长。

她生起了火，躺到床上，闭起眼睛，试图睡觉。并不是因为累，她只是想短暂地逃避，想打发时间。但她没能进入无知无觉的昏睡状态。外面传来厉鬼难听的笑声，它们正尽情享用着因为行动过慢而没能被摆渡人成功护送的亡灵。

第二十五章

"我已经死了。"

她并不是在提问，特里斯坦也就没有费心回答。他依然直直地盯着前方摇曳的火焰，沉浸在逐渐放空的状态中。他讨厌这个部分。他讨厌哭泣、抱怨和哀求。事实上，他们已经走了很远，在这个女人还没意识到真正发生了什么的情况下，他们就已经快要走到峡谷了。如果不是那些厉鬼，他们可能就会顺利地一路走到终点线了，那必将成为特里斯坦在成千上万次摆渡亡灵的经历中从未有过的壮举。这个亡灵，或者说这个女人，太过害羞，太过温柔乖顺，从没对他的话提出过异议。这让他有点儿恼火。仿佛她是一张完全空白的白纸。不过有些时候，这倒也让他觉得方便很多。

可是厉鬼绝不会轻易放过这么一个天真无邪的亡灵，不会让她毫无阻碍地穿越荒芜之地。它们居然敢在太阳下，利用乔木和灌木似有若无的阴影发动攻击，尽管躲开它们并不是难事，但它们的动静真的很大，而他没能阻止她看向那些噪声的源头……

"我是怎么死的？"女人惊恐地轻声问道。

特里斯坦眨了眨眼睛，从纷乱的思绪中回过神来，然后看向她。她耸着肩膀，眼睛睁得大大的。她将双臂环抱在胸前，似乎在拼命抱紧自己。见她一脸哀伤，他努力掩饰好自己所有的情绪。但作为她的摆渡人，他还是需要回答她的问题。

"你家进了小偷，他趁你睡觉的时候把刀捅进了你的身体。"

"还有……外面那些东西是什么？"

"厉鬼，游魂。"他不想做过多的解释，简单地回答了她。

"它们想对我干吗？"

"它们想抓住你，吃掉你，让你变成它们中的一员。"特里斯坦将目光移向别处，好避开她恐惧的表情。可他还是忍不住替她难过起来。他知道他不能这样，至少不能再这样了。

女人沉默了很久，久到特里斯坦想扭头去看女人的表情。不过，他能听到她的呼吸略微急促起来。她在哭。那是他不愿看到的。

"你知道吗，我刚开始以为你想抢劫我。"她声音很轻，干笑了一声，比他想象的要更加镇定，"我见你出现在我家门外的时候，以为你是附近的地痞，想来偷我家的东西。所以我都打算报警了。"

特里斯坦点了点头，仍然没有看她。她当初从窗户里偷偷往外看的时候，他就注意到了她脸上的表情，有那么一瞬，他感到了不安。他的穿着、年纪，还有他的脸，都和这个女人沾不上边。他应该变成年长些的谦谦君子，这样才好轻易博取她的信任。他不该还是那个等着迪伦走出火车的小男孩。

他的样子怎么没变呢？这说不通啊。他从没遇过这种保持着同一种样貌的状况。而且，在他们离开她住的那条街时，他发誓他看到了有人注意到了他。他想不通这是怎么回事，但并不喜欢这样，因为这会让他更难忘掉迪伦，更难摆脱痛苦。

"如果我当时从你身边逃走，"她还是说了出来，"会怎么样？"

他面对炉火说："我会阻止你。"

女人思考着这句话，陷入了沉默。特里斯坦想再次进入放空的状态，但他的思绪却无法平静下来。他发现自己还是希望女人说话的，这样就能打破此刻的寂静。片刻之后，她居然真的开口了。

"我们要去哪儿？"

他就知道她会问这个问题，而他在很多年前就为这个问题准备了一套标准的答案。

"我会带你穿过荒芜之地，你在走完这段路后就安全了。"

"那个安全的地方在哪儿？"她追问道。

"前面。"

前面。他们总能向前，而他则必须折返。他早已接受了这种巨大的不公，也不再因此感到愤懑。直到……

他张开嘴，脑中正在飞快地组织一条口信。在这个女人未来无尽的岁月里，总能抽出一点儿时间去帮他找找另一个亡灵吧？可还没想好要说的话，他就重新闭起了嘴巴。

迪伦已经去到一个他永远无法触及的地方。他再也握不住她，也无法对她讲话。那么，在明知无法得到回复的情况下还给她传递口信，有什么意义呢？

他叹了口气。

"明天我们会经过一段很危险的路。"他开口道。

峡谷中危机四伏。他必须集中精神，履行他身为摆渡人的职责。

即使清晨的第一缕阳光刚刚洒下，荒芜之地上也还是没有一丝凉意。迪伦站在小屋门口，内心正做着激烈的斗争。外面已经出现了厉鬼，它们像鸟儿一样掠过湖面。不过，它们还是没有向她靠近。安全屋似乎依然有保护作用。她是可以待在这儿的，然后安全地等着特里斯坦的到来。可万一他走不到这儿呢？万一他接到的亡灵年纪太大、走得太慢要怎么办？她太想他了。不管等待的时间有多长，对她来说都是折磨。她得行动起来，去找他。

可眼前的大湖却让她心生退意。她差点儿淹死在湖里。她被甩到了水里，开始拼命地挣扎。水下的怪物不断地拽她、拉她、扯她、捉弄她。如果不是特里斯坦抓住她牛仔裤的裤脚，将她拉出水面，恐怕她早就葬身在了那片水域。她至今都记得那个恶臭又污浊的味道。那水很黏稠，像油一样糊在她的舌头上。不过，那是她那覆盖着帚石南的荒芜之地上的情景。

在眼前这片燃烧的旷野上，情况变得更加恶劣。有毒的湖水涌动着散发出烟雾。湖面一片氤氲，看着似乎都无法承载那条小破船的重量。好在船还在那里，随着水流轻轻浮动。她默默地松了口气。要知道，当时船被打翻了，她一直担心它是不是已经沉到了湖底，或者被冲到岸上撞得粉碎。然而它就在那里，就在她离开时的位置——

湖的正中央。

她一边叹气，一边思考。现在只剩两个选择：蹚水划船过去，或者绕湖走路过去。比起进入潜藏着未知生物的黏腻黑水，走路是个更具吸引力的选择。但那实在是一段很长的路，她必须跟太阳赛跑，至于能不能跑赢，她没有把握。

所以，这实际上是一个关乎哪个情况更烂的选择：水，还是夜晚？

尽管水下存在危险，但特里斯坦当时还是选择了划船。那就只有一个原因——要在天黑之前到达小屋确实要走很长的路。况且，这个版本的荒芜之地要热得多。再有，她有过在冰冷的湖水里幸存下来的经历，却从来没有在漆黑的夜里赶过路。

那就选湖吧。她小跑着冲下前往岸边的小坡，四周静得只能听到她踩在湖岸的小石头上发出的吱嘎声。时间还早，还看不到别的亡灵。他们应该都像她一样刚刚走出安全屋，还在准备渡湖的路上。因为昨晚没能挡住外面的尖叫，所以她在等待天亮的漫长时间里，想到了别的亡灵。尽管她无法看到他们的安全屋，但她觉得它们就在附近，把所有黑暗和厉鬼都阻隔在外。不知怎的，迪伦觉得独自一人挺不错的。其他亡灵让她感到很不舒服，他们怪得让人害怕。而且，虽然有这样的想法很荒谬，但她就是嫉妒他们，她嫉妒他们都有自己的摆渡人，而她的摆渡人她却还没找到。

她不知道怎么做。但她现在不想思考这个问题。她只能一步一个脚印地走下去，这就是在这里生存下去的方法。她的下一步，就是穿过眼前的这个湖。

站在水边，她心中不断地打着退堂鼓。湖水一下一下地拍着她运动鞋的鞋尖。再往前走，她的皮肤就要沾到恶臭的脏水了，她很有可能会被藏在水下的怪物抓住。迪伦犹豫了，不自觉地咬起下唇。然而，她其实没有什么选择，要么前进，要么后退。她深深吸了口气，强行迈开双脚。

冰冷和灼热的感觉同时蹿进她的身体，她倒吸一口凉气。比水还要黏稠的液体给她的每一步都增加了阻力。湖水在她的膝盖周围不断荡开，接着是她的大腿。她完全看不到湖床。只能靠着双脚在沙石中不断摸索着前进。到目前为止，一切还算顺利。尽管很不舒服，但她还站着，也没有任何被水下生物的爪子抓到的感觉。继续向前几步，她不得不把手伸离水面。柏油质地的湖水拍在她的腰上，她不由得泛起一阵恶心。她现在只盼着不用游泳就能到达小船。

她将目光集中在小船上。她之前夸张了，小船不在湖的正中，不过和她现在所在的地方还有一个泳池的距离。她只靠步行蹚过去的愿望在她又迈出一步后就破灭了，水已经漫到了她的胸口，然后漫到她的脖子。她扬起下巴，努力让嘴露出水面，但腐臭的气体钻进了她的鼻子，让她恶心得想吐。她冻得直打哆嗦，身体抖得厉害，以至于她差点儿都没感觉到有个东西正缓慢地缠住了她的左腿，接着是她右侧的脚踝，然后缠住了她的腰。

就差一点儿。

"该死！什么东西？"她尖叫起来。她将一直悬在空中的手臂猛地拍下去，试图赶走抓住她帽衫的东西。她的手掌感到一阵刺痛，似乎被锋利的鳞片划过。那东西好像溜走了片刻，转了一圈后再次返回，突然从后面咬她，还抓住了她的帽子，她帽衫的领口瞬间勒住了她的脖子。

迪伦被拖着在水中打转。她胡乱地在水中踢打，拼命地反抗着。黑色的黏液四处飞溅，扑簌簌地落在她的头发、脸、眼睛和嘴里。她不停地吐着嘴里的脏水，在什么都看不见的情况下，将怪物大嘴里的帽衫猛地拽了出来，奋力挣扎着向小船游去。尽管动作笨拙而费力，但她还是成功逃离了它们的魔爪。她距离小船越来越近，伸手已经摸到了小船的边缘。她痛苦地收紧手指，但紧接着她的呼吸瞬间一滞，三个怪物咬住了她的帽衫，它们的力气太大，她根本无法甩开它们。

它们拖着她，猛地扎进刺骨的湖水。迪伦张嘴正要尖叫，这时水刚好没过她的脸。大量有毒的黏液涌到她的嘴里。她一时惊慌，将肺里所有的空气都吐了出来。她急于清理嘴里的水，根本来不及思考。她的肺一开始收缩，就拼命想要扩张，抽搐痉挛起来。迪伦紧紧闭起嘴巴，竭力抑制着想要呼吸的欲望。她正在不断下沉。之前的情景在她的脑中闪现，然而这一次，不会再有特里斯坦来救她了。

特里斯坦。她的脑中清晰地浮现出他的脸来。这让她重新获得了力量。她将拉链一拉到底，扭动着身体从帽衫里挣脱出来，然后拼命踩水，不断向上、向上，一直向上。确定沉下去这么深吗？是不是她游错了方向？难道她正在游向湖底吗？不过，她再也抑制不住呼吸的欲望了。

就在她觉得自己马上会因缺氧而昏迷时，她的头钻出了水面，她开始大口大口地吸气。她还睁不开眼睛，在终于摸到船后，眼泪顺着脸颊冲开黑色的黏液，留下两条泪痕。她双手抓住小船，然后爬了上去。

迪伦喘着粗气，脸朝下趴了好一会儿。在被迫翻身直面所有的恐怖之前，她仔细感受了一下脚踝上是不是还缠绕着什么东西。然而除了寒冷，她没有任何异样的感觉。于是她动作笨拙地爬了起来，在坚硬的木凳上坐好。寒冷再加上惊吓，她不禁浑身颤抖起来。除了脑袋泛起阵阵眩晕，她全身上下都湿透了，衣服还滴答着黏稠的湖水。然而，她活了下来。

接下来，就要开始划船了。可船上没有桨。她记得上一次，也就是最开始的时候，也是没有桨的。迪伦闭上眼睛，朝着膝盖下方伸出手，张开手指四下摸索。

"拜托，拜托了，"她嘴里念念有词，手又沿着木板摸了一遍，"你不是被特里斯坦变出来过吗？不然我现在要怎么过河啊？"

然而，下面空空如也。迪伦睁开眼睛，向湖面望去。她离对岸至少还有八百米的距离。周围空气凝滞，无风无浪。况且船上没帆，就算有风也没法将她吹到对岸。至于游泳，更是想都别想，现在她无论如何都不会离开这条船了。

"见鬼去吧！我恨这个地方！把那该死的桨给我！"她大喊。在这一片寂静中，她的声音显得格外响亮。

她梆梆地拍打着船舷，然后转身，茫然无措地重重坐回到座位上。

就在这时，她惊奇地发现船桨正安安静静地躺在桨架里。

迪伦大吃一惊。

"哇，"她说着，不确定地抬头看了看天空，"谢……谢？"

她并不知道要向谁道谢。虽然知道没人在看，但她还是为自己刚才的暴怒懊悔不已。她双手抓过船桨，将它们插进墨色的烟雾，并划着让船动了起来。

划船并不容易。迪伦隐约记得她在问特里斯坦要不要换她划一会儿的时候，他嘲笑过她，还刻薄地说他不想永远待在湖上。她在看他划的时候觉得这不是一件难事，可换她亲自上手后，才发现这完全超出了她的能力范围。小船根本不会朝她想的方向前进，在这怪异的雾气中，她感觉自己并不是在拨开湖中的水流，而是在拖着整个世界负重前行。更糟糕的是，她握在桨柄上的手不住地下滑。她刚划了不到十分钟，拇指内侧就被磨破了，疼痛很快扩大到了整只手。不过比起腿上和背上的疼痛，这点疼痛其实算不上什么。船行得很慢，非常缓慢。

然而，就在她划到一半的时候，她忽然看到让她暂时忘记她行船缓慢的景象：从她对面驶来一条船，它徐徐地滑行在水面上，船上的船客在光的照射下摇摇荡荡。在第一条船过去后，接着来了另一条船，然后又是一条……很快，湖面上就出现了大量的小船，这支朦胧的船队在湖面上形成了一层氤氲的雾气。

　　这一次，她就很难对周围的亡灵和盘旋着随时准备扯下亡灵、将他们拖进污浊湖水的厉鬼们视而不见了。可是要划船渡湖，迪伦就只能面向着当初这条来时的路。她别无他法，只能盯着那些船开来的方向，尽量不去看那些船。她努力将目光集中在自己小船的船尾，但一直这么盯着确实很难。她在余光中不断瞥见那些晃动的影子，于是只得和她想抬眼的本能不断地做着对抗。

　　她挣扎着不去看向那条出事的小船。尽管迪伦这条小船周围的湖面仍旧平静，但她不需要看就知道一定出事了。起先，是声音变了。在湖水轻轻拍打船身的声音和无数沉闷扭曲的低语中，突然传出一声尖厉的嚎叫。那不是厉鬼发出的难听又刺耳的声音，那是亡灵发出的，她敢肯定。然后，光也变了。那些散发着淡淡白光的光球在太阳红光的照射下，原本显得很难分辨，但离尖叫声最近的那个光球突然爆发出耀眼的光亮。迪伦觉得仿佛突然摘掉了彩色镜片，有那么一瞬间，世界恢复了正常的颜色。

　　她很快就看到了那条船，就在她正前方大概一百米的地方。它好像遭到了飓风的袭击，船身在不断地左右摇晃。船中央飘浮着的光球散发出刺眼的光芒，让她无法直视。可她还是不愿移开目光。她不该移开目光的，因为它正在召唤她。好吧，她随后意识到，它在召唤它的亡灵……然而，那个亡灵却没有在意。

那个亡灵正望着水面。

迪伦眼见着水面渐渐升高，扭成一个爪子的形状，爪子从湖中脱离出来，分裂成十几个，不，是二十几个，小一些的像蝙蝠一样的东西。

是湖里的怪物！

它们一窝蜂地扑向那个亡灵，顷刻间，小船剧烈地晃动倾斜。一直盘旋在周围的厉鬼像是获得了某种许可，也向亡灵发起了攻击。

"不！"意识到小船即将倾覆，迪伦尖叫起来。

尽管她马上用手捂住了嘴巴，但还是太晚了。她的声音还是被它们听到了。湖中的怪物还在将亡灵往湖水深处拖去，完全不去理会此时正在剧烈晃动着的光球。很快，厉鬼就朝她扑了过来。失去摆渡人保护的她，都不用等到天黑，马上就会变成它们口中的美食。

"该死！该死！蠢死算了！"

迪伦疯狂地划动起来，使出全身的力气快速地摇着船桨。还不够快！还差得远！厉鬼飞了起来，它们从雾霭中穿行而过，像是一路将烟雾吸进了身体。可就在她匆忙地划了三下桨的时间里，它们和她的距离就缩短为之前的一半。她已经能听到它们欢腾的咆哮了。

就这样吧。看来她要死在这儿了。

迪伦不再划桨，屏住呼吸，看向它们，静静地等待着。她真切地体会过胸口被穿透时，心脏被冰封的感觉。在生命的最后时刻，她想知道那感觉会持续几秒，会给她带来多剧烈的疼痛。

当它们飞速掠过最后的几米时，因为不愿看到它们的脸，她将眼睛闭了起来。

但是，她想象中的事情并没有发生。

她知道它们还在。虽然它们没有停止嘶叫、低吼和嚎叫，但她身上没有任何异样的感觉。她的脉搏在剧烈跳动，顶着这么大的太阳，她的冷汗还是顺着后背流了下来。但除此之外，一切正常。迪伦困惑地微微睁开眼睛，只让一缕红色的阳光照进来。

　　它们确实还在。她看到它们聚在自己的周围。接着，她又紧紧闭上了眼睛，整个五官都皱缩在了一起。为什么它们不进攻呢？她想不通。她不理解为什么它们离她这么近却完全不碰她……难道就因为她闭起了眼睛？她想不到别的原因。

　　迪伦收敛呼吸，闭着眼睛伸手摸到船桨。她极其缓慢地把桨浸到水里，一下一下地划了起来。身边的低吼逐渐变成了沮丧的咆哮，但仍然没有任何东西落到她的身上。

　　"不要看，不要看，不要看。"迪伦随着划桨的节奏，口中念念有词道。她努力忍着不去偷看，全身抖个不停。这还不算什么，更大的问题是，她不知道自己正在划向哪里。她划船的技术不好，很难划成直线。她不确定船会在哪里靠岸，不过，只要能离开湖水，她就很开心了。她努力回忆着从湖岸到山那边的安全屋还有多远，好像不是很远，只隔着一座山。只隔一座山。只隔一座山。她紧闭双眼，不断专注地默念着这一句。

　　她的身后突然一颠，她觉得之前的所有努力都要白费了。有那么一瞬间，她以为厉鬼已经做好了进攻的准备，惊恐之下，她睁了一下眼睛，瞥见一个黑色的东西俯冲向她，然后赶紧闭上眼睛。为了确保眼睛紧闭，她整张脸都皱成了一团。她把船桨插进水里，但船桨却撞在了什么坚硬的东西上。她用手猛地一拉，一阵疼痛迅速蹿上了她的手腕。紧接着，一声刺耳的刺啦声传来，随着一股肾上腺素涌出，她的大脑终于恢复了思考能力。

是浅滩。她已经到浅滩了。小船不再轻轻晃动，它已经搁浅在了岸边。

闭着眼睛爬出小船还挺吃力的。迪伦在船上挪动了几下，小船就东倒西歪地摇晃起来。她惊叫着努力保持平衡，然后撑着船舷往下翻。她离地的距离比她想象的大得多。当双脚终于落地时，她吓了一跳，随后痛苦和寒意顺着她的双腿蔓延而上。

她又掉进了水里。

第二十六章

这个发现给她带来的恐惧差点儿再次将她击垮。她眨巴着微微睁开眼睛，看到厉鬼像成群的苍蝇一样在她头上不断盘旋。她赶紧合上眼睛，但仍能感觉冰冷的湖水在她膝盖附近起伏荡漾。可是，这是她的幻觉吗？好像有什么东西在她脚踝上滑动，仿佛一条盘绕着即将收紧身体的蛇。惊恐之下，她猛地从水中抽出左脚。但那东西却丝滑地挪到她的另一条腿上。这一次，她终于可以确定：那里真的有东西。

迪伦尖叫着动了起来。她闭着眼睛跌跌撞撞地朝着岸边跑去。她步态笨拙，因为每走一步，她都得抬起脚来晃一晃，好把缠在脚上的东西甩掉。她一定不能睁眼，这让她记起最初那个空荡的火车车厢，脑中顿时出现了各种画面。比如，一个既像鳗鱼又像螃蟹的东西，身上长着好几个钳子，或者长着一张像鲅鳒鱼一样挤满锋利牙齿的大嘴。她越想越怕，越想越恶心，脚步不停地向前冲去。等到听见脚下传来鹅卵石干燥的吱嘎声，她才终于停下了脚步。

她疲惫不堪、心力交瘁地扑倒在地，用四肢撑住身体，指尖触到了几块石头。陆地，她告诉自己，这是陆地，你安全了。

可她仍然不敢睁眼，而且已完全迷失了方向。虽然她知道有条上山的小路，但那是在她的荒芜之地，这里不一定有。即便有，她要怎样在不睁眼的情况下找到它呢？

迪伦无计可施，心情苦涩地皱起了脸。一滴泪从她紧闭的眼皮中挤出，重重地砸在她的手上。她瘪起嘴，嘴唇颤抖着哭了起来，就连肩膀也不住地抖动着。她走不了了，她被困住了。其他亡灵最多也就走到这里了吗？

她在原地停留了十分钟，白天里非常宝贵的十分钟。突然她有了一个主意。或许她可以睁眼……只要不去看就可以了。要是她能一直低头看向地面，全力抑制住看向那些拼命吸引她注意力的东西的冲动，要是她能做到……

这总比待在这里等着被黑夜吞噬要好。她很清楚，黑暗、寒冷、尖叫的厉鬼必然会让她丧命。

迪伦小心地喘息着，试探性地睁开眼睛，径直朝下看去，没将目光聚焦在具体的东西上。一秒、两秒……在第三秒的时候，一只厉鬼朝地面俯冲过来，它掠过鹅卵石，径直飞向她的脸。她本能地眨了眨眼，但还是忍着没有随着它的动作转动眼球，依然将注意力集中在地上。厉鬼在最后一刻改变了方向，从她耳边掠过，并发出一声怨毒的咆哮，被它带起的风吹起她散下来的一缕碎发。

"太好了！"迪伦用气声说。

对付一个厉鬼还算简单。不过，在意识到她已经睁开眼睛后，其他伺机而动的厉鬼也试着用同样的方法，一个接一个地向她发起了俯冲攻击。空中形成一片混乱的黑色旋涡，让人无法看清，但迪伦不去理会，笨拙地站起身。她被一连串攻击搞得晕头转向，为了保持平衡，不得不伸开双臂。周围的空气被不断地扇动，她的手臂起了一层鸡皮疙瘩。

她的脑袋一点点地朝左右转动着，试图寻找那条小路。它应该就在船坞附近。尽管小船还在，但那间破旧的棚屋却不见了。没有棚屋，就意味着没有小路。然而，她真的需要那条路吗？她现在要做的就是往上爬，只要知道这点就足够了。已经是下午了，时间还在以惊人的速度流逝着。

她朝下看去，将注意力集中在光滑的黑色鹅卵石上，接着是离岸更远的紫红色泥土上。山坡上不是她看惯了的帚石南和葱郁的草丛，而是一簇簇叶子尖削、茎上长着参差细刺的黑色和紫色植株。它们的味道也相当难闻，每当她的裤子轻轻擦过它们，空气中就会飘来一股腐臭刺鼻的味道。现在她离湖已经越来越远，滚滚热浪再次袭来。她的衣服变得又干又硬，而且被湖水染成了黑色，又因为她刚刚冒出的汗而贴在她的身上。太阳发出刺眼的强光，晒得她的头顶火辣辣的。

这实在让她苦不堪言。她上气不接下气，已经累得筋疲力尽。每隔几秒，厉鬼就会发起新一轮的俯冲，想让她在猝不及防间露出破绽。她没敢抬头去看前面还有多远，可她的腿很疼，背也弯得很酸。她又怕又疼又累，皱着脸哭了起来。厉鬼却咯咯地笑了起来，像是感觉到她马上就要屈服放弃了。即便如此，她也无法振作起来。泪水模糊了她的视线，她深一脚浅一脚地向上走着。

脚下的碎石终于全部变成山顶附近特有的岩石地面，迪伦一脚踢在一块石头上，石头纹丝未动，可她却被绊倒了。她伸出双臂挡在身前，气喘吁吁看着地面飞快地朝她冲来。

她的双手承受了撞地时最强的冲击，紧接着她胸口着地，头被猛地甩了起来，眼睛正对上一只厉鬼的眼睛。它皱缩的小脸上露出一个狞笑，马上朝她飞扑过来。她瞬间浑身冰凉，仿佛坠入了冷冽的湖中。

只要迪伦看见了一只厉鬼，就不大可能再无视其他的厉鬼了。它们一拥而上，拉扯着挤进她的骨头。随着她倒地，厉鬼就已经取得半场的胜利。她感觉自己正在不断下坠，坚硬结实的泥土似乎一点点松动，像流沙一样拽着她慢慢地滑向深处。

"不！"她哽咽着说，"不，不，不要！"

她历经千辛万苦才走到这里，不能就这么死掉。她的眼前再次浮现出特里斯坦的脸，他鲜亮的蓝色眼眸仿佛往这该死的地狱中注入了新鲜的空气。迪伦受到鼓舞，用尽全力艰难地稳住双脚，然后一跃而起，甩掉手上和头发里的厉鬼，拼命地跑了起来。

她的双腿在燃烧，肺部在刺痛，无数厉鬼的爪子深深地钩进她被汗水浸湿的 T 恤和头发。她眼睛盯着山顶，奋力地反抗着它们的控制。厉鬼嚎叫着、咆哮着，像愤怒的蜂群嗡嗡地围着她的脑袋。但她没有停下，她知道，一旦到达山顶，下山就会变得容易很多。

事实证明，确实非常容易。下山太快了，简直快得离谱。她的双脚完全跟不上重力的拉扯，她被一路拉下陡峭的山坡。不同于她和厉鬼的战斗，她无法在这场角力中获胜，可她也完全不想获胜。她任由自己自由下落，越跑越快，心无旁骛地保持上身直立，快速交替双腿。要是在这里摔上一跤，她就真的完了。如果她摔倒后开始翻滚，那她根本没有能力控制她的眼睛到底该看向哪里。

安全屋就那么突然地出现在了她的眼前。它就在那里，就在她的前方。斜坡平缓下来，她可以更好地控制脚下的速度了。距离很近了，她就要成功了。厉鬼们也意识到了这一点，加强了攻势，贴着她的脸颊飞过。她能感觉到它们的翅膀划在她脸上的刺痛，它们缠在她的腿上，想再次把她绊倒。但是已经晚了。迪伦将目光死死地锁定在安全屋上，无论厉鬼做什么，她都没有移开视线。

迪伦绕过小屋的转角，飞快地冲进小屋。尽管知道没有必要，但她还是砰的一下将门关上。世界顿时安静下来。她浑身颤抖，站在这个开间的中央，给她已经在尖叫的肺大口大口地补给着新鲜的氧气。

"挺过来了，"她轻声说，"终于挺过来了。"

她全身瘫软，和之前从湖里爬上来的感觉一样。她感到一阵燥热，惊惧和肾上腺素让她迅速升温，全身的血管都像被酸腐蚀着。但在灯光昏暗的小屋里，空气很快冷却下来，没过一会儿，她就被冻得瑟瑟发抖。

迪伦摩挲着光裸的胳膊，不过让她发抖的不只是寒冷，还有地上不断盘桓的影子。窗外的厉鬼依然不肯散去，她努力无视它们，但没有那么容易。它们的嚎叫强行刺进她的大脑，而在这一片死寂的石头屋里，她实在找不出其他可以分散她注意力的东西。

她跌坐在一把椅子上，抬起双腿，把脚放在椅座上，用下巴抵着膝盖，抱住自己，想让身体暖和起来。但没什么用，没过一会儿她就冷得牙齿打战了。迪伦吃力地站了起来，僵硬地走到壁炉边。前一个安全屋是有火柴的，但这个安全屋里没有，好在她有之前的经验——船桨不就出现在船上了吗？于是，她从旁边的篮子里取出木头，搭出一个歪歪扭扭的三角形，然后紧紧盯着三角形的中心。

"求求你！"她小声地请求着，"求求你，我需要火！"

但一切和之前一样，没有任何变化。迪伦闭上眼睛，屏住呼吸，用中指绕住食指，在心里重复着自己的请求。起先是啪的一声，紧接着传来噼噼啪啪的声响。当她再次睁开眼睛时，壁炉里出现了火苗。

她下意识地轻声说了句"谢谢"。尽管非常辛苦，但她还是保持着跪姿。因为火生得不旺，虽不至于熄灭，但散发的热量少得可怜。为了感受那种美妙的温暖，她只好用手拢着小小的火苗。火团的光亮同样吸引着她，帮她驱散着外面越来越浓的阴影，她甚至希望能再出现几根蜡烛。

火越烧越旺，屋里逐渐暖和起来。迪伦渐渐不再颤抖。她的衣服被火一烤，散发出阵阵湖水的腐臭，她不由得皱起鼻子，觉得自己很脏，但她现在看不到自己的样子，只能依靠想象。她环顾四周，看到了抽屉柜，以及那个很大的长方形白瓷洗手池。她那次就是在这个安全屋里洗了衣服。虽然这儿的肥皂上次被她用光了，但她觉得就算简单地冲洗一下衣服，也会感觉好受些、清爽些。这一次，她不用再穿着特里斯坦从抽屉柜翻出的一身完全不搭的肥衣服在他面前晃悠了。

想到当初的尴尬，迪伦不禁暗自失笑。她是怎么做到把脱下来的内衣大剌剌地搭在椅子上，然后整晚保持"真空"的状态在屋里走来走去的？

没了特里斯坦的故事，蓄满水槽所花的时间似乎变长了。而少了肥皂的搓洗，她不知道那些难闻的黑色污渍能被洗掉多少。不过，她还是尽力把衣服上的污渍拍打下来，然后搭在椅背上。她套上那些从抽屉柜里拿出的宽大衣服，没有选择那张她曾经紧紧依偎在特里斯坦温暖怀抱里的床，而是蜷缩在了壁炉边上一小块褪了色的地毯上。躺在床上又有什么意义呢？屋里，她孑然一身；屋外，厉鬼在无休无止地嚎叫。她知道自己是睡不着的，永远都不可能睡着。

长夜漫漫，迪伦极力清空脑中的思绪，任由火焰将她带入一种放空的状态。特里斯坦告诉过她，亡灵在刚刚进入荒芜之地还需要睡

240

觉的那些夜晚，他都是这么做的。但这对她来说并不容易，她每听到一点儿声音，都会被吓一大跳，紧张地扭头看向窗外漆黑的夜色。时间过得很慢，但血色的黎明终于还是让她清醒过来。她呻吟着从地毯上爬了起来。一夜过后，她浑身僵硬，肌肉疼到难以忍受。她尽量减小动作幅度，笨拙地一点点脱下借来的衣服，重新穿回自己那身有些发硬的衣服。衣服已经破了，看着还是很脏，不过……她撩起 T 恤的下摆仔细地闻了闻，气味确实比之前淡了些。在牛仔裤的裤脚问题上，她纠结了好一会儿。因为不想那么快就沾上硫黄泥土，她还是把裤脚卷了上去。然后她又整理了一下自己的头发，将它们盘成利落的花苞状。

她知道自己做这一切其实只是为了拖延时间。她早该出发了，她正在浪费宝贵的天光。但今天会无比艰难。她是过了湖没错，可她现在要做的是自己开路，精准地找到下一个安全屋。然而就目前看来，没有特里斯坦的荒芜之地让她感到陌生，这里到处都是红色的砂岩和变黑了的灌木，她完全分不清方向。更何况，她还要在不看其他亡灵、指引他们的光球，以及围绕着他们的厉鬼的情况下前进。哦，对了，她还要保证在做到前两点的前提下，在所有的光球中找出最像特里斯坦的那一个。

不可能。完全没有可能。

她死死抓住面前的椅子，被一种突如其来的巨大恐惧压得喘不过气来。她紧紧闭上眼睛，忍住流泪的冲动。哭是没有用的。走到如今的地步，她只能怪自己。前进还是后退，全在她的一念之间。船还在，还好好地停在岸边。她可以划回对岸，在最后一个安全屋里躲上一晚，明天就能重新回到终点线的另一边。

然后永永远远、完完全全、彻彻底底地失去特里斯坦。

迪伦深深地吸了口气，然后憋住，强迫自己缓缓地将气吐出。她艰难地吞了吞口水，把恐惧和犹豫抛到脑后。她想象着特里斯坦看到她时的表情，想象着他见她回去找他时的样子，想象着他把她搂进怀里、手臂紧紧抱着她的感觉，想象着他身上的味道。她把那个画面深深地印在脑中，大步穿过狭窄的房间，一把将门推开。她正在朝他走去。

她刚一踏出小屋的安全结界，等候多时的厉鬼就开始了它们邪恶的舞蹈：盘旋、俯冲、引诱她看向它们。她无视了它们的表演，将目光投向远处的地平线，并时刻注意着不将视线聚焦。这和透过汽车风挡玻璃向外看，而忽略上面密密麻麻的雨点是同样的道理。虽然不聚焦目光很难，也让她觉得头疼，但比一直朝下看要简单得多。血红色的太阳还没有完全升起，依然被笼罩在灰色和紫红色的烟雾之中。她用失焦的眼睛将周围的山峰和峡谷扫视一遍，努力寻找着任何她可能认识的小路、地标……

然而她失望了。她基本可以肯定，她从没来过这个地方。她再次被恐惧掐住喉咙，几近崩溃。就在这时，一只厉鬼杀气腾腾地嘶叫着，嗖地飞过她的耳边。她吓得瑟缩了一下，但还是忍着没去看它。好好想想，肯定能找出线索。她告诉自己。

可事与愿违，这里只有让人望而生畏的嶙峋怪石、颜色血红的土地，还有从远处飘来的第一批出发的几缕亡灵的影子。

"你们是从哪儿冒出来的？"她自言自语道。

某个安全屋吧。他们肯定在某个安全屋里过了夜。而且他们好像都是从同一个方向飘来的。她断定，现在最明智的做法就是朝着他们来的方向走，她希望他们留下的踪迹能把她引向她要去的地方。

迪伦很高兴自己终于做出了决定，于是坚定地大步向前走去。她尽量不再去想她正在离开最后一个她能确定位置的安全屋，越想就越会加深她的恐惧，那她在抵抗厉鬼时就会更加艰难了。

特里斯坦，她很可能今天就能找到特里斯坦。这句话一遍又一遍地在她脑中重复。就像一句无声的咒语，不断地给她力量，让她在倾斜的大地上艰难前行，在高悬的炎炎烈日下继续坚持，在混乱的鬼影闯进她余光时不被干扰。

当太阳升到天空的最高点，将滚烫的阳光倾洒在她身上时，她遇到了第一批拖着疲惫的步子从对面走来的亡灵。她看不清他们，但他们很多都在哀嚎。她所看到的人影，要么面容很年轻，要么是个头很小、在还没有做好准备的情况下就失去了生命的孩子，她不由得联想到特里斯坦摆渡过的那个患癌男孩。不过那个可怜的亡灵已经被贪婪的厉鬼夺走了，现在可能早已和那些该死的厉鬼为伍了。

然而，她必须一个一个地看过去，因为他们中的某一个可能正在被她的摆渡人带领着。但没有一个砰砰跳动的光球向她发出召唤，亡灵一个又一个地从她身边经过，她的心逐渐沉入谷底。她真的是在大海捞针。要是回到火车的一路上都没看到他的影子，到时候她该何去何从？

当安全屋出现在迪伦视野里的时候，她吓了一跳。她根本没料到会这么近，事实上，她都没想过自己居然走对了方向。现在离太阳下山还早，它的怒火还在她的额头上燃烧。她仍在快速察看着经过的亡灵，但现在他们已经所剩无几，大部分亡灵已经在去往他们安全屋的路上了。眼前的小石屋有一大部分被掩映在那两座高耸入云的山峰所投下的巨大阴影下。如果迪伦稍加留心，她就会看到远处的峡谷，进而发现自己身在何处。就像特里斯坦说过的，峡谷的位置总是固定的。

迪伦不断地向那座房子靠近。在看到它摇摇欲坠的墙壁和破碎朽烂的窗子时，她终于如释重负地叫出声来。这里虽然破旧，但让她备感亲切。她不顾四肢的酸痛，加速跑完了最后几米，体力耗尽的她几乎是跌进门的。她跌跌撞撞地来到床上，手肘抵住膝盖，然后双手托腮，环顾着屋里。

虽然她很高兴自己挺了过来，但她并不喜欢回到这里。她之前在这里独自度过了一天两夜，绝望地等待特里斯坦回来。单是看到那锻铁的壁炉、那把她曾经坐了整整一天的椅子，以及荒芜之地真正的样子——她正是在这里第一次看到真正的荒芜之地，可怕的记忆和绝望的情绪就像潮水般再次涌来。惊慌，恐惧，孤独……

不。她拼命摆脱这种让她窒息的绝望。再次回到这里，她已经和之前大不相同了。她逼着自己站起来，抓过椅子，把它拉到门边。她一把将门拉开，重重坐下，然后直视着门外，直视着厉鬼，直视着血色的峡谷。

等到明天天亮，她就要去找特里斯坦。她暗暗发誓：这一次，她不会再被恐惧束缚；这一次，她一定要找到他。

第二十七章

"我们得加快点儿速度了。"

特里斯坦回头故意朝女人做了个夸张的表情，然后抬头看了眼渐渐暗下来的天空。他们在穿过滩涂时耽搁了很久，实在是耗费了过多的时间，此时天光所剩无几，可他们接下来还得穿过整个峡谷。不过，这不是她的问题。让她独自蹚过厚厚的泥塘和高高的草丛无疑是项艰巨的任务，他本可以帮她一把的，可他却很抗拒触碰她的身体。

当嚎叫声在他们周围不断响起时，他才有了悔不当初的感觉。尽管看不见，但它们就在那里。他们头顶的光亮也发生了变化，一层厚厚的云雾让所剩不多的天光骤然变短。其实他并不觉得意外，毕竟要让她一直保持平心静气、自得其乐的状态也未免过于强人所难了，尤其在她得知自己已经死了的情况下。

她没有过多地提起自己的死亡。她也哭过几次，但总是默默流泪。她好像很担心会打扰到他。这又是一件让他心生感激的事情，这个亡灵真的没怎么给他添麻烦。他不由得为自己对她的冷漠疏离而感到内疚。可他不得不这么做，否则他们是没法走这么远的。

"拜托，玛丽，"特里斯坦皱了皱眉，他不喜欢叫她的名字，"我们得赶紧走了。"

"抱歉，"她乖顺地说，"抱歉，特里斯坦。"

特里斯坦皱起脸来。他在玛丽这里沿用了上一个名字，真是愚蠢至极。他那时一直沉浸在悲伤当中，想不出什么新的名字，再说这个名字反正代表的就是他现在的形象。可现在他却讨厌起了这个名字，因为她每次叫起它的时候，他仿佛都能听到迪伦的声音。

尽管她这次走得更加接近他的要求，可看了一眼他们前方潜伏着危机的大片阴影，特里斯坦就知道这样还是不够的。

他叹了口气，咬紧牙关。"快点儿。"他说着，抓住她的手肘，拉着她向前，迫使她加快速度，逐渐半走半跑起来。他也小跑起来，为了更加方便，他松开她的手肘，抓起她的手，拉着她一路向前跑去。逐渐降临的夜幕和越来越浓的阴影让厉鬼获得了自由，嚎叫声愈加密集，不断下降的厉鬼将他们周围的空气搅动起来。女人听出了变化，把特里斯坦的手抓得更紧了些。他能觉察出她的恐惧，也感受到了她对他全然的信赖。她的每一次呼吸都伴随着一声微弱的呜咽，这声音穿过他的肩膀，刺进他的胸腔。这很痛苦。他拼命抑制住自己想松开她的手逃跑的冲动，不过不是为了逃离厉鬼，而是逃离她。

"快到了，玛丽。"他鼓励她，"安全屋就在两山中间。我们能赶到的。"

她没有说话，但他听到她加快了脚步，从小跑变成了全速奔跑，他拉着她时不再那么费力了。他松了口气，加快了自己的速度。

"特里斯坦！"这声呼叫还没传到他耳中，就被风吹走了大半，但他还是捕捉到了那一丝回声，猛地抬起头来，"特里斯坦！"

这是他的大脑搞的恶作剧，还是厉鬼为了分散他的注意力而设计出的新手段？因为荒芜之地上不会再出现那个声音了，她已经走了。

"特里斯坦！"

"不是她，不可能是她。"他将这个女人的手抓得更紧了些。迪伦已经走了，而他正在完成自己的工作，他必须把这个女人带到安全屋。快到了，就快到了。他抬起头，看向那个小屋。门是开着的。

"特里斯坦！"

有个人影正站在门里向他招手。但他仅凭那个人影的轮廓就知道了对方是谁。不可能！怎么可能呢？可事实已经摆在眼前。

震惊之下，特里斯坦松开了女人的手。

意识到自己犯下大错，迪伦赶紧用手捂住嘴巴，然而为时已晚。

他刚进峡谷的时候，她就看见他了。她看见一个比所有光球都亮得多的光球，像烈火之于飞蛾，它瞬间就吸引了她的目光。当她集中精神看向它的时候，神奇的事情发生了。眼前荒凉大地的一片猩红和日暮时分的暗红、深紫一齐闪烁起来，就像电视机在不断跳台，然后，血红色突然变成了她那苏格兰荒原上深浅不一的绿色、棕色和淡淡的紫色。

迪伦从椅子上一跃而起，冲到门口，脚趾踢到门槛。厉鬼们充满期待地尖叫起来，可惜她只停在了门口，向外张望。

是特里斯坦！她看得到他。他不是一个砰砰跳动的光球，而是一个人，有脸和身体。迪伦翘起唇角，大口大口地喘着气，好像自从……自从他离开后，她就再没呼吸过一样。随着画面逐渐清晰，她看到他正在奔跑，手里似乎拉着什么。荒原上不再闪烁，定格在她熟悉的那个长满帚石南的荒芜之地上。其他亡灵都消失了，厉鬼也变成了暗淡的阴影。不过它们发出的尖叫和咝咝声还是打消了她出门迎接他的念头。

她看向他的时候，发现他正带着另一个亡灵，但她看不清那个亡灵的样子，虽然不像别的亡灵那么透明，但还是有些变形，不够真切。在若隐若现中，她发现那是个女人。她也在奔跑。当看到他们手牵着手时，迪伦心中泛起一阵嫉妒。

就是在那个时候，她大喊着他的名字。她足足喊了三遍，才确定他听到了。然后，他抬头看向了安全屋。她用力地朝他挥舞着手臂，欣喜若狂，却又心急如焚，因为特里斯坦和那个亡灵正在做着最后的冲刺，她有过同样的经历。他也看到她了，脸上瞬间露出了震惊、恐惧和喜悦的复杂表情。

然后，他松开了那个女人的手。

一切都来得太过突然。那些如同他们专属的乌云、盘旋在他们头上扭曲蠕动的影子，顷刻间蜂拥而下，全部扑向了那个女人。惊慌之下，那个女人本能地朝着空中伸出双手，拼命地想抓住些什么。迪伦看着眼前的一切，手一直捂在嘴上。她想起那个被拖入湖底的亡灵，这一幕远远比那一幕更加骇人、更加真实、更加触目惊心。

而这都是她造成的。

眨眼间，它们就抓住女人的头发和手臂，向她的身体发动了攻击。特里斯坦意识到情况紧急，几乎立刻就转过身去。迪伦见他伸出手，似乎想抓住什么，但没有成功。厉鬼们仍在疯狂进攻。特里斯坦的脸上划过一丝惊讶，但这惊讶很快被彻底的愤怒取代，他强行一一扯下她身上的厉鬼，可它们往往是顺势绕个圈，再从另一个角度包抄回来。迪伦站在门口，徒劳地伸出手，眼见着亡灵被拖进了地下。

自责和愧疚压得她喘不过气来。是她害死了那个女人。她害死了那个她还完全不了解的女人。她有丈夫和孩子吗？她期待再次见到他们吗？她突然想起了伊莱扎，她为了一个永远都无法回来的人陷入了无尽的等待。这一切都要怪她刚才的大声呼叫。为了防止再次大喊，她一直用手捂着嘴。可是已经晚了，伤害已经造成了，那个女人死了。

她都做了些什么？！

特里斯坦没有回头看她，而是低头盯着亡灵消失的那片草地。他似乎没有注意到余下的厉鬼，它们像是围绕着猎物露出牙齿的鲨鱼，做好了扑向他的准备。

一只厉鬼俯冲下来，一口咬在他的肩膀上，他没有反应。接着又一只厉鬼一头撞在他的脸上，他还是没有反应。迪伦瞪大了眼睛。顺着他脸颊流下来的是血吗？他为什么还傻傻地站在那里？他为什么不采取行动保护自己？

为什么他不朝安全屋跑呢？为什么他不跑向她？

很快，厉鬼一只接着一只地向他飞扑过去。它们似乎对他坐以待毙的状态非常满意。迪伦在不知不觉中冲出了门。在沿着小路拼命狂奔的时候，她才意识到自己究竟在做什么。现在天色已经很暗了，身后屋内燃烧的炉火比逐渐消失的日光都要亮得多。要是他还是站着不动，要是她跑不过去……

"特里斯坦！"她气喘吁吁地飞奔向他，"特里斯坦，你在干吗？"

厉鬼不断地从她的脸旁飞过，她从没像现在这样这么轻易地就无视掉它们的横冲直撞。

"特里斯坦！"

他好像终于清醒过来，木然地转过身。他的四周还是围绕着一大片如同黑烟的阴影。他起先面无表情，然后像从恍惚中清醒过来似的恢复了正常。就在她撞到他身上的时候，他向她伸出了手。

"迪伦，"他轻声说，并很快控制住了局面，"快跑！"

他好像挣脱了桎梏住他的东西，用手死死地抓住她的手腕，把她抓得生疼，然后朝着她来时的方向飞奔。厉鬼们开始尖叫咆哮，但他跑得实在太快，它们根本就抓不住他，也同样无法将爪子伸到被他拖着跑的迪伦身上。特里斯坦一步一米，奋力抵抗着它们的抓咬。他低着头，咬紧牙关，抓着迪伦的手腕，一起冲进了安全屋。

"你来这儿干吗？"他们刚一进屋，特里斯坦就转身质问她。门外厉鬼的喧嚣声逐渐隐去，屋内静得落针可闻，他周身散发着强烈的愤怒。

"什么？"迪伦困惑地看着他。他见到她不开心吗？他眼中冰冷的怒火给了她答案。他盯着她的双眼充血发红，这并非因为周围的光线，而是因为害怕。

"迪伦，你来这儿干吗？"

"我……"迪伦张了张嘴，终究没有说出什么。她想象中的重逢并不是这样的。她想要的是热情的拥抱，而不是冰冷的质问。

"你不该来这儿。"特里斯坦继续说道，并开始焦躁地走来走去，然后一把薅住自己的头发，"我已经把你带到终点线了，你不该回来的。"

迪伦心头涌上一种异样的感觉。她脸颊发烫，胃里一阵翻腾。她的心脏突然在胸腔里一阵乱跳，让她感到一阵疼痛。她垂下眼睛，不想让特里斯坦看到她那正顺着脸颊流到下巴的大颗泪珠。

"对不起，"她看着地上的石砖说，"我错了。"

事到如今，她终于明白了。他当初的话并非出自真心，都是为了将她安全送达而哄骗她的谎言。她想起刚刚那个因她的愚蠢而被意外害死的女人，想到他们在逃跑时手牵着手的样子。那个女人也像她一样轻易相信了特里斯坦的谎言吗？迪伦死死地盯着地板，突然觉得自己幼稚得可笑。

　　"迪伦。"特里斯坦再次叫她名字的时候，语气温柔了很多，这给了她抬头的勇气。他停止了踱步，用渐渐软化的眼神仔细观察着她。她感到一阵尴尬，用力在脸上擦了几下，把还在眼眶中打转的泪水努力憋了回去。他朝她靠了过来，她拼命移开目光，但他一直走到她的面前，将他的额头贴在她的额头上。"你来这儿干吗？"他呢喃道。

　　还是同一句话，但这次不是指责，而是在询问。要是她能闭上眼睛不去看他，那这个问题就好答得多。

　　"我回来了。"

　　他叹了口气。"你不该这么做。"他顿了顿，"迪伦，你为什么要回来？"

　　迪伦困惑地吞了吞口水。现在他消气了，开始触碰她了，而且他的脸就在眼前，如果她敢抬眼看他，那她势必又会退缩。想知道真相，现在只有一个办法。她深深地吸了口气。

　　"为了你。"她静静等待着，但他什么都没说。至少她什么都没有听到。她还是没有勇气睁开眼睛。"你是认真的吗？你说过一句真心话吗？"

　　又是一声叹息，但其中还掺杂了沮丧、尴尬和后悔。迪伦等待着，身体微微开始颤抖。突然，一个温热的东西贴在了她的脸上。是手吗？

"迪伦，我在那件事上没有骗过你。"

她思考着他的话，呼吸不由得急促起来。他是认真的。他的确是喜欢她的。迪伦微微翘起唇角，但依然压抑着胸中泛起的暖意。她还不能确定他的心意，至少现在还不能。

"睁开眼睛。"

迪伦突然觉得害羞。她犹豫了一下，才缓缓睁开眼。她深深地吸了口气，慢慢向上看去，直到和他四目相对。他比她想象的要靠得更近，近到他们的呼吸已经交缠在了一起。他仍捧着她的脸，将她的脸拉近，然后吻上她的唇，而他蓝色的眸子始终盯着她的眼睛。这样吻了一会儿后，他放开了她，随后将她紧紧地拥在怀里。

"迪伦，我没骗过你，"他在她耳边低语，"但你不该来这儿。"

迪伦身体一僵，想从他的怀里挣脱出来，可他抱得很紧，让她动弹不得。

"再来一次也还是一样。我还是不能和你一起过线，你也不能一直待在这里。你看到那个女人的结局了，你也无法避免这样的事情，这里太危险了。"

迪伦听着听着，突然呼吸一滞，一股强烈的负罪感如潮水一般袭来。

"是我害死了她。"她的嘴贴着他的肩膀，虽然声音很轻，但特里斯坦还是听到了。

"不是，"他摇了摇头，嘴唇随之轻轻擦过她的脖子，激得她的皮肤如同蹿过一阵电流，"是我害了她，是我松开了她的手。"

"那是因为我……"

"不，迪伦，"特里斯坦打断她，语气变得更加肯定，"她由我全权负责，是我弄丢了她。"他深深地吸了口气，将她抱得更紧，紧到她无法呼吸，"我弄丢了她。这地方就和地狱一样，你不能待在这里。"

"我要和你在一起。"迪伦恳求道。

特里斯坦轻轻地朝她摇了摇头："这里不行。"

"那你就跟我走。"她央求道。

"我告诉过你不行，我根本去不了那里，我……"特里斯坦沮丧地咬紧后槽牙。

"那去另外一边呢？"迪伦再次挣扎，从他怀里挣脱出来。他想抱回她，但她奋力反抗。"去我的世界，我们一起回到火车上，我们可以……"

特里斯坦盯着她，生气地皱起眉头，然后慢慢摇了摇头，将一根手指竖在她的嘴唇中间。

"我不能那么做。"他说。

"你试过吗？"

"没有，叫是……"

"那你就不能轻易下结论。一个亡灵和我说过……"

"哪个亡灵？"特里斯坦眯起眼睛。

"是个叫伊莱扎的老妇人，就是她告诉我怎么回来的。她说是有可能的，只要我们……"

"有可能？"特里斯坦怀疑地重复着这个词，"迪伦，我们回不去的。"

"你确定吗？"她追问道。特里斯坦犹豫了。她发现他其实并不确定，那只是他的想法，并不等同于事实。

"我们就不能试一试吗？"迪伦问。她紧张地咬着下唇。如果他的话都出自真心，如果他真的像他说的爱她，那他就不想试一试吗？

特里斯坦摇了摇头，表情阴沉而落寞。"风险太大了，"他对她说，"你愿意相信那个老妇人，只是因为她说了你想听的话。但就我所知，你在这里非常危险。如果你继续待在荒芜之地，你的灵魂会很难存活。我明天就带你渡湖。"

迪伦感到一阵恶寒，不仅因为他的话，还因为脑中闪过了横跨那片水域时的情景。她向后退了一步，双臂环抱在胸前，一脸倔强。

"我不回去。我不要一个人回去。我要去火车那里。你和我一起吧，好不好？"说到最后，她近乎哀求。她就是在哀求他。她没打算一个人回火车里去。如果没有他的陪伴，那一切将毫无意义。她历经千难万险，就是为了重回他的身边。她之前没有任何把握，可她还是做了。难道他就不想冒一次险吗？为了她冒一次险？

她见特里斯坦舔了舔嘴唇，又吞了下口水，脸上的表情也松动了。他开始犹豫了。她怎样才能推他一把，让他答应呢？

"求你了，特里斯坦。我们就试一试吧？要是不行……"要是不行，就让厉鬼把她带走，反正她是不会独自回到终点线的，不过这个还是不提为好，"要是不行，你就再把我带回来。所以我们就试一试吧？"

他皱起脸来，内心非常纠结。"其实我不知道我可不可以这样，"他说，"我没的选……我的意思是，我没有自由选择的权利，迪伦。我的脚是不由我控制的。它们有的时候会逼我去我该去的地方。比如……"他低下了头，"比如它们当时逼我离开了你。"

迪伦思索着他的话。"你现在还是我的摆渡人。要是我从你身边跑开，要是我不愿意跟着你，逃跑了，那你是不是得跟着我？"

"对。"他拉长了尾音，没搞明白她的意图。

迪伦朝他笑了笑："那我来带路。"

迪伦知道自己还没完全说服特里斯坦，但他也没有继续劝她回去。他们紧挨着坐在那张单人床上，她给他讲起在终点线和他分别之后她所经历的一切。因为他从没经历她所经历的事情，因此对每一个细节都很感兴趣。在她讲到去见乔纳斯的时候，他唇角翘起。在她坦陈是那个纳粹士兵带她见了伊莱扎并帮她打开回到荒芜之地的门时，他的眼神又黯淡下去。他对凯里也很感兴趣，在迪伦向他说明档案室里的那些名册时，他惊讶地睁大了眼睛。

"你看到一本我的亡灵名册？"他问。

迪伦点了点头："我就是通过那个找到乔纳斯的。"

特里斯坦思考了一会儿："上面还有很多空白页吗？"

迪伦盯着他，不知道他为什么问这个问题。"我不太确定，"她说得含含糊糊，"可能还剩三分之一吧。"

特里斯坦点了点头。他看出了她的困惑。"我只是在想……要是我把我的名册都填满了，那我是不是就完成任务了。"他向她解释。

迪伦不知道该怎么回答他，也不知道要怎么驱散他眼中那种痛苦的悲凉。

"就挺神奇的，"他沉默了很久，然后开口道，"我都不知道我要不要翻看那个，我是说如果我有机会拿到它的话。我不知道自己看到那些名字会有什么感觉。"

"骄傲。"迪伦说，"你应该感到骄傲。上面所有的亡灵、所有的人，都是因为你才活下来的，你懂我指的是什么。"听到她的用词，特里斯坦投来一个戏谑的眼神，而她轻轻地肘击了他的肋骨。如果他们仍能思考，还有感觉，那他们就还是活着的，不是吗？

"我也觉得。有的时候仔细想想，我安全送达的亡灵要比我弄丢的多。"

迪伦想到那些被划掉的名字，喉咙不禁哽住了。

"我看见一些被划掉的名字。"她的声音很轻。

他点了点头："那应该就是被我弄丢的亡灵了，就是被厉鬼带走的那些。他们能被记录下来我还挺开心的，而且把他们和弄丢他们的摆渡人放在一起也还挺公平的。"

迪伦发出一声轻轻的抽泣，但马上把情绪憋了回去。特里斯坦转过头，关切而好奇地看着她。她只好向他坦白。

"那我也该有这样一本名册。"她轻声说。

"为什么？"特里斯坦一脸困惑，不明白她的痛苦从何而来。

"今天，"她的声音嘶哑，"那是我犯的错。那个女人的名字应该记到我的名下。"

"不，"特里斯坦转过身，用双手捧起她的脸，"不，我说了，那是我的错。"

她摇头否认，滚烫的泪水顺着她的脸颊滑下，滴到了他的手指上。"是我的错。"她已经无法发出声音。

他用拇指擦掉她脸上的泪水，轻轻将她拉到身边，把脸贴在她的脸上，额头相抵，下巴相贴。愧疚感依然在迪伦体内翻腾，但很快，这种感觉就被强烈的悸动盖了过去。因着他的触碰，她感到呼吸变得困难，浑身上下的肌肤掠过一阵酥麻，体内的血液也在翻腾奔流。

"嘘。"特里斯坦把她急促的呼吸当成了抽泣，于是轻声哄她。他微微翘起唇角，弥合了他们之间最后的一道缝隙。他温柔而缓慢地分开她的唇，在上面轻轻落下一个吻。他没有立刻满足她，而是瞬间后撤，用他钴蓝色的眼睛目光灼灼地看了她好一会儿，接着将她推到墙上，更加深入、更加热烈地吻了上去。

❀

破晓时分，天空清澈湛蓝。迪伦站在小屋的门口，满怀感激地看着天空。这样的荒芜之地比她此前经历过的那片沙漠火炉要好上一千倍。特里斯坦看到这样的天气时，不由得苦笑了一下。

"晴天。"他抬头看向明晃晃的天空，说道。

迪伦朝他露出一个俏皮的微笑。她的眼睛亮晶晶的，比荒芜之地上的绿色要明快得多，也漂亮得多。尽管心情沉重，但特里斯坦还是不由得朝她笑了笑。

这么做是行不通的，可迪伦就是不肯相信。他害怕她会极度地失望，且打从心底知道她马上就要面对这种失望，但眼下他努力不去想它。至少她还在他身边，暂时还安全，他应该尽情享受与她共度的这段他从不敢奢望的、多出来的时光。

他只盼着她不会变成他的名册上那个被羽毛笔轻轻划去的名字。

"我们出发吧。"迪伦说着，率先迈开大步走上了小路。在清晨的阳光下，峡谷显得开阔而迷人。她渐渐走远，但特里斯坦仍在门口犹豫不前。

她走了一百来米，发现石子路上只有自己的脚步声。他见她停了下来，微微歪头，侧耳去听他发出的动静。没过一会儿，她转过身来，惊恐地睁大眼睛，在看到他仍然站在原地时，朝他大声叫道："快点儿！"她露出一个鼓励的笑容。

他抿起嘴来。"我不知道我能不能做到，"他大喊道，"这是违反规则的。"

"试试嘛。"迪伦劝诱着。

特里斯坦无奈地叹了口气。谁让他答应她要试试的。他闭上眼睛，把所有注意力都放到脚上。动起来，他想着。他本以为什么都不会发生，以为自己会被粘在地上，会被一股强大的力量定在原地。

然而，他轻易地走上了小路。

特里斯坦立刻停了下来。他屏住呼吸，等待着一道闪电劈下，或是一阵剧痛袭来，等待着自己因为违抗那些不曾言明的命令而受到惩罚。但预想中的一切都没有来。他觉得难以置信，朝着迪伦走了过去。

"这感觉太怪了，"他走到她身边小声坦白，"我还等着什么东西把我拦下来呢。"

"那东西还没出现？"

"还没有。"他承认道。

"太好了。"迪伦胆子大了起来，和他十指交扣，向前走去。她轻轻拉了一下，特里斯坦就跟了上来。

峡谷这一路还算顺利。事实上，这一路其实相当不错。他们就像一对普通的年轻情侣，手牵着手漫步在乡间。周围既看不到厉鬼的影子，也听不到它们的嚎叫，但迪伦的心中并不平静，她知道它们一直都在。它们在她的肩头盘旋，盼着她分心、把目光从她的光球上移开。她想问特里斯坦，此刻他眼前的是怎样的景象，是她所看到的郁郁葱葱、满山帚石南的山丘，还是荒芜之地原本的模样。不过，她还是压下了心中的好奇。她担心一旦说起这个，一旦注意到这点，所有的幻象就都会消失，他们就要重新回到那个燃烧的太阳下。要知道，在那样的环境里行走可要困难得多。因此，她不打算开口，有的时候无知便是福。

出了峡谷，就是大片的沼泽地了。在这样温暖宜人的天气里，水塘里的水是不可能被晒干的，地上还是一片泥泞。迪伦嫌恶地看着它们，一股臭味扑面而来。她还记得她是怎么陷在泥里无法抽身的。在享受完峡谷的宁静之后，眼前的这片沼泽显然就是在提醒她，她还在荒芜之地上，危险依然会随时降临。

特里斯坦在她身边夸张地叹了口气。她疑惑地看向他，却见他投来戏谑的目光，并宠溺地笑了笑。

"要不要背你过去？"他提议道。

"你可太好了。"她对他说。

他翻了个白眼，但还是转过身，让她爬到他背上。

"谢谢。"她趴在他背上对他耳语道。

"嗯。"他没好气地应了一声。不过，她能看到，他的脸颊因为微笑而上扬起来。

其实，趴在他背上并不轻松，因为要一直保持一个姿势，她的胳膊很快就撑不住了。但特里斯坦没有抱怨，仍然在泥泞的地上摸索着往前走。即便背上多了一部分重量，他似乎也没有陷进任何一摊泥里。很快，他们就将沼泽甩在了身后。迪伦的眼前出现一座陡峭的大山，它静静地坐落在那里，耐心地等待着他们。她皱了皱鼻子，不满地哼了一声，觉得要说服特里斯坦背她上山似乎是不大可能的。

"你想什么呢？"特里斯坦问。

迪伦不想将自己的谋算和盘托出，于是提出了一个困扰她很久的问题。

"我在想……你离开我以后去了哪儿……"

她昨晚把自己所有的经历都告诉了他，唯独避开了这个问题。她不想旧事重提，不愿再次提起他是如何欺骗和背叛她的。

特里斯坦听出了她真正想问的问题。

"对不起，"他说，"但我不得不那么做。"

迪伦吸了吸鼻子，决定不表现出难过的样子。她不想让他愧疚，也不想让他知道她曾经有多么伤心。好在他没有亲眼看到她崩溃的样子，她想。

"都过去了。"她轻声说着，捏了捏他的肩膀。

"不，"他坚持说，"我骗了你，真的很抱歉。可我当时觉得……我觉得那样才是为你好。"最后几个字他越说越不自然，迪伦的喉咙不受控制地哽住了，"可我却看见你因为我大哭……"他的声音颤抖起来，"那比被厉鬼撕咬还让我难受。"

迪伦用极小的声音问："你当时看得到我？"

他点了点头。"只有一分钟左右。"他酸涩地干笑一声，然后笑声戛然而止，"这是我之前最喜欢的部分。在那一分钟里，我只需要忠于自己，不用再对别人负责。我可以快速地看一眼那边的世界，虽然都是一闪而过，但我能在那个时候看上一眼亡灵心中的故乡。"

在他背上的迪伦突然僵住了。她记得乔纳斯也说过同样的话。他当时瞬间就被传送回了家乡，回到了斯图加特。

"可我没有，"她说得很慢，"我没有离开荒芜之地。"

"我知道。"他叹了口气。

"为什么？"她疑惑地问，"为什么我没被送到别的地方？"

特里斯坦向前走了三大步。"我不知道。"他喃喃地说，可他的语气没有任何说服力。

特里斯坦觉得脚下的地面开始变硬，于是将她放了下来。起初迪伦噘着嘴，贪恋着紧紧依偎着他的温暖和不用走路的惬意，不过他很快又拉起她的手，低头朝她扬起唇角。她也对他笑了笑，可在看到面前陡峭的山坡时，她脸上的笑容瞬间就消失了。

"你知道的，我真的很讨厌爬山。"她心如死灰地说。

特里斯坦安抚性地捏了捏她的手，看向她的目光中带了一丝惆怅。"我们随时都可以回去。"他说着，指了指身后的沼泽。

"我们是不会回去的。"迪伦回他。此时天空万里无云，太阳已经过了正午最高的位置，逐渐开始西斜。

"好，"特里斯坦轻声附和道，"我们不回去。"

"回去对我来说没有任何意义，"她继续说，"要是不能和你一起，我就不会回去。"

特里斯坦做了个夸张的表情，但并不打算争辩。"那就走吧。"他说着，拉着她的手向山上走去。

他们一步一步地艰难向上。迪伦感到小腿逐渐酸胀，呼吸也变得急促起来。他们越往上爬，风就越大。随着午后时光的流逝，他们头顶上积聚起大片大片的乌云。虽然气温在逐渐降低，但迪伦还是累得汗流浃背。因为手心里出了很多汗，她不好意思地将手抽了回来。虽然早晨风和日丽，但覆盖着厚厚的草丛和帚石南的地面仍然满是湿气。湿气从她的牛仔裤裤脚一点点地渗了上来，那种熟悉的不适感又回来了。

"我们能慢一点儿吗？"她气喘吁吁地说，"要不休息一会儿？"

"不行。"特里斯坦回答得简短而干脆。迪伦回过头，惊讶地发现他正看着天空。他脸上充满不安，嘴唇不悦地向下撇着。"天很快就黑了。我可不想你被困在这里。"

"只要一分钟，"迪伦央求道，"我们不是连它们的声音都还没听到吗？"

她话音刚落，沙沙的风声就出现了变奏，旋律中加入了更加尖锐和激烈的嚎叫。是厉鬼来了。

特里斯坦也听到了。"快走，迪伦。"他命令道。他牢牢抓着她的手，她试图挣脱，但他毫不理会，大步流星地朝山上走去。

第二十八章

特里斯坦知道迪伦累了。从她沉重的脚步和吃力的呼吸声中，他听得出来；从她每走一步就用胳膊将他向后扯的动作上，他感受得到。尽管他心里并不好受，可一旦夜幕降临，若他们还被困在这座山上，那些厉鬼绝对不会放过他们。迪伦似乎不再畏惧它们了，也或许是因为她觉得有了他的保护，她就可以安然无虞，但她这样以身犯险无疑是愚蠢的行为。她完全察觉不出它们的怒气，可他非常清楚，这群厉鬼现在已经变得出离愤怒，因为它们不仅没能在她最初穿越荒芜之地的时候抓住她，且在她独自回来，没有摆渡人替她阻挡它们的攻击时，再次被她打败。

它们决心让她为她的傲慢付出代价。

特里斯坦想起自己当初向她做过的保证。他承诺永远不会将她弄丢，绝对不会让她被厉鬼抓走。他当时是那么信心十足，可事到如今，他却有些说不准了。迪伦已经让游戏规则发生了改变，他也随之发生了改变，而且尚不清楚新订立的所有规则。尽管他已经找到一些头绪，但这丝毫没法消除他的忐忑。

他爬上山顶后停留了片刻，迪伦很快赶了上来，稍稍喘了口气。尽管这并不是他们回到火车山洞那一路上的最高峰，但站在这座山上，已足够他们将周围绵延起伏数千米的山峦尽收眼底了。

远处向下倾斜的山坡上或是向上蜿蜒的山谷中，正翻滚着其他摆渡人的光球，他们和他一样，都在催促着自己的亡灵前往安全的地方。说来奇怪，他平时是不会留意他们的。可他如今觉得自己就像海中一颗逆着潮水前行的鹅卵石，他身体的所有本能都在要求他转身加入他们，回到前往荒芜之地尽头的队伍当中，但他奋力地抵抗着这种冲动。

黑夜即将来临，重新折返对迪伦来说就意味着死亡。

"快走，"他催促着继续赶路，"就快到了，迪伦，安全屋就在山脚下。"

"我知道。"她轻声说。她的呼吸终于平缓下来。

她当然是知道的，她之前来过这里。特里斯坦暗自苦笑着继续向前走去，在布满碎石的山坡上，他用双脚不断探索着安全的路线。

❀

尽管特里斯坦一路忧心忡忡，但他们还是顺利地跑下了山坡，在天还没有黑到厉鬼可以现身的时候，就成功地关上了安全屋的门，把厉鬼们沮丧的嚎叫隔绝在了屋外。他如释重负地叹了口气，把头靠在那扇变了形的木质门框上休息了片刻，然后走到炉边开始生火。迪伦站在窗边，一动不动地凝视着屋外，而当他点燃炉火后，从背后环住她的腰时，她还是没有任何反应。

"你在看什么？"他在她耳边轻声问道。

"什么都看不见，"她皱起眉头，声音很轻，"可我觉得并不应该这样，对吧？他们肯定在那儿，你能看见吗？"

"你是说厉鬼？"

"不，"迪伦摇了摇头，"是别的亡灵和摆渡人。"

特里斯坦沉默了好一会儿，终于开口："我看得到。"

迪伦神情凝重地点了点头，默默陷入了沉思。他将头靠在她的肩上，从余光中看到她的嘴角垂了下去。

"天快黑了。"她说。

"是啊，"他应和着，将她搂得更紧了些，"但我们是安全的。"

他的话并没有让迪伦脸上的担心消散。

"那些厉鬼是进不来的，迪伦，你知道的，我保证我们绝对安全。"

"我知道。"她呢喃道。

"那你怎么了？"

"外面还有多少亡灵？"她问，转身面向他，目光灼灼，眼中映照着炉火的光亮。

特里斯坦盯着她看了一会儿，然后将目光转向窗外，向远处扫了一眼。

"不多，"他说，"大部分已经进了他们的安全屋。"

她重新看向窗户，伸出一只手，慢慢地放到玻璃上。窗外顿时传来一声声嘶叫，特里斯坦很想拉开她的胳膊，他可不想让厉鬼们觉得她是在挑衅它们。

"你能让我看到他们吗？"她突然问，"就像之前只有我自己的时候看到的那种？"

"你想干吗？"他问。

她耸了耸肩："我就是想看看而已。"

这个要求倒也无伤大雅，但特里斯坦还是被她眉头紧锁、嘴唇紧抿的古怪表情吓到了。他叹了口气，将她拉了过来，将自己的太阳穴贴在她的太阳穴上。他集中精神看向窗外，强迫自己剥去地表的草丛，露出里层的地狱。迪伦轻轻地倒吸一口凉气，他知道已经奏效了。

　　"我看见他们了！"她小声叫道，"就和之前一样！"她顿了顿，"他们在干吗？"

　　特里斯坦的声音变得冷肃："逃命。"

　　他们在屋里待了没几分钟，壁炉里的火团甚至都没完全烧旺，夜晚就倏忽而至。天光渐渐变暗，外面还有三个亡灵，他们在摆渡人的催促下，正疯狂地在通向安全屋的最后一段路途上冲刺着。特里斯坦紧紧抿唇，整个脸都皱在了一起。他们不可能全都幸存下来。

　　他突然将脑袋移开，迪伦眼前那片红色的荒芜之地随之消失。

　　"嘿，别！"她猛地转身面向他，"让我看看！"

　　"不行。"

　　"特里斯坦，让我看看！"

　　"你不会想看的，迪伦，我敢肯定。"

　　她突然脸色苍白，他见她思考着他的话，然后吞了吞口水。"谁在外面？"她声音沙哑地问。

　　他紧紧抿住嘴唇，不愿开口。

　　她朝他迈近一步，又问了一遍刚才的问题："谁在外面，特里斯坦？"

　　他叹了口气，不想看到她的反应，于是将目光再次投向窗外。他清楚地看到那里有三个掉队的亡灵。

"一个老头、一个女人，还有……"他的声音逐渐变小。

"还有？"她追问道。

"一个在学走路的小孩，小女孩。"

迪伦用手捂住嘴巴，冲到窗前，把脸贴在窗玻璃上。

"她在哪儿？"她急切地问，"她还在外面吗？我要看看，特里斯坦！让我看看！"

他摇了摇头，她从窗户的反光中看到了他的表情。

"特里斯坦！"

"不行，迪伦。"他交叉双臂抱到胸前，态度异常坚决。本来自己看到这样一幕就很糟糕了，他决不能让迪伦亲眼看到这么可怕的场面。那个女人已经不见了，她已经安全到达了她该去的地方。可是那个老头已经被拖到了地下，只是在他被抓走的地方还徘徊着两三只厉鬼。

只有那个小孩还留在那里。不知道她是怎么坚持到现在的，不过她肯定撑不了多久了。

"出什么事了？"她一边质问，一边用力地拍打着窗户。他被吓了一跳。玻璃虽然在拍打下微微晃动，但还算坚固。"让我看看，特里斯坦！到底怎么了？"

怎么了？那孩子被厉鬼重重包围了。特里斯坦基本已经看不见她了，只能勉强看出她的轮廓，她被她的摆渡人紧紧抱在怀里，尽管距离很远，但他还是能看到她脸上惊恐的表情。她正流着泪，闭着眼，张大嘴巴，尖声哭号着。这一幕烙印在了他的脑中，他知道这又将成为一段他无法忘掉的记忆。

"特里斯坦！"迪伦的一声尖叫把他重新拉回到屋内，"出什么事了？"

"他们被围住了。"他柔声说。

她咬着下唇，神情逐渐绝望。她更用力地将脸贴到玻璃上，好像这样就能伸手拉住他们似的。她突然转过身来看向他。特里斯坦举起双手，朝后退了两步。他知道她要说些什么。

"你得帮帮他们！"她说。

他朝她摇了摇头："我不行。"

"为什么不行？"

"就是不行。摆渡人只对自己的亡灵负责，不能越俎代庖。"

迪伦难以置信地瞪着他："但这也太荒谬了！"

"本来就是这样。"他激动地说。

她背过身去。他被她的苛责深深刺痛，这并不是他的错，规则又不是他制定的。

"他们还离得很远吗？"她轻声问。

特里斯坦再次看了眼窗外。他们还在那里。

"不远了，"他告诉她，"不过他们肯定撑不下去。厉鬼太多了。"

太多了。迪伦闭上眼睛，贴着冰冷玻璃的额头逐渐变得麻木。她依然记得厉鬼对她的撕扯抓咬，记得它们穿透她身体时那彻骨的寒冷和无尽的恐惧。想到那个可怜的孩子也在经受这样的痛苦，她不由得湿了眼眶。这对她太不公平了，她不该承受这一切！

特里斯坦怎么能眼睁睁地看着这样的事情发生？

她的脑中突然闪过一个疯狂的想法。特里斯坦说不远了，因此应该要不了多长时间，也许一分钟，甚至几秒钟就可以，他们所需要的就是有什么东西能把厉鬼的注意力从他们身上引开……

她猛地转身，冲到门口。此刻，她周身涌动着肾上腺素，坚定的决心已经压倒了本能的恐惧。只要分散它们几秒钟的注意力就好，她一定可以做到。

"迪伦！"特里斯坦大喊了一声。她听到他试图阻止她，想抓住她，她感受到他的手指从她手背上划了过去，但他慢了一步，她已经冲出了小屋。

她不知道要跑向哪里，也不知道那个被围攻的亡灵的具体位置，于是索性朝着安全屋的反方向冲去。身后传来特里斯坦咚咚的脚步声，他追了出来，生气又慌张地喊着她的名字。然而，就在刹那之间，特里斯坦的声音被彻底淹没，巨大的咆哮声和嘶叫声钻进了她的耳朵。沉闷的气流在她的周身涌动，她觉得自己仿佛浸泡在了冰冷的水中。她的胳膊起了一层鸡皮疙瘩。她没有停下，继续拼命奔跑。如果厉鬼已经缠上了她，那就说明她的计划奏效了。

突然间，什么东西抓住了她，她像被钳子夹住似的动弹不得，这力道比以往她在厉鬼身上感受到的要大得多，还让她感到一阵暖意。迪伦已经意识到发生了什么，下一秒就听到特里斯坦在她的耳边怒吼起来："迪伦，你到底在干吗？"

她没有理他。他努力把她往回拽，却遭到了她的抵抗，她仍然在黑暗中徒劳地搜寻着。

"他们还在这儿吗？你能不能看到他们？"

"迪伦！"特里斯坦拽住她，力气大得惊人。他拉着她一步一退，而她还在不断地挣扎。"迪伦，别闹了！"

迪伦感觉好像遭到了四面八方的攻击，很难分清哪些来自厉鬼，哪些来自特里斯坦。她感到脸上一阵灼痛，头发被不断撕扯，一簇一簇地从头皮上被揪了下来。特里斯坦的手臂紧紧地箍在她的腰上，让她透不过气来。在和他纠缠的过程中，她踉跄了一下，脚绊在特里斯坦的腿上，整个身子重重地砸向地面。厉鬼们高兴地咯咯笑了起来，迪伦这才第一次意识到，她的所作所为赌上的，是她的生命，以及和特里斯坦共度的余下时光。

她在外面待多久了？一分钟？还要再多几秒钟吗？那样应该就够了吧？她骤然停止了对特里斯坦的反抗，任由他把自己拖回安全屋，拖回到那燃烧着炉火的光亮处。

特里斯坦再次砰地将门关上。他背靠在门上，大口地喘着粗气，努力平息惊吓带来的快速心跳。迪伦跌跌撞撞地走到屋子中间，看向特里斯坦，但他一直看着前方，竭力压抑着胸中的怒火。

"他们安全了吗？"她轻声问。

"什么？"他猛地转过头来，怒视着她。

"那个小孩和她的摆渡人，他们安全了吗？我当时想着……我当时想着，要是我能引开那些厉鬼的话……"

特里斯坦震惊地看着她。"你就为了这个？为一个完全陌生的人去牺牲自己？"他的声音越来越大，音调也越来越高，"迪伦！"他不知道说她什么好，一时陷入了沉默。

"他们安全了吗？"她又重复了一遍，语气温柔，像是轻声的责问。

"是的。"他从牙缝中挤出两个字。

迪伦露出一个腼腆的微笑。这个微笑让特里斯坦更加恼火。他们的幸免于难给她提供了某种凭证，证明了她所做的是正确的事情。他不由得咬了咬牙。

"永远、永远都不要再做这样的事了！"他命令道，"你知不知道你刚才差点儿就被抓走了？"

迪伦低下头，终于有了悔意。"对不起。"她小声说，比起就此消失，此刻她更害怕他的愤怒，她的身体开始颤抖起来，"我就是觉得必须做点儿什么。我不能再一次眼睁睁地看着有人被抓走。"

泪水模糊了她的视线，特里斯坦的表情终于软化下来。

第二十九章

在迪伦看来，特里斯坦气消得很慢。他坐在屋里一把硬靠背椅上，双臂交叉抱在胸前，目光牢牢地盯着壁炉。她试过挑起话头，但还没来得及展开，就都被他堵了回来。她只好退回到那张又窄又难睡的床上，枕着自己的手臂侧身躺下，默默凝视着他的背影。

她并不后悔。自从因为她的冒失害死了那个可怜的女人后，她就一直背负着强烈的罪恶感，现在这罪恶感终于有所减轻。尽管她知道她再也无法让那个亡灵重新回来，但至少她刚刚做了件好事。她既没有受伤，也没被抓走，因此特里斯坦真没什么好生气的，她想。

然而，特里斯坦其实没在生气。他凝视着壁炉的炉膛，感受不到怒火的燥热，反而因看不清前路的那种迷茫而阵阵发冷。他充满了担心。他们已经在返回火车的途中，已经克服了最凶险的障碍，但这些还是没有让迪伦停下，没能让她放弃这种鲁莽的尝试，进而重新回到荒芜之地终点的那头，回到那个安全的地方。他不明白自己为什么没和她据理力争，为什么任由她拽着自己将她带离她原本该待的地方。答案不言自明。只是这个答案让他更加恼火。

他希望她是对的。

软弱，他想。他太软弱了，他就这么向她屈服了，任由自己抱有幻想，幻想在这段旅程的终点，他们或许真的可以天长地久。这就是软弱。就在今晚，这软弱差点儿害死她。可是，当他回头看到她倔强地睁着大大的眼睛，强烈渴望着他的安慰时，他就知道自己是没办法拒绝她的，他也没办法控制局面，强迫她跟他回去。他知道他是可以这么做的，他早些年就这么做过。

他是可以，但他不想。

特里斯坦叹了口气，站起身来，用脚将椅子推到一边。"那玩意儿躺得下两个人吗？"他一边问，一边指着那张不太结实的床，信步走到她身边。

迪伦朝他笑了笑，脸上的表情终于放松下来。她往墙边挪了挪，腾出刚好够他躺下的空间。他们的身体紧紧贴在一起，他必须搂着她的腰，否则就有掉下去的可能。她倒是并不在意，嘴角的弧度咧得更大了些，脸颊也微微泛起了红晕。

"刚才的事，我真的很抱歉，"她对他耳语道。她微微皱了皱眉，然后换了个说法："让你担心了，对不起。"

特里斯坦苦笑着撇了撇嘴。那完全就是两码事。不过，既然她道歉了，那就算了。

"我再也不会那么做了，"她补充道，"我保证。"

"很好。"他咕哝了一句，轻轻地在她额头上落下一个吻。"休息吧，"他低声说，"明天还要走很多路。"

他挪了挪，翻身平躺下来，然后把迪伦拉到胸口处。迪伦将头靠在他肩上，默默地笑了笑。要是凯蒂现在见到她会怎么样？凯蒂肯定不敢相信。要是她和特里斯坦真的可以回去，那她们在 MSN 上可就有的聊了。她努力想象着特里斯坦坐在她旁边上课、写作文、看着纸飞机从头上飞过。他会怎么看待楷校中学的那些白痴呢？可能会露出震惊的表情吧？迪伦轻声笑了起来，可当特里斯坦抬眼好奇地看向她的时候，她却不肯做出任何解释。

✿

清晨的荒芜之地上笼罩着一层薄雾，薄雾遮住了远处那些山峰的峰顶。特里斯坦什么都没说，只是将针织衫的袖子拉下来包住胳膊。他看向迪伦，她的T恤又薄又破，根本无法抵御早上寒冷的天气。

"给你，"他说着，将胳膊从衣袖里抽了出来，"穿上这个。"

"你确定？"迪伦虽然嘴上这么说着，但手已经伸过去接了。她充满感激地把那件厚厚的针织衫套到头上，然后将袖子往下拉，直到完全盖住手。"哇，这就好多了。"她说。衣服上残留着特里斯坦的体温，贴在她皮肤上的时候，她不由得微微战栗。

特里斯坦朝她咧嘴一笑，眼睛上下打量了一番。她回给他一个俏皮的微笑。她觉得自己可能看着就像个穿了大人衣服的孩子。尽管这件针织衫大得离谱，可它确实非常舒服，而且在她低头想让鼻子也暖和一下的时候，还闻到了上面残留的他的味道。

"准备好了？"他问。

迪伦看了看最近的那座被云层遮住山顶的小山，愁眉苦脸地点了点头。

他们的进程很平稳，整个上午都在爬山。尽管缭绕着的雾气渐渐朝着更高的空中退去，但依旧没有完全消散，气温还是没有回升。虽然迪伦说她要带路，但开道的任务还是落在了特里斯坦的头上。他必须这么做，因为迪伦根本不知道该往哪儿走。她努力地回想着第一次踏上这段旅程的情形，当时他们是朝着反方向走的。她那时知不知道自己已经死了？

就在这时，她看到了一个熟悉的东西，她记得这东西。

"啊！"她大叫一声，突然停了下来。

特里斯坦没有立刻止步，又走了两步，才好奇地回头看向她。

"怎么了？"

"我认识这个地方，"她说，"我有印象。"

那是一片草地，长满了郁郁葱葱的青草，其间点缀着紫色、黄色和红色的野花。草地的中间优雅地盘踞着一条细细的土路。

"我们快到安全屋了。"她说。果然，她刚说完，一抬头就看到了草地那头的小屋。就是在那间小屋里，她得知了自己为什么是唯一从火车里爬出来的人。

尽管太阳被遮住了，但阳光依然很强烈，他们这次终于不用急着赶路了。特里斯坦似乎对这样的散步很是享受，和迪伦十指紧扣。这条小路容不下两人并排行走，于是他们的腿有时会轻轻擦过草地上的野花，然后空中就会飘散出淡淡的香气。这画面太美，美得就像在梦中。

这个念头牵动了迪伦记忆深处的某些东西。是那个在这一切疯狂开始前她做的最后一个梦，在那个梦里，她和一个帅气的陌生人也在牵手漫步，不过和现在的场景不同——梦中潮气弥漫的森林被此刻宁静优美的草地所取代，但那种幸福完满的感觉却是相同的。尽管梦里的男人没有真正露脸，但迪伦本能地认为那就是特里斯坦。难道她的潜意识已经预知了这一切的发生？难道这一切都是命中注定的？是命运使然？好像不大可能，可是……

"你知道吗，我有个想法。"她不想破坏这一刻的宁静，说话的声音很轻。

"说来听听。"特里斯坦略带警觉地鼓励她说下去。

"是有关我跨过终点线的事。"

"嗯哼。"他应了一声，示意她继续往下说。

"嗯，我觉得……"她把特里斯坦的手握得更紧了些，"我觉得我没有离开荒芜之地，是因为我注定就该待在这里。"

"可你不该待在这里。"他立马反驳她。

"我知道，"她对他笑了笑，没有因为他紧拧的眉毛而退缩，"但我觉得我注定就该和你在一起。"

特里斯坦没再接话，迪伦也没再看他，没去揣测他的反应。她将视线转向了周围，欣赏着眼前的美景。她知道她是对的，有了这份确信，她感到内心获得了彻底的宁静，并感到踏实。她觉得这个本不属于她的地方，仿佛突然给了她家的感觉。

"你知道吗，会很有意思的。"她若有所思地说，想借此打破特里斯坦造成的沉默。如果他正想着如何否定她的话，那她并不想听。

"什么有意思？"他喃喃地问。他松开了她的手，紧接着抬起一只胳膊，搂住她的肩膀，用手指拨弄着她头上一缕不听话的头发。

一阵过电般的感觉传遍迪伦全身，她脖子上的汗毛瞬间竖了起来。她难以集中精神，但特里斯坦却转过脸来，等着她的回答。

"再次回归正常的生活。"她说，"你懂的，就是吃喝、睡觉，还有和别人聊天。回到我以前的生活，假装这一切都没发生。"这时，她想到了一个问题："我……我会记得这些事的，对吧？"

特里斯坦想了好一会儿，接着她感到他耸了耸肩。

"我不知道，"他坦白道，"你在做一件别人都没做到的事。我不知道会发生什么，迪伦。"

"是'我们'在做一件别人没有做到的事。"她纠正道。

他没有应声，但她看到他微微抽动了一下嘴角，微微皱了皱眉。

迪伦叹了口气。或许不记得会更好。那样的话，重新做回楷校的学生，做回那个总爱和妈妈吵架、不得不和家附近的那些白痴打交道的姑娘，就会变得容易很多。她现在已经无法想象自己还会不会去做那种事了。

或许那样会更好吧。

她意识到还有一件事她必须记住。她转过头，发现特里斯坦正在看着她。他的表情让她觉得他似乎能读出她脑中的想法。

"我会记住你的。"她轻声说。

她不确定自己是在安抚他，还是在安慰自己。

特里斯坦伤感地朝她笑了笑。"但愿吧。"他回答道。他低下头，在她的嘴唇上浅浅留下一吻。当他抬起头时，她发现他的拇指和食指间捏着一朵小花，小花纤弱的枝叶都快被它鲜艳的紫色花瓣压弯了。"给你，"他将小花插进她浓密的头发，"很衬你眼睛的颜色。"

在放下手的时候，他的手指轻轻滑过她的脸颊，她的脸瞬间涨得通红。特里斯坦不禁笑出声来。他再次牵起她的手，为了以防万一，他还是轻轻拽了拽她，敦促她加快一点儿速度。

在迪伦看来，那个晚上一晃就过去了。但同时，她又觉得过得不够快。她想认真体会和特里斯坦在一起的每一秒钟，但又忍不住会担心，一旦他们陷入沉默，他就会想方设法地找各种理由来说服她掉头回去。不过他心情很不错，一晚上谈笑自若。她不知道他是不是在强撑，但还是不由自主地被他带动起来。他甚至还说服她和他跳了舞。他当时哼了首歌，在只有被关在屋外的厉鬼做伴奏的情况下，哼得有点儿跑调。

当窗外的光线开始发生变化时，她还没有做好心理准备。可在黎明即将到来的时候，她又开始催促特里斯坦，急切地想要出发。然而，他却慢条斯理地踩灭壁炉里还未熄灭的余烬，再用鞋子将散落的灰烬归拢到一起。尽管接下来实在找不到拖延的理由了，他还是坚决不让迪伦在太阳爬上东边的第一座山顶前就把门打开。

“我们现在能走了吧？”当阳光终于透过窗户洒进屋里时，迪伦哀怨地问。

“走吧，走吧！”特里斯坦虽然语气不耐，却宠溺地对她笑笑。见她那么急切，他无奈地摇了摇头。“以前到了早上，我怎么都叫不动你，恨不得直接把你拖出门去。”

迪伦想起她当时噘着嘴、发着牢骚的样子，朝他咧嘴一笑。“你当时肯定觉得挺惨的。”她恳切地说。

他笑了起来。“惨倒不至于，可能‘噩梦’要更准确点儿……”他越说声音越小，然后朝她挤了挤眼睛。

“噩梦！”迪伦离开了她在门边的“岗哨”，玩闹着推搡他的胳膊，“我才不是噩梦！”她转身看向屋外那片等待着他们的无尽山丘，“好像这么走要轻松一些，像在下坡一样，”她耸了耸肩，又转过头来，假装生气地瞪着特里斯坦，“所以赶紧走啦！”

迪伦的热情一直持续到爬上第一座山的半山腰，然后她就感到腿酸，左腹深处一阵刺痛，每喘一口气，都像被针扎了一下。然而这时，特里斯坦却一心赶路了，对她的抱怨和休息片刻的提议充耳不闻。

"还记得我们上次花了多长时间才到的小屋吗？"当他被她的牢骚磨得失去最后一点耐心时，大声吼道，"当时厉鬼抓住了我们，我差点儿就失去你了。前面还有很长的路，而且别忘了，这是你的主意。"他提醒她。

迪伦吐了吐舌头，对着他宽阔的后背做了个鬼脸。她对最后这个安全屋没抱什么期待，因为她记得那就是个彻底的废墟，没有屋顶，只剩一面还立着的墙。那是他们和隧道之间最后一道真正的屏障。迪伦知道，而且确信，特里斯坦一定会利用最后这个机会劝她放弃。

由于特里斯坦一路疾行，他们成功地躲进了安全屋，厉鬼们此刻只能在他们身后发出微弱的声响。炉火欢快地噼啪作响，他在她对面坐了下来，一脸严肃地看着她。

她猜得没错。

迪伦默默在心里叹了口气，但脸上没有表现出任何异样。

"迪伦……"特里斯坦犹豫了一下，咬了咬脸颊内侧，"迪伦，出了点儿问题。"

她抿起嘴唇，忍着没有发火。"听着，我们之前已经讨论过了。你答应要试一试的，特里斯坦。我们都走到这儿了，现在还不能回去，除非……"她停了下来，因为他抬手打断了她。

"我说的不是这个。"他说。

迪伦正打算接着刚才的话说下去，听他这么说，不由得皱起了眉头，眨了眨眼。

"那你说的是什么？"

"是我……我出了点儿问题。"

"什么意思？"她睁大眼睛，定定地看着他，突然紧张起来，"你怎么了？"

"我不知道。"他略微有些颤抖地呼出一口气。

"你不舒服吗？你生病了？"

"没有……"他说得很犹豫。

迪伦心下一片冰凉："特里斯坦，到底怎么了？"

"你看这个。"他柔声说。

他掀起 T 恤，露出了腹部。迪伦最先注意到的是他肚脐下方一小块金色的汗毛，但很快，她就看到问题出在了哪里。

"这是什么时候弄的？"她轻声问。

他的腹部右侧偏上有一道呈锯齿状的红色伤口，且已经发炎肿胀，它的旁边还有一些较浅的划痕。

"厉鬼攻击你的那天。"

迪伦震惊地看着他，一句话都说不出来。她从没想过自己的举动可能会伤害到特里斯坦，可事实却是，他现在在座位上挪一下身体都觉得痛苦。他是怎么瞒了她整整两天的？这难道不是因为她太自私、根本就没有注意到他的异常吗？她对自己充满了厌恶。

"对不起，"她喃喃地说，"都是我的错。"

他放下 T 恤，把伤口遮了起来。"不，"他摇了摇头，"我说的不是这个，迪伦。我想说的是这个伤口。"她一脸茫然地看着他。"它一直没有愈合，"他解释道，"按理说，它现在应该早消失了。以前就算我受伤了，伤口过上几天也就愈合了。可是现在……就好像我……我……"他皱起了眉头。

迪伦震惊不已，就那么愣怔地看着他。他刚才想说的是"就好像我是人类"吗？

"还有，"他接着说，"我——我离开你的时候，"他说得有些磕磕巴巴，"去接下一个亡灵玛丽，我的样子没有发生任何变化。"

迪伦只做出了"什么"的口形，没能发出声音。

"我就一直保持着现在这个样子，"他顿了顿，"之前从来没发生过这种事。"

迪伦沉思了好一会儿。"你觉得这意味着什么？"她终于开口道。

"我不知道。"他喃喃地说，强压住心中升起的那个希望，就是那个隐秘的、他自己都不敢承认的希望。他笑出声来："再说，我本来不该出现在这里。"

"为什么？"迪伦不解地皱起眉头。

他耸了耸肩，似乎答案就摆在眼前。"我在弄丢玛丽的时候，就该被派到下一个亡灵那里。"

"但是……但是我当时在那儿。"

"我知道，"他点了点头，"开始我也以为是因为这个我才没走，以为在我把你再次安全送到之前，我都得继续待在这里。但可能并不是这样，可能我……"他犹豫了一下，想找个合适的词，"可能我出了问题，或者诸如此类的，"他朝她飞快地咧嘴一笑，"我是说，我真的不应该像这样倒着往回走。这有问题，迪伦。"

"可能你不是出问题了，"她缓缓地说，"而是被修复了。可能就像你说的，你在完成足够多的摆渡任务以后，就不用再做了。"

"这是有多少个'可能'啊。"他温柔地对她笑了笑，"我不知道，我真的不知道这意味着什么。"

迪伦似乎并不像他那么忐忑和小心。她坐得更直了些，目光灼灼地咧嘴笑了起来。"嗯……嗯，除了那个……"她用下巴指了指特里斯坦身体受伤的那侧，她现在才发现，他一直在用右臂护着那里，"好像剩下的对我们都很有利。可能我们只要顺其自然就行。"

"可能吧。"他说，但眼中还是充满怀疑。他并不想对迪伦言明，可在他的心底，一直有个困扰着他的念头。他们在荒芜之地上折返得越远，他的伤势似乎就越重。迪伦觉得自己是在奋力重返人间。特里斯坦却不禁怀疑，等待着他的，会不会是截然不同的结局。

　　尽管迪伦在特里斯坦面前表现得信心十足，可一想到要回到火车隧道里，回到自己的身体里，她就不由得紧张起来。她回想起乔纳斯的警告，她在回到自己的身体时，身体还将维持着出事时的样子。她真希望当时车厢里没有那么黑，因为她不知道自己伤得有多重，也不知道她的灵魂是怎么分离出肉身的。她完全无法想象当她从身体里醒来时会有多疼。

　　最糟糕的是，她害怕自己在火车上醒来时，又变回孤身一人；她害怕在好不容易重返人间、回到原来的生活后却发现特里斯坦再也不在她身边。她不知道要如何面对那样的状况。她现在唯　能做的，就是怀抱希望，甚至是祈祷命运不要对她如此残酷。

　　这是一场豪赌，虽然她每每想到这个，胃里就会不断翻腾而让她恶心不已，但她别无选择。特里斯坦非常坚定地表示过，他的身体是无法越过荒芜之地的终点线的，但他又不肯让她留在这里。那他们还能去哪儿呢？

　　明显无处可去。

　　她一路忧心忡忡，可不知怎的，在他们走完最后一天的路程时，太阳依然高悬，空中没有一片云朵。迪伦觉得除了她和特里斯坦在一起这个原因外，没有什么别的理由能解释。只要和他在一起，她就能挨过一切困难，坚定地生存下去。阳光很好，她的心情也跟着好了起来，她不由得将那些烦人的念头统统压到心底，将它们驱赶到属于它们的阴暗角落。

迪伦本以为她能认出这段行程的终点，会有一些她熟悉的地标告诉她他们就快到了，血脉偾张的时刻就要来了。可是最后一座山和之前经过的那座山，以及再之前经过的那座山都没什么区别。他们就那么猝不及防地站在了山顶上，然后一段锈迹斑斑的铁轨就突兀地出现在了山下。

就是这里了。这就是她丧命的地方。她俯瞰着那段铁轨，等待着心头涌起怅然、悲伤，甚至是痛苦的情绪。然而，她感到的只有恐惧和焦虑所带来的不适，以及今天总会冒出来的那种紧张感。她将紧张感咽了下去，并下定了决心。

她把手伸进牛仔裤口袋，轻轻抚摸着特里斯坦送给她的小花，小花的花瓣像缎子一样柔软。小花在被他摘下的那一刻就已经枯萎了，但她不肯扔掉。她把它当成护身符一样紧紧抓着。它是她和荒芜之地、和特里斯坦之间联结的证明。她希望这足以让他们永不分开。

她深吸了一口气，让自己冷静下来。"我们到了。"她没话找话地说道。特里斯坦不可能没有看到那段火车轨道。在这绵延起伏的山脉中，那铁轨是最引人注目的东西。

"我们到了。"他也跟着说了一遍。

他听着不像她那么紧张。他的声音里没有急迫，只有悲伤。好像他坚信这事不会成功，他害怕看到迪伦失望的样子。她没有被他的悲观所动摇，光是压抑内心的怀疑她就已经花光了全部的力气。

"那我们就沿着铁轨走吗？"她问。

特里斯坦只是点了点头。

"好的。"她犹豫地原地摆动了几下胳膊，"好的，我们走吧。"

特里斯坦没有动，她这才意识到他在等着她到前面带路。她深吸了一口气，然后又深吸了一口气。可她的脚似乎不愿意挪动，像灌了铅似的，重到根本无法从沾满露水的草地上抬起来。这单单是因为恐惧，还是因为荒芜之地不肯放她离开？

"一定可以的。"她对着空气呢喃道，声音小到特里斯坦都没听到，"我们会回去的。"

她紧抿着嘴唇，坚定地拖着沉重的步子率先走了出去。她紧紧握住特里斯坦的一只手，拉着他一步一步地前进。尽管他现在一瘸一拐，另一只手一直按在身侧，但他一定会好起来的，只要她能带他走完这最后一小段路，把他带回到她的世界里，他就会好起来的。她努力让自己相信这一点。

他们走到山下，迪伦踩上铁轨的枕木，觉得像是踩着一架梯子。在向特里斯坦确认了她走的方向没错后，她转过身，开始沿着铁轨向隧道口走去。铁轨蜿蜒曲折，起初她是看不到那个洞口的，但不久后他们转过一个弯，它就那么猝不及防地出现了。他们面前横亘着一座大山，大山岿然不动，挡住了前进的去路。他们脚下的轨道蜿蜒地钻进山洞，消失在了山洞深处。他们越往前走，山脚下那个黑洞洞的拱门就显得越大。他们一直走到迪伦能清楚地看到火车进洞的位置，才停了下来。

那个黑洞似乎正张着它宽宽的大嘴召唤着他们。她打了个寒战，后颈的汗毛全都竖了起来。要是……要是……要是……她的心底又汹涌地泛起种种疑虑，但她努力不去理会。她昂起头，坚定地朝里面走去。

"迪伦，"特里斯坦一把拽住她，让她转身面朝自己，"迪伦，这样肯定不行。"

"这样肯定行……"

"不，不行。我去不了你的世界。我不属于那里。除了这里，我哪里都不去了。"他似乎是在哀求她，语气中充满了愤怒和绝望。

迪伦用牙齿轻咬着舌头，将目光聚焦在他身上。她第一次觉得他看着像个十六岁的少年，迷茫无措的少年，但她并没有退缩，他的茫然反而给了她勇气。

"那你为什么还要来呢？"她反问道。

特里斯坦微微耸了耸肩，那样子完全就像个窘迫又别扭的少年。

"特里斯坦，你为什么要来呢？"

"因为……因为……"他懊恼地叹了口气，"因为我爱你。"说这句话的时候，他的头都快要垂到胸口了，因此他错过了迪伦脸上划过的惊讶和喜悦。片刻后，他再次看向她："虽然我希望你说的是对的，迪伦，但这真的不行。"

"你答应过我你会试试，"她提醒他，"要有信心。"

他苦笑着哼了一声。"你有吗？"他问。

"我有信心，"她的脸瞬间红了，"还有爱，"迪伦看向他，绿色的眸子明亮而炽热，"相信我。"

她走了很长很长的路才来到这里，她绝对不会临阵退缩，无论如何，她都要试一试。何况他们也不能再待在这里了，特里斯坦受了伤，不管他之前遭遇过什么，荒芜之地现在已经开始伤害他了。他错

286

了，他不属于这里，他必须离开，迪伦告诉自己。她努力压下心底的那个声音，那声音总在暗示她，他受的伤和他遭受的痛苦，都是因为她想让他离开荒芜之地。她挺起胸膛，向黑暗走去。特里斯坦别无选择地跟在她的身后。他们手拉着手，迪伦是无论如何都不会松开手的。

一时间，黑暗让人迷失了方向，他们的脚步声在封闭山洞的墙壁间回响。空气中有股潮湿的气息，迪伦不禁打了个寒战。

"这里有厉鬼吗？"她小声问。尽管周围一片安静，但它们很可能潜伏在这样一个潮湿荒凉的地方。

"没有，"特里斯坦答道，"它们不能离你的世界这么近，我们现在很安全。"

这让迪伦稍感安心，可她的手臂上还是起满了鸡皮疙瘩，牙齿也还在不住地打战。

"你看得到东西吗？"她不喜欢这样的死寂，于是出声问道，"快到火车那里了吗？"

"快了，"特里斯坦说，"就在前面，还有几米。"

迪伦放慢了脚步。洞里太黑了，她连伸出的手都看不大清楚，她可不想一头撞到火车的车头上。

"停！"特里斯坦大喝一声，她立刻停了下来。"伸手。你已经到了。"迪伦用指尖一点一点地摸索。就在她的手臂完全伸展后，她的手碰到了一个又冷又硬的东西。是火车。

"帮我找找车门。"她吩咐道。

特里斯坦抓住她的手肘，引导她向前走了几米。

"这里。"他说着，抓起她的手，将它放到和她肩膀齐平的位置。

迪伦四下摸索，指腹下传来的是泥土和橡胶的触感。是车门底部的踏板，门是敞开着的，她意识到车门很高，他们需要爬上去才行。

"准备好了没？"她问，但没有回应，她能感觉到他的手还抓着她的胳膊，"特里斯坦？"

"准备好了。"他小声回答。

迪伦凑近车门，准备向上爬进去。她把特里斯坦抓在她手肘上的手拉过来，紧紧握在手中。她不想再有任何闪失，反正她是不会松开他的手的，她不在乎尴不尴尬，她可不想再被骗了。

"等等。"他拽了拽她，一把将她拉到面前。他伸出另一只胳膊，环在她的腰上，揽向自己。隧道的地面不平，所以这一次，他们看起来高度相当。她感受到他呼出的气息轻轻地搔着她的脸颊。"听着，我……"他陷入了沉默，她听到他深深地吸了口气，然后又深深地吸了口气。他捏起她的下巴，然后微微抬起。"我怕再也没有机会了，所以……"他的声音很轻。

特里斯坦的吻像是在和迪伦做着最后的道别。他的双唇急迫地压在她的唇上，他猛烈地进犯着她的领地，让她几近窒息。他的手从她的脸颊滑进她的发丝，将她拉得离自己更近。迪伦紧紧闭上双眼，强忍着即将落下的泪水。这不是最后的道别，也绝不会是最后一次感受到他怀抱的温暖、闻到他身上的味道，一定不会。

他们还会无数次地像这样亲吻。

"准备好了吗？"她气喘吁吁地再次问他。

"还没。"黑暗中，特里斯坦的声音听上去很沙哑，其中似乎掺杂着恐惧。迪伦觉得自己的胃也紧张地抽搐起来。

"我也还没。"她想努力挤出一个笑容，但做不到。于是她在黑暗中抓紧了他的手。她不会弄丢他的。

她紧紧地抓着他的手，奋力爬进那扇半开着的车门，然后掉转身体去拉特里斯坦。过程很艰难，她的手猛地撞在变了形的门上，指关节传来一阵剧痛。好在最终他们还是气喘吁吁地齐齐站在了一片漆黑的车门处。

"迪伦，"特里斯坦在她耳边低声耳语，"我希望你是对的。"

迪伦在黑暗中露出了微笑，她也希望自己是对的。

"我不知道具体怎么做，"她轻声说，"我觉得我们得先找到我，应该是在车厢中间的某个位置。"

她小心翼翼地向前挪动。车厢中一片寂静，但她的心跳声却在耳边轰鸣，声音大到要盖过就在她身后一步的特里斯坦的呼吸声。她的胃里一阵翻腾。要是不行怎么办？要是她的身体已经四分五裂了，该怎么办？

她想到在她的灵魂和身体之间的地上会有些东西。他们都要爬过些什么啊？是血、身体的零部件，还是那个蠢女人的购物袋？迪伦紧张地笑了一声。她转身想给特里斯坦讲讲这个笑话，却觉得脚下的运动鞋突然打滑。她踩到了一些黏糊糊的东西，她敢肯定那不是洒出来的果汁。她嫌恶地抬起脚，却被什么东西钩住了。她的身体失去平衡，情急之下，她开始挪动另一只脚，却发现又有东西挡在了前面。她的重心向后倾斜，整个人摇摇欲坠。刹那间，她再也无法控制自己的身体。

迪伦只来得及飞快地吸了口气，然后就栽倒下去。她伸出双手，竭力阻止自己摔在这犹如坟场的车厢地板上。但她突然发现，她已经两手空空。

第三十一章

尖叫。

本该是一片静默的。那种安宁、死寂、庄严的静默。

然而，只有尖叫。

迪伦睁开眼睛，刺眼的强光让她瞬间什么都看不见了。炫目的白光穿进她的大脑。她竭力想扭头避开，但那道光随着她的动作紧追不舍，顷刻就将旁边的黑暗完全吞噬。她愣怔着看向那亮光。

那光来得突然，消失得也莫名其妙。迪伦被闪得晕晕乎乎，不停地眨着眼睛，想驱散眼中那些跳动的光斑。这时，一张脸突然闯进她的眼帘，填满了她的整个视野。那张脸无比苍白，上面布满了汗水、深红色的血迹。是张男人的脸，因为他的嘴边围着一圈胡楂，他的嘴正焦急地说着什么。迪伦努力集中精神，想知道他到底说了什么，但她耳中只有尖锐的嗡鸣，除此之外，什么都听不到。

她摇了摇头，强迫自己把注意力集中在那个男人的嘴唇上。慢慢地，她明白过来，他正一遍一遍地重复着同一句话："能听到我说话吗？看着我。能听到我说话吗？能听到我说话吗？"

明白了他说的话，迪伦才终于意识到自己其实听到了他的声音。事实上，他叫得很大声，声音已经有些嘶哑了。可她之前怎么就没听到呢？

"能。"她含含糊糊地应道。她边说，嘴里边翻腾起滚烫而浓稠的液体，那感觉不像口水。她吞了一下，舌尖尝到了一股金属的味道。

那男人似乎终于松了口气。他又用那支小手电筒在她脸上照了一会儿。她不得不眯起眼睛，抵挡白光对眼睛的冲击。他手电筒的光沿着她的身体不断下移。迪伦看到他把光对在她的腿上，表情很是焦虑。他又抬头看了看她。

"能不能动一动你的胳膊和腿？有感觉吗？"

迪伦集中精神。她要有什么样的感觉？

火烧似的。痛。很痛。痛不欲生。她赶紧屏住呼吸，因为就连胸口最微小的起伏都能牵动她的痛觉神经。她这是怎么了？

浑身都疼，没有不疼的地方。她的脑袋突突地跳着，肋骨像是被铁钳紧紧地夹着。胃部附近的位置有一摊熔岩，正像酸液一样灼烧着。再往下呢？她闭上眼睛，试着感受自己的双腿，它们还在吗？或许只是因为其他地方的疼痛太过剧烈，所以她暂时还没有感觉到自己的双腿。她突然间慌了，心脏开始狂跳起来，身体各处的疼痛也随着心跳强劲的节奏而同时加剧。她试着动了动脚，想换个姿势，现在这样很不舒服。

她发出一声闷哼，声音介于喘息和呜咽之间。她的脚只挪动了一点点，也许只有一厘米吧，但那股爆炸般袭遍全身的剧痛却让她瞬间难以呼吸。

"可以了，可以了，亲爱的。"那男人皱着眉头，嘴里叼着小手电筒，两手在迪伦腰部以下的位置忙活着。然后他停下手中的动作，在外套上抹了几下。迪伦的视线扫过他身上那件荧光黄和霉菌绿相间的丑外套。他肩上缝着一个徽章，但她没法集中精神去看清那是什么。他刚刚是在抹掉手上的血吗？是他刚才从她腿上沾到的血？她的嘴唇之间发出了急促的喘息，每一次呼吸都像针扎一样刺痛着她的肺部。

"亲爱的，怎么了？你叫什么名字？"那男人紧紧抓着她的肩膀摇晃起来。迪伦强迫自己看向他，努力从恐惧当中厘清思路。

"迪伦。"她呜咽着说。

"迪伦，我得离开一会儿。就一分钟，保证马上就回来。"

他对她露出一个微笑，然后站起身，小心地穿过车厢。迪伦看着他离开，这才发现这节狭长的车厢里挤满了穿着制服外套的男男女女，有消防员、警察，还有急救人员。他们大部分都蹲在座位或者一些新开辟的空地旁边，脸色凝重地进行着交谈、救治和安抚。似乎只有迪伦身边的位置空了下来。

"等等。"她哑着嗓子喊道。可已经晚了。她抬起手，朝他消失的方向伸去，但这微小的动作已经耗尽了她的力气。她垂下胳膊，放到脸上。她的脸是湿的。指腹触碰到的是混在一起的眼泪、汗和血水。她缩回手，盯着那团在手电筒和应急灯的人造强光下闪闪发亮的液体。

究竟发生了什么？特里斯坦在哪儿？

她记得自己摔倒了，于是本能地绷紧身体，伸开双臂。她当时只有一个念头，就是千万别摔在地上和那些尸体躺在一起。

为了自救，为了不让自己的脸沾上血和尸体的残片，她松开了他的手。

她松开了他的手。

她的肺部很疼，但她就是无法抑制自己的喘息和干呕。她感到眼睛一阵刺痛，喉咙也痛苦地慢慢收紧。她暂时将身上的伤痛抛到脑后，眼泪顺着脸颊流了下来。

她松开了他的手。

"不，"她从干裂的嘴唇间挤出微弱的声音，"不，不，不。"

她发疯似的在地上挪动着身体，全然不顾每个动作所引发的剧痛。她将手伸进口袋，急切地在里面摸索着。她的心痛苦地漏跳了一拍。还在，那朵花还在。如果花已经跟着她回来了……

可他在哪儿呢？他在哪儿？为什么他没有躺在她身边？

是不是在她松开他的手的时候，她就已经弄丢他了？

"对，就是她。迪伦？"被叫到名字，她回过神来。

"迪伦，我们要把你挪到这个板子上，好吗，亲爱的？我们得把你抬到外面，好好检查一下你的伤势。等送你上了救护车，我们就会给你止痛药。你能听懂我的话吗，迪伦？要是能听懂，你就点点头，宝贝。"

她听话地点了点头。她听懂了。救护车。止痛药会很不错，能帮她扑灭肚子里的熊熊烈火，可对她胸口仿佛被撕开的那种空落落的剧痛却起不到任何作用。她都做了些什么啊？

那些人费了好一番功夫才把她抬到那副难看的担架上。她的脖子上被套了一个塑料颈托，她不得不仰头看向车顶。那些人动作很轻，不断地安抚她，也很担心会进一步地伤到她。迪伦没在专心听他们说话，光是回答他们的问题，从嘴里挤出"是"或"不是"就已经耗费了她所有的力气。因此，当他们抬着她动起来的时候，她反倒松了口气，终于不用再听他们说话，也不用再跟他们说话了。

把她从车厢里弄出来似乎花了很长时间，不过一从车上下来，隧

293

道的石板上就响起了他们快速的脚步声。他们似乎想尽快地把她弄到外面。不过迪伦已经没有力气再为这件事情感到惊慌了。

在沿着隧道一路颠簸着前行时，她感觉到了空气的变化。一缕缕微风穿透了凝滞的潮气，细密的雨滴落在她凌乱的刘海儿上，给她滚烫的额头带来了些许凉意。迪伦试着向后转动脑袋，这样在被抬出隧道时，她就能第一时间看看隧道口的具体情况了。可脖子上的颈托以及绕在她肩膀上的绑带让她的脑袋受到了极大的限制。可是要向上或者向后转动眼球的话，刺痛感就会在她的头骨上一通乱窜。不过，她还是瞥见了一团模糊的自然光亮。她很快又重新瘫倒在担架上，因为这小小的动作而不停地喘着粗气。她就快出去了。

那两个人走得小心翼翼，迪伦被倒退着缓缓抬进了一个秋日阴天的傍晚。她看着山侧那弧度优美的石拱门将自己吐了出来，然后渐渐退去。那个巨大的洞口最终变成了幽深的一片黑暗。在离隧道口大约十米的地方，他们掉转了方向，开始在陡峭的路堤上艰难前行。就是在这个时候，她看到了他。

他坐在隧道口的左边，正双手抱膝，盯着她看。从这么远的地方看去，她只能大致分辨出那是个男孩，十几岁的样子，有着一头金发，它们被风吹得乱蓬蓬的，在他脸颊上胡乱飞舞。

"特里斯坦。"她的声音微弱。她的胸中澎湃着失而复得的喜悦。她贪婪地看着他，他就在这儿，就在她的世界。

他成功了。

有人走到了他们中间，将他们隔开。是个消防员。迪伦看着那个人弯下腰，把一条毯子搭在特里斯坦的肩上。消防员对他说了些什么，应该是问了一个问题，因为她见特里斯坦摇了摇头。他慢慢地、动作有些笨拙地从草地上站了起来，对消防员又说了一句话，然后一步一步地朝她走了过来。就在快走到她身边的时候，他朝她露出了一个微笑。

"嗨。"他喃喃地说，然后伸出一只手，轻轻地摸了摸盖在她身上的毯子。他的手指慢慢滑向她的身侧，握住了她的手。

"嗨，你来了。"她喃喃地回他，翘起唇角，露出了一个颤抖的微笑。

"我来了。"

致谢

衷心感谢以下各位，让《摆渡人》能够成功问世。

感谢我的丈夫克里斯，感谢你对我的信任，以及充当我的官方"书评人"。我爱你。无尽的感谢送给克莱尔和露丝，感谢你们能如此迅速地看完所有内容，还告诉我你们喜欢它！向我的母亲凯特和父亲约翰献上我的爱和感谢，感谢你们的支持，教我爱上了写作。

感谢我的经纪人本·艾利斯，感谢你的一路扶持，以及对我作品的大力赞扬。同样要感谢海伦·博伊尔，以及圣殿出版社的全体工作人员，感谢你们对《摆渡人》充满信心，感谢你们帮我将它雕琢成仅靠我自己完全无法成就的佳作。

图书在版编目（CIP）数据

摆渡人 /（英）克莱儿·麦克福尔著 ；常鸿娜译.
北京 ：北京联合出版公司，2025. 8. -- ISBN 978-7
-5596-8535-3

Ⅰ. Ⅰ561. 45

中国国家版本馆CIP数据核字第2025VY9828号

北京市版权局著作权合同登记 图字：01-2025-3199号

摆渡人

作　　者：[英]克莱儿·麦克福尔
译　　者：常鸿娜
出 品 人：赵红仕
责任编辑：孙志文

北京联合出版公司出版
（北京市西城区德外大街83号楼9层　100088）
嘉业印刷（天津）有限公司印刷　新华书店经销
字数：222千字　880毫米 × 1230毫米　1/32　印张：9.625
2025年8月第1版　2025年8月第1次印刷
ISBN 978-7-5596-8535-3
定价：52.80元